Zu diesem Buch

Jessica Criens schwebt auf Wolken. In einer Woche wird sie berühmt sein, denn dann wird sie als Schauspielerin in ihrem ersten Fernsehspiel groß herauskommen. Gerade hat sie alle Programmzeitschriften gekauft und immer wieder ihren Namen in der Besetzungsliste gelesen und ihr Foto angestarrt. Das muß gefeiert werden. Sie sieht einen hinreißenden Rock im Schaufenster einer Boutique. Den muß sie haben. Sie stellt den Kinderwagen mit ihrer kleinen Tochter Yemayá vor dem Laden ab. Als sie nach fünf Minuten wieder herauskommt und in den Kinderwagen sieht, traut sie ihren Augen nicht: Yemayá ist verschwunden! Jessica steht vor dem Zusammenbruch. Und das Schlimmste ist: Sie darf unter keinen Umständen die Polizei alarmieren...

-ky, eigentlich Horst Bosetzky, ist Soziologe und Professor in Berlin. Er ist einer der Väter des neuen deutschen Kriminalromans. Seine Schriftstellerkollegen haben ihn deswegen mit dem «Glauser» für sein bisheriges Werk ausgezeichnet. Sein Ruf ist international: Für seinen Roman «Kein Reihenhaus für Robin Hood» bekam er 1988 den französischen Kritikerpreis für den besten ausländischen Kriminalroman. Inzwischen wurden weitere Romane des Autors in Frankreich veröffentlicht.

In der Reihe rororo thriller liegen inzwischen vierzehn Romane und drei Kurzgeschichten-Bände vor. Weitere sollen folgen.

-ky

Da hilft nur noch Beten

rororo

Rowohlt

rororo thriller
Herausgegeben von Bernd Jost

Sonderausgabe
Veröffentlicht im Rowohlt Taschenbuch Verlag GmbH,
Reinbek bei Hamburg, April 1995

Umschlaggestaltung Walter Hellmann
(Illustration Frank Nikol)
Satz Sabon (Linotron 202)
Gesamtherstellung Clausen & Bosse, Leck
Printed in Germany
500-ISBN 3 499 43211 0

Die Hauptpersonen

Jessica Criens	träumt von einer Weltkarriere und wacht in einem Alptraum auf.
Yemayá	verschwindet.
Grobelny	taucht an der falschen Stelle auf.
Carsten Corzelius	ist den Härten des Reporterberufs nicht immer gewachsen.
Hauptkommissar Mannhardt	freut sich auf einen ruhigen Dozentenjob und nicht auf die Jagd nach einem unbekannten Entführer.
Prof. Friedrich-Wilhelm Wuthenow	ist ein Mann der Öffentlichkeit in der DDR mit einem sehr privaten Geheimnis.
Frau Wuthenow	ist für die Karriere ihres Mannes wichtiger als alles andere – und damit eine ständige Bedrohung.
Tatjana	braucht immer Geld und nützt jede Gelegenheit.
Carlo	versucht sich als Erpresser.
Torro	– nomen est omen.
Vera	hat ein Herz für Kinder.

1.

Jessica saß mit ihrer kleinen Tochter im Arm auf einem Lehnstuhl am Fenster, und die Berliner Morgensonne, gerade in der engen Röhre ihres Hinterhofes vollends zum Vorschein gekommen, erschien ihr wie ein riesengroßer Scheinwerfer hoch über einer kleinen Bühne. Yemayá, mit ihren knapp fünf Monaten erst vor kurzem abgestillt, war von ihrem Fläschchen anfangs wenig angetan, suchte noch immer die viel besseren Brustwarzen hinter der schwarzen Seidenbluse ihrer Mutter, begann nun aber doch am aufgesetzten Noppennuckel zu zuppeln. Jessica, schon ein wenig in Panik, war schnell wieder beruhigt, summte und sang, als sie ihre Tochter dafür gelobt hatte, von deren Namen und der ganzen Stimmung angeregt, die berühmtesten Verse des großen Kubaners José Marti.

«Con los pobres de la tierra quiero yo mi suerte echar, el arroyo de la sierra me complace más que el mar. Guantanamera...» Sie übersetzte es mit ihrer rauchig-erotischen Stimme, geschult an der Streisand, der Greco und mehr noch der Liza Minnelli, mit der sie alsbald die Welt erobern wollte.

Die beiden Männer im hinteren Teil des Raumes, erheblich älter als sie, der eine mehr als fünfzehn, der andere an die dreißig Jahre, schwiegen seltsam angerührt, beinahe ergriffen, für diese eine Minute voll versöhnt mit einem Hier und Heute, das sie ansonsten eher sinnentleert und grausam fanden.

«...guajira Guantanamera. Yo soy un hombre sincero...»

Die alten Götter der *Santeria* hatten sich versammelt, sie alle kräftig zu verzaubern. *Chango*, Gott der Musik (aber auch des Krieges); *Ochún*, die Göttin der Flüsse, der Liebe und des Goldes; waren von Kuba hergeweht in diese ländlich-schlichte Wohnung am Wilmersdorfer Ludwigkirchplatz, Kudammnähe, wo Jessica Criens ihr Leben inszenierte, als wär's ein Film von Buñuel.

«Und bevor ich sterbe, möchte ich die Verse meines Herzens...» Sie schluckte. «...y antes de morir me quiero echar mis versos del alma...»

«Antes!» lachte Corzelius, meinte Wolfgang Antes, den Berlin-Charlottenburger Ex-Stadtrat, steile CDU-Karriere, kriminell geworden und gerichtet, Kürzel für Berliner Sumpf und Filz und Bauskandal.

Diese Assoziation, aber auch das nun stressig schrillende Telefon rissen Mannhardt und Corzelius, Jessica und das Baby schmerzhaft in die sommerkühle, rauhe Wirklichkeit zurück. Yemayá schrie, Jessica fluchte, und die beiden Männer stritten sich, wer denn nun aufstehen und abheben sollte.

«Geh du mal bitte», sagte Corzelius. «Du sitzt näher dran am Apparat.»

Mannhardt wehrte sich. «Ich bin doch nur zu Besuch bei euch.»

Corzelius schlug mit der flachen Hand auf das *Brammer Tageblatt*, das er sich noch Tag für Tag nachschicken ließ («...und wenn's auch nur zum Arschabwischen ist!»), und jammerte, er sei so fürchterlich schlecht drauf heute. «Soll ich etwa selber sagen, daß ich nicht da bin...!?»

«Also gut...» Mannhardt stand auf, stöhnte über sein Arthrosis-Knie und seinen Rücken. «Mann, ist der steif...!»

«Sei doch froh, daß wenigstens noch etwas steif wird bei dir!» höhnte Corzelius.

Mannhardt riß den Hörer hoch, meldete sich mit seinem eigenen Namen, verzichtete auf das nachgeschobene «bei...».

Zuerst war nichts anderes zu hören als ein galaktisches Rauschen und Knistern, dann ertönte eine fast schon synthetische Stimme: «Der Wagen steht bei Ihnen vor dem Haus. Vordere Tür offen. Schlüssel unter der Fußmatte. Beeilung bitte. Ende!»

«Danke!» Mannhardt legte auf. «Mein Herr Sohn hat mir seine Taxe gebracht.»

Corzelius sah ihn gähnend an. «Meinst du wirklich, daß das nötig ist? Ich halt's eher für'n bißchen Kasperletheater.»

«Die ganze Welt ist ein Kasperletheater...»

«Bitte: spiel den Taxifahrer!»

«Ja, mach ich auch! Ich will nämlich nicht, daß mich meine alten Kripo-Kollegen mit unserm lieben Grobi sehen – und erst recht nicht die Leute, über die er mir was stecken will. Ich als Taxifahrer und er als Fahrgast: da fällt keinem was auf.»

Corzelius grinste breit wie Didi Hallervorden. «Mensch, vielleicht wirste dabei überfallen!»

«Wenn ich dich sehe, überfällt mich schon immer was: Mordlust nämlich!»

Corzelius stand auf. «Na, sei mal da vorsichtig; bei deiner Biographie...! Aber, wie auch immer: Kannst du mich ja gleich mal zum Krematorium mitnehmen...»

«Ja, gerne. Aber wie kommste vorher in die Urne rein?»

«O Gott, das Schlimmste in Berlin sind wirklich seine Witzbolde. Pfitzmann, Gruner – zum Heulen. Und jetzt machst du auch noch auf Profi, Mann...!»

«Immerhin haben wir den Grunerwald hier...»

«Nein, nein!» Corzelius schlug mit der Stirn, wie ein entfesselter Specht, mehrmals gegen die hölzerne Tür. «Herr, laß das bitte nicht wahr sein! Und mach mein Auto ganz schnell wieder ganz, damit ich selber fahren kann!»

«Komm jetzt, sonst klaun sie mir die Taxe noch.»

«Ja, und fahrn damit zum Klo!» Ein Aufschrei. «Mama, ich bin angesteckt...!»

Sie riefen Jessica, die mit dem Baby längst ins Bad gegangen war, schnell noch hinterher, daß sie wegmüßten, sie wüßte schon, dann verließen sie die Wohnung.

Mannhardt fand die Taxe wie beschrieben, und sie setzten sich hinein. Als sie losfuhren, griff er nach rechts hinüber, um die Uhr einzuschalten.

Corzelius lachte. «Willst du mir etwa Geld dafür abknöpfen?»

«Na, sicher! Beim Geld hört schließlich alles auf, und mein Sohn is'n armer Student, du hingegen bist 'n reicher Journalist.»

«Höchstens reich an Erfahrung. Ansonsten: arm am Beutel, krank am Herzen.»

«Besser als umgekehrt.»

«Konzentrier dich lieber auf 'n Verkehr?»

«Ja, gerne, aber wozu...?»

«Bald bist du ja wieder mit Lilo vereint.»

«Du weißt ja, wie das so ist mit der Wiedervereinigung...»

Sie schwiegen bedeutungsschwer vor sich hin, bis Corzelius sagte, ihm schmecke Berlin und rege ihn an wie ein großes Glas Champagner, und Mannhardt erwiderte, für ihn sei es, als müßte er einen Becher seiner eigenen Pisse austrinken; seine einzige Hoffnung sei seine neue Stelle in Bramme.

«Hätteste man schon hinfahren sollen», meinte Corzelius, ganz hingerissen von den hiesigen Frauen und Mädchen; in Bramme dagegen alles nur biedere Bäuerinnen. «Schnapsidee von dir, das mit der organisierten Kriminalität hier in Berlin.»

«Wie steh ich denn da als Lehrbeauftragter – ohne jede eigene Veröffentlichung? Ich brauch wenigstens 'n kleinen Aufsatz in der *Kriminalistik...*» Er hupte, überholte, reihte sich bei den Linksabbiegern ein. «Und Grobi, so wie der da eingebunden ist, der kann mir ganz sicher... Schließlich hätt ich ihn damals auch abknallen können, Notwehr, Eigensicherung, anstatt ihm lediglich in seine sehr geehrte Wade...»

Corzelius wußte, daß hier am Tiergarten der Autostrich war, und hielt mit verdrehtem Kopf Ausschau nach lustbringenden Bildern, Lederröcken im Lendenschurz-Look, entdeckte aber nichts. «Sag mal, warum heißt denn der Typ eigentlich ‹Grobi›...?»

«Keine Ahnung. Vielleicht, weil er bei unserer geliebten Beton-Mafia hier der Mann fürs Grobe ist oder weil er bürgerlich Grobelny heißt... Da: Großer Stern, Ost-West-Achse, Brandenburger Tor, Rotes Rathaus, Ost-Berliner Fernsehturm drüben...! Hauptsächlich aber Grobi, weil er wie der Grobi aus der ‹Sesamstraße› aussieht, das Krümelmonster: spillrig und immer furchtbar hippelig, mit blauen Sachen an, so flauschigen Jacken und so, und ganz verrückt nach Keksen.»

Als sie am Schloß Bellevue vor einer Ampel halten mußten, zeigte er Corzelius einen Ausschnitt aus der *BZ* («...Springer, offiziöses Organ der Diepgen-Regierung...»), auf dem man Grobi, fein in Schale, im Kreise vieler Stadtprominenter bei der Eröffnung eines wissenschaftlichen Instituts erblicken konnte.

«Ah, ja», sagte Corzelius. «Wieder so 'n überflüssiger Stall, um der FU das Wasser abzugraben. Ausrangierte linientreue Professoren, die mit aufgesetztem Einstein-Charisma Texte verlesen, die ihre Assistenten am Morgen zuvor aus *Zeit* und *FAZ* abgeschrieben haben.»

«...eine Stadt, die sich gewaschen hat... Sehnse, das ist Berlin!» sang Mannhardt dazu.

«Wie und wo trefft ihr euch denn, Grob und du?»

«Halb elf Kudamm/Ecke Joachim-Friedrich-Straße. Da steht er und winkt 'ne Taxe herbei.»

Corzelius, der westberlinische Entfernungen noch kaum einprogrammiert hatte, blickte auf die Uhr. «Schaffste das denn noch?»

«Dicke, ja.»

Sie rollten durch etliche Moabiter Straßen, eine immer häßlicher als die andere, doch Corzelius konnte nicht anders, als dies alles, Gründerzeit verrottet, herrlich zu finden. «Dieser Hauch von New York, Mann! Nicht mehr dieses Kuhdorf von Bramme!»

Mannhardt sah die Sache völlig anders. «Endlich hin nach Bramme! Immer nur diesen New Yorker Pißgestank hier.»

«Ja, ja...» höhnte Corzelius. «Das Glück wohnt immer am anderen Ufer!»

Sie redeten noch ein paar Minuten intensiv über Bramme, wo Corzelius lange Jahre dem *Tageblatt* angehört und gedient hatte und wohin Mannhardt nach ganz bestimmten dienstlichen Vorkommnissen (er hatte seinen maliziösen Vorgesetzten mit einem Stein erschlagen wollen) zur psychiatrischen Behandlung verbracht worden war. Unfähig noch immer zum Einsatz an der kriminellen Heimatfront, war er für zwei Jahre als «Lehrbeauftragter auf Zeit» zur Hochschule für Öffentliche Verwaltung (HÖV) nach Bramme abkommandiert worden, wie das Leben so spielte, weilte nur noch in Berlin, um seinen Umzug in die Wege zu leiten.

Mannhardt bremste. «Da ist dein Krematorium... Paß schön auf, daß de nicht selber...!«

«Paß du lieber auf, wenn du mit Grobi Arm in Arm...!»

«Geh mit Gott, dann gehste mit keinem Spitzbuben!» Mannhardt ließ seinen Freund und Genossen aussteigen. «Vierzehnneunzig!»

«Fünfzehn bitte!» Corzelius warf drei Fünfmarkstücke auf den Beifahrersitz, schmetterte die Tür von außen zu und tippte sich gegen die Stirn, als Mannhardt mit einer Art Monza-Start davonschoß.

Corzelius sah sich um. Da war der gewaltige Neubau des Krematoriums, und unwillkürlich hatte er Mannhardts nestbeschmutzlerische Stimme im Ohr: Nach Berlin des Sterbens wegen! Berlin tut gut – und auf unseren wunderschön gepflegten Friedhöfen ist immer noch ein Plätzchen für Sie frei! Modernste Krematorien warten auf Sie!

Dieser Mannhardt! Kopfschüttelnd sah er ihm und seiner ausgeliehenen Taxe hinterher, hörte ihn schon wieder, wie er mit zugehaltener Nase die großen Ernst-Reuter-Worte variierte: Ihr Völker der Welt, ault auf diese Stadt!

Nee, wissense, nee!

Er riß sich los, ging zum Krematorium hinüber. Aus dem über dreißig Meter hohen Schornstein stieg dünner Rauch in den märkischen Himmel, und Wim Wenders hätte seine Freude dran gehabt. Weniger allerdings an der lange diskutierten Frage, ob man die bei der Leichenverbrennung gewonnene Wärme nun ins öffentliche Fernheizungsnetz einspeisen solle oder nicht. Heute gibt's kein warmes Essen bei uns, heute ist unser Opa eingeäschert worden. So die Pietätvollen.

Unmengen an Beton waren hier verbaut worden, und am Sterben und der «Totgutbeseitigung» hatten die beteiligten Firmen sicherlich eine Menge verdient. Zuviel? Und einige Politiker und Beamte mit ihnen? Das war's, was er ergründen wollte. Eine schöne Story für seinen Einstand in Berlin.

Wer sich die Welt mit einem Donnerschlag erobern will, dachte er mit einer alten Ralf-Benatzky-Zeile, darf nicht warten, bis ein anderer vor ihm blitzt...

Er hatte Hemmungen, die Stufen zur Trauerhalle hinaufzusteigen. Wie die Pinguine auf einem terrassenförmigen Felsen, so standen sie da, Trauergäste scharenweise, offenbar ein hohes Tier gestorben, warteten auf den Beginn der Feier. Endlich erklangen die Glocken, und sie zogen, Zeitlupe alles, schweigend in die Halle, nicht aber ohne jedes Geschubse. Bis einer der städtischen Diener die Flügeltüren hinter ihnen verschloß.

Corzelius ging nun gemessenen Schrittes hinauf, angezogen von der einsetzenden Orgelmusik, fragte sich, wo und wie denn *seine* Stunde schlagen würde. Hier in Berlin? Nach Berlin des Sterbens wegen... Und wie viele Freunde kämen dann wohl eingeflogen, wären bereit, Ex-Frau und Tochter zu trösten und ihm Gutes nachzusagen. Memento mori, jaja... Seine Mutter fiel ihm ein, deren Hobby es nachgerade war, an Trauerfeiern teilzunehmen, mochten die teueren Toten ihr noch so ferngestanden haben. Hinterher fühle sie sich immer toll; einen anderen hatte es ja diesmal erwischt.

Drinnen begann der Pfarrer mit der Standardpredigt, und Corzelius drückte sein rechtes Ohr gegen die Tür.

«...und wir sind traurig, Herr, denn wir müssen für immer Abschied nehmen von einem Menschen, der uns so vertraut war wie niemand sonst. Mit seinem Tod geben wir auch einen Teil von uns selbst dahin. Und dennoch wollen wir...»

Eine schwere Hand legte sich auf seine Schultern. «Herr Corzelius...?»

Sein Herzschlag setzte aus, *a faint cold fear thrills through his veins.*

Der Tod!

Kindlich-archaische Angst erfüllte ihn, nicht länger als der Schmerz, wenn ihm die Spritze des Arztes tief ins Zahnfleisch fuhr, ihn aber derart packend, daß er anschließend glaubte, Bart und Haar müßten sich weiß, schlohweiß gefärbt haben.

Alles Quatsch, natürlich! Er fuhr herum, riß sich in die Wirklichkeit zurück, dachte automatisch an Politik und Staatsschutz und dergleichen, begriff dann aber doch, daß der Mann hinter ihm kein anderer sein konnte als der Bauamts-Oberbeamte, der ihm hier als Führer dienen sollte, Dubinski mit Namen, war es auch, als er sich nun vorstellte, obwohl, so schien es Corzelius, ein wenig zu chic für diesen Job. Aber warum sollten Staatsbedienstete nicht auch mal wie Dressmen aussehen?

Sie stiegen acht Meter unter die Erde hinab, wo zwei der alten Öfen brannten, und C. C., Carsten Corzelius, hatte derart weiche Knie, daß er mehr stolperte als lief.

«Wir haben jetzt eine so hohe Kapazität hier unten, daß wir in Berlin nicht nur mit unserer Überalterung fertig werden können, sondern auch in der Lage sind, für eine Art Sterbe-Tourismus Werbung zu betreiben...» Dubinski lachte, und Corzelius, Mannhardts gleichlautende Kommentare im Ohr, fragte sich, ob denn der Reiz Berlins nicht vor allem in seiner Dekadenz und seiner versteckten Nekrophilie begründet lag. «Berlin als großes bundesdeutsches Altersheim. Friedhofsruhe überall statt Kreuzberger Krawalle. Umdenken tut not! Das schreiben Sie aber bitte nicht!»

«Nein, nein!» Corzelius war viel zu sehr mit sich selber beschäftigt, als daß er sich Dubinskis Sätze notiert hätte, denn gerade öffnete der Schichtführer eine Ofenklappe und gab den Blick ins Innere frei. In der sonnengleich lodernden Glut konnte er die Umrisse eines Sarges und eines darin liegenden Leichnams erkennen. Vom Skelett löste sich ein Bein.

Er würgte Schleim hervor, Kaffee und Frühstücksreste, schluckte alles wieder hinunter, taumelte weiter, von Dubinski mit der Bemerkung erfreut, daß man es als Softie im Leben halt immer etwas schwerer hätte und ob er nicht auf Macho umsteigen wolle.

«Die Gebühr für eine Verbrennung beträgt derzeit D-Mark dreihundertzwanzig», hörte er den Bauamtsmenschen wie aus weiter Ferne dozieren, Wattepfropfen im Ohr, als Dubinski ihm den hydraulischen Aufzug zeigte und erklärte, wie der die Särge zur anstehenden Trauerfeier schnell nach «oben pumpte» und – bei Feuerbestattungen – auch wieder zurück. Das war in einem Gewölbe, fünf Meter unter der Trauerhalle, wo sieben gestandene Männer bei fröhlicher Butterfahrten-Musik gerade ihren Preisskat droschen und literweise Billigst-Rotwein soffen. Weiter!

Sie kamen schließlich in den Kühlraum, wo, so Dubinski, im Augenblick an die vierhundert Särge auf ihre Einäscherung warteten.

Gerade rollten auf einem leisen Gummiwägelchen vier grauschwarz gewandete Fahrer einer stadtbekannten Bestattungsfirma einen fast pompösen Sarg herein, hielten an und hoben ihn schimpfend herunter, ließen ihn zu Boden krachen und gingen wieder hinaus.

«Na?» fragte Dubinski. «Haben Sie Mut?»

«Wozu?»

«Mal einen der Särge hier aufzumachen...?»

Corzelius mußte wieder mehrmals schlucken. «...den weißen hier...»

«Das ist 'n Kindersarg, den nicht! Den pompösen hier aus Eiche. Wen habt 'n ihr da drin?» Dubinski wandte sich an einen gerade vorbeischlendernden Mann.

«Wen wir da im Sarg drin haben...?» wiederholte der bulldoggesichtige Mann. «...'ne Erdbestattung. Warten Sie, ich hab 'ne Liste hier... Ah, ja, Chantal isses, kennse die nich? Eine unserer schönsten Edelnutten hier...»

«Muß ich sehen! Kommen Sie!» Dubinski zog ihn mit, und Corzelius hatte keine andere Wahl, obwohl er fürchtete, nach dem zu erwartenden Anblick für immer psychisch impotent zu werden.

Dubinski schraubte den Sargdeckel los und hob ihn dann ruckartig hoch.

«Nein!»

Ein Schrei, und Dubinski, eben noch der Prototyp des harten Mannes, prallte zurück.

Im Sarg lag nicht nur die schöne Chantal im Leichenhemd, sondern auch, voll bekleidet, unter anderem mit einer flauschigblauen Jacke, ein kleiner dünner Mann, in dem Corzelius alsbald keinen anderen als Grobi/Grobelny erkannte.

2.

Als Jessica vor dem Zeitungskiosk stand, schlug ihr Herz so hart und schnell, daß sie sich über diese alberne Reaktion ihres Körpers furchtbar zu ärgern begann. Sie preßte ihre rechte Hand auf die pulsende Stelle, rieb und massierte den ganzen Bereich, bis ihr so recht bewußt wurde, mit welchen Blicken die vorüberziehenden Männer sie streiften. Einerseits genoß sie es, wenn die Leute sie anstarrten, andererseits fand sie Peep-Shows und jede Art von weiblichem Exhibitionismus an sich zum Kotzen, war weiß Gott nicht scharf darauf, hier wie eine Nutte zu stehen, zumal Yemayá neben ihr im Wagen lag und aus purer Lust am Leben leise gluckste.

«Bitte...?» Auch die dicke Zeitungsfrau im Innern der hölzernen Bude schien etwas irritiert.

Jessica zögerte noch immer, und plötzlich war es ihr, als würde sie einen großen Einkaufswagen mit Kondomen vollgeladen durch die *drospa* schieben müssen. Eine hysterische Zicke schalt sie sich, wußte aber sehr genau, daß ihre heftige Verlegenheit schon ihre guten Gründe hatte, denn ein erhebliches Stückchen Prostitution war das Ganze allemal, allein der vielen Bettszenen wegen, wenn sie Millionen Männer zu Hause besuchte und nichts dagegen unternehmen konnte, wenn sie mit ihrem Körper machten, was sie wollten.

Wie in einem Asthmaanfall rang sie nach Luft, und die Zeitungsfrau, ansonsten ungemein apathisch, betäubt von Druckerschwärze wie ihrem eigenen Mief, fragte, ob ihr wohl schlecht geworden und die Feuerwehr zu rufen sei.

«Nein, nein, nur das schwüle Wetter plötzlich...! Ich überlege gerade mal, was ich...»

Jessica überflog die ausgelegten Boulevardzeitungen und fand für einen Augenblick Ablenkung in deren Überschriften: *Totes Liebesmädchen mit letztem Freund in einem Sarg – Sie: AIDS! Er: Kopfschuß*! So Bild und BZ fast gleichlautend.

Sie las, daß ein gewisser Bernhard Grobelny, 35, Geschäftsführer einer etwas zwielichtigen Nobel-Bar in der Westfälischen Straße in Halensee und von seinen Freunden «Grobi» genannt, offenbar liquidiert worden war. *Klopft die Mafia nun auch an unsere Tür?* Da sie den Spitznamen des Mannes ebenso in Anführungszeichen gesetzt hatten wie im Artikel nebenan die «DDR», mußte sie automatisch an Corzelius denken. Es wäre an sich seine Geschichte gewesen, doch er hatte sich allzuleicht von den alten Platzhirschen wegbeißen lassen, war heute, trotzig wie ein Kind und ziemlich larmoyant, mit seiner Wandergruppe in die DDR gezogen, anstatt hier vor Ort zu kämpfen.

Sie gab sich einen Ruck.

«Alle Programmzeitschriften der nächsten Woche... bitte!»

Endlich war es heraus. Sie hatte der Zeitungsfrau nicht ins Gesicht sehen, dessen Farbe nicht ertragen können, wie ausgekotzter Labskaus, war beim Sprechen mit dem Kopf nach unten getaucht, weit in den Kinderwagen hinein, hatte Yemayás rosa Deckchen geglättet.

«Was denn: alle...!?»

«Alle, ja...»

Gleich würde die fette Wachtel die Tür ihres stinkigen Kabuffs aufreißen, auf sie einstürmen, sie umarmen. Frau Criens, toll, Sie sind ja da wirklich überall drin! Nein, daß ich auf meine alten Tage noch eine so prominente Kundin habe! Hier, hier hab ich 'n Foto von Ihnen, wenn Sie mir da bitte mal ein Autogramm...?

Sollte sie das alles genießen, sollte sie es fürchten, was da auf sie zukam? War sie schon über alle Maßen neurotisch oder nur insoweit, wie es der Karriere diente?

Yemayá hustete kurz und trocken, ohne aber davon richtig wach zu werden, und Jessica erschrak, dachte sofort an den Kruppschen Husten und das ganze Elend und den Notarzt, mit Blaulicht ab ins Krankenhaus, verdrängte aber alles schnell. So schlimm wurde es ganz sicher nicht.

Es schmerzte sie, daß ihre Zeitungsfrau mit keinem Wort auf sie und ihren großen Film zu sprechen kam, und gleichzeitig ließ es sie aufatmen. Sie war nicht in der Lage, es in Worte zu fassen, aber sie fühlte es, daß man nackt und bloß dastand und sehr verletzlich wurde, wenn man zu den Prominenten zählte.

Sie bekam alles – *Gong*, HÖR ZU, BILD + FUNK, *Fernsehwoche*, FUNKUHR, TV HÖREN und SEHEN und anderes mehr –

auf die ausgelegten Stapel von BILD, BZ und *Berliner Morgenpost* geworfen und hatte mehr als zehn Mark zu zahlen, verstaute das ganze bunt bedruckte Papier in das kleine Körbchen zwischen den hohen Rädern ihres Kinderwagens und suchte im selben Augenblick auch schon nach einer Gelegenheit zum Sitzen und Lesen. Schnell gehen mußte das, war wie eine aufgestaute orgiastische Lust, ein Brennen, ein Fiebern, ein Schmerz, ein absolutes Muß. Jetzt gleich, keine Sekunde mehr warten!

Sie eilte über den Platz, den Breitscheidplatz hinweg, am braunen Marmorbrunnen, dem «Wasserklops» vorbei, fand am Fuße der Gedächtniskirche auf einer der runden Edelholzbänke schließlich einen freien Platz, sank nieder und riß die Zeitschriften unter dem Kinderwagen hervor.

Ihre erste große Fernsehrolle.

Jessica Criens – eine Weltkarriere begann in Berlin.

Wo war ihr Fernsehspiel, wo sie?

Im Fieber fetzte sie die Seiten auseinander, sah sich, glaubte es nicht.

Träume, Halluzinationen. Alles so unmöglich wie ein zweiter Erdenmond, urplötzlich am Himmel, oder daß der Boulevard, der Kudamm, der sich zu ihrer Rechten nach Halensee hin öffnete, mit dem nächsten Wimpernschlag wieder jener karge Reitweg war, der er einst gewesen.

Gleichzeitig aber las sie etwas über sich, die Zeile ...*eines Tages aber kommt Ruth (Jessica Criens) nicht um die Erkenntnis herum, daß sich ihr Mann zu seinem Kollegen Robert viel mehr hingezogen fühlt als zu ihr,* sah sie, entdeckte sie ihr eigenes Gesicht, versank darin. Gretchen oder Voodoo-Tänzerin? Intellektuell oder naiv? Kalt berechnend oder ganz gefühlsbetont? Oval, fast kreolischscharf geschnitten, Martinique/Guadeloupe, oder breit und flächig, deutsche Bäuerin?

Alles in einem. Welch Kapital!

Ruth Ubbelohde... Jessica Criens

Ganz oben stand das, und immer wieder hakte sie sich fest daran, saugte es in sich hinein wie Yemayá den süßen Brei aus ihrem Fläschchen.

«Da sieh mal, Süße, das ist die Mami!» Sie hielt dem Kind ihr Foto hin und war völlig high, als Yemayá daraufhin jauchzte und lachte.

Freude, schöner Götterfunken... Verweile doch, du bist so schön... Aus den Wolken muß es fallen, / Aus der Götter Schoß, das Glück...

Sie hatte nun alles, was sie sich je vom Leben erträumt hatte: ihr Baby und den Erfolg.

Sie hatte vollkommen vergessen, wo sie da saß und sich an sich selbst berauschte, brauchte viele Sekunden, um wieder wach zu werden und zu checken, daß es an der Ecke Tauentzien und Kudamm war, mitten in Berlin. Viel Volk war um sie herum, saß da wie sie oder eilte, wimmelte. Jugendliche, herumlungernd, sicher ohne Arbeit. Rentner, amerikanisch aufgemotzt die westlichen, braun-grau die östlichen, Plaste und Elaste aus Schkopau. Wessies, wieselnd, aufgekratzt, gestern noch in Oberkotzau, heute in der Weltstadt hier, wie vom billigsten Rotwein besoffen. Flanierende Studenten, von ihren friedhofsöden Paukanstalten abgestoßen, heimatlos zwischen coolen CDU-Cäsaren und Kreuzberger Krawallos. Viel frech-gestylte Mädchen und Macker, videodoof, selbstbewußt wie Boris und Steffi, auf alle Fälle die Größten. Rechtsanwälte, Apotheker, Architekten, Ärzte, Unternehmer, vom Schicksal auserwählt, sechsstellig zu verdienen. Hausfrauen *en masse*, hastend auf der Jagd nach Sonderangeboten. Dazu noch Polizisten, Penner, Alkoholiker. Allesamt ihr Publikum. Nächste Woche Mittwoch würden alle vor der Glotze sitzen und von ihr begeistert sein. *Standing ovations* für Jessica Criens!

Der Mann dicht neben ihr, von ihr bislang kaum wahrgenommen, stand nun auf und blickte in den Kinderwagen. «Wie süß! Wie heißt die Kleine denn...?»

«Yemayá...» Wie ein Reflex war diese Antwort gekommen, und Jessica bemerkte erst jetzt, daß der Mann ein echter Widerling war: fett und teigig, aufgedunsen, mit viel zu dicker dunkler Hornbrille und offenbar Perücke, exakt gestutzten Haaren jedenfalls und der Farbe einer abgelegten Nerzstola.

Sie sprang auf, von ungewissen Alarmsignalen getrieben – Laß dich von keinem ansprechen! Geh mit keinem mit! – und schob den Kinderwagen an der Gedächtniskirche vorbei.

Los, nach Hause, sonst flippst du völlig aus!

Ein Uhr auch schon. Yemayá würde bald zu quaken anfangen; frische Windeln waren fällig. Das Mittagessen...! Keine Panik, sie war ja allein, da reichte eine schnell aufgewärmte Leberknödelsuppe mit einer trockenen Stulle dazu. Um 15.30 Uhr der Kinderarzt. Sicher ist sicher. Hatte Yemayá vorhin wirklich ein wenig Blut im Stuhl gehabt – oder hatte sie sich das nur eingebildet? Hysterisch war sie ja. Ins neue Buch hatte sie auch nur morgens im Bett hineingesehen, dabei war in knapp drei Wochen schon der Drehbeginn.

Also war erhöhtes Tempo angesagt. Sie kam sich, als sie jetzt den Kurfürstendamm hinaufeilte, wie eine Läuferin vor, die beim Marathon den Kinderwagen mitgenommen hatte. Auch eine Rolle, die sie reizen konnte: eine Frau, die so bessessen vom Joggen und vom Laufen war, daß sie letztendlich allen und allem davonlaufen konnte: Haushalt, Ehe, Mann und Kindern.

Sie kam an einem Haufen Kinos vorbei. *Gloria*, *Zoo-Palast* und *Marmorhaus*. Wenn erst die Anzeigen oben an den Fassaden ihren Namen priesen: KINO eins – Jessica Criens in *Ein seltener Fall von Witwenverbrennung*, KINO zwei – Jessica Criens in *Ich lege Rosen auf mein Grab*, KINO drei...

Du bist ja verrückt, äih!

Ja, und weil ich es bin, wird mein Name eines Tages hier überall in Riesenlettern stehen!

Sie wohnte hinten am Ludwigkirchplatz und hatte nun, wollte sie vom Kudamm auf dem schnellsten Weg nach Hause, links abzubiegen in die Fasanenstraße, am *Astor* vorbei, wo sie dreimal hintereinander «Jenseits von Afrika» gesehen und beschlossen hatte, mindestens eine zweite Meryl Streep zu werden.

Ihr Hochgefühl hielt an, und als sie an einer der vielen Boutiquen vorüberkam, gerade neu eröffnet, beschloß sie spontan, sich wieder mal neue Klamotten zu kaufen. Ein Tag wie dieser war gebührend zu feiern. Sekt gab es hier für neue Kunden. Wow, das war es!

Ein Rock aus Rindsoftnappa, tiefschwarz, war schon lange ihr Traum. Wenn sie damit durch die Straßen ging, war sie die Queen. Die Weiber wurden grün vor Neid, und den Kerlen sprang der Pint nach oben, daß es ihnen die Hosenknöpfe absprengte.

Haben mußte sie den. Sie nahm ihn vom Ständer und wollte in den Laden hinein, doch das scheiterte an den vier, fünf Stufen, die nach oben führten. Egal, Yemayá schlief noch immer, und ein paar Sekunden hier draußen schadeten nichts, war ja kein Smog.

Jessicas Euphorie multiplizierte sich noch, als die Verkäuferin rief: «Ich kenn Sie doch von der Bühne her...! ‹Kleines Theater› am Südwestkorso, Berlin-Revue...»

Sie war die einzige Kundin im Laden, und es ging ganz schnell, den Rock mal übergestreift und gesehen, ob er paßte. Sie brauchte bloß hinter eine hölzerne Trennwand zu treten, nicht mal die Kabine aufzusuchen.

«Paßt, ja...» Während sie sich mit den Händen über Bauch und Schenkel fuhr, ein bißchen Nina Hagen, warf sie einen Blick durch die Modepuppen und Dekorationen nach draußen. Alles okay. Yemayás Panoramawagen stand friedlich im Schatten.

«Toll sehen Sie aus! Schon für Ihre neue Rolle, was...?»

«Nein, nur für...» Sie brach ab, hätte fast verraten, wen sie mit diesem Rock anmachen wollte.

«Ach, ich verstehe...!» Die Verkäuferin, Mitte Zwanzig und furchtbar fasziniert von allem, was mit TV und Film zusammenhing, dachte sich ihr Teil. «Einen Herrn, den wir alle kennen...?»

«Na, schalten Sie mal regelmäßig ein!» Jessica lachte und begann im chaotischen Durcheinander ihrer Handtasche nach eingesteckten Geldscheinen zu suchen, fand endlich auch welche und streckte sie hin.

Die Verkäuferin geriet nun leicht in Panik, denn in dem Moment, als sie das Wechselgeld aus der Kasse nehmen und Jessica vorzählen wollte, schrillte hinter ihr das Telefon. «Entschuldigen Sie bitte, daß ich Sie nicht mehr zur Tür...!»

«Macht doch nichts, ich muß mich sowieso beeilen...»

Jessica warf die Münzen, die ihr schnell in die Hand gedrückt worden waren, achtlos in die Tasche, nahm die bunte Plastiktüte mit dem Rock, tauschte schnell noch das rituelle «Tschau!» mit der anderen und verließ dann den Laden.

Die Stufen sprang und schwebte sie hinunter, schwang dabei die Tüte auf und ab, als wär's ein Schmetterlingsflügel.

Unten angekommen, flog der Rock auf die Ablage unterm Kinderwagen, rauf auf die Programmzeitschriften.

Was für ein Tag! Szenen, die sie noch vor Augen haben würde, wenn sie fünfzig war.

Dann erst sah sie in den Kinderwagen.

Er war leer, Yemayá war verschwunden.

3.

Seit sie am Übergang Waltersdorfer Chaussee West-Berlin verlassen hatten, war ihnen der graue Lada gefolgt. So schien es ihnen zumindest. Waren das neurotische Ängste, gewachsen in den Jahrzehnten, in denen man die DDR als Horrorstaat gezeichnet hatte, oder ganz einfach Realitäten? Verdächtig genug waren sie ja; vom Outfit her Leute, denen jederzeit das Ausrollen gewisser Transparente zuzutrauen war: «Schwerter zu Pflugscharen» oder «Frieden schaffen ohne Waffen». Hatten sie zwar keineswegs in ihren Rucksäcken, nur was zu trinken und etliche Fressalien, aber sie hätten können, so wie sie aussahen. Mit ihren Bärten, ihren Jeans, ihren teuren Wanderschuhen Marke «Harvard» (adidas), ihren nicht eben abgehärmten Gesichtern, auf die das ständige Lesen von SPIEGEL und ZEIT, *zitty*, *tip* und *taz* eine feine Bildungspatina gezaubert hatte. Keine Aussteiger, Tunix-Typen oder Krawallos, RAF- und Rote-Zellen-Leute, Autonome erst recht nicht, aber immerhin mit demselben Touch wie die Blockierer von Mutlangen, Cattenom und so, also auch für DDR-Gemüter recht brisant.

In zwei Wagen waren sie heut morgen aufgebrochen. In Jürgens blauem BMW saßen Horst, Corzelius, Dieter und Mannhardt; Internist, Sozialwissenschaftler, Journalist, Kiefernorthopäde und Kriminalkommissar. In Stefanies gelben Variant (VW-Passat) hatten sich geklemmt Siegfried und Inge, zwei Meteorologen, sowie Peter, der ein wenig aussah wie Karl Dall, wenn der in einem Hollywoodfilm den Jesus abgegeben hätte, aber Psychologe war.

Vor vier Wochen hatten sie ihre DDR-Tour Nr. 9 geplant, rund um Dolgenbrodt, und waren als Westberliner brav zu einem der fünf «Büros für Besuchs- und Reiseangelegenheiten» gepilgert, hatten, doppelt natürlich, ihren «Antrag auf Einreise in die DDR» fein säuberlich ausgefüllt («Bitte mit Schreibmaschine oder in Blockschrift mit Tinte»), um dann drei Tage später glückliche Besitzer eines Passierscheins zu sein, das heißt, eines «Berechtigungsscheins zum Empfang eines Visums bei den Grenzübergangsstellen der DDR».

Das hatte auch alles geklappt, und nach Zahlung von DM 25,–, genauer gesagt: dem Umtausch von D-Mark in Mark, war ihnen heute morgen der Eintritt prompt gestattet worden, nicht ohne angemessene Rucksackkontrolle und landesübliches Warten, versteht sich.

«Fünfundzwanzig Mark – nicht viel für diese Reise mit der Zeitmaschine», sagte Corzelius, als sie durch Königs Wusterhausen rollten. «Deutschland, Preußen wie vor hundert Jahren, alles konserviert. Wahnsinn, diese Schläfrigkeit überall, wie in Alabama unten. Schön: kein Chrom, kein Glas, kein Dallas, keine Hektik, keine Reklame, kein Schickimicki-Deodorant über allem!» Er geriet immer mehr ins Schwärmen.

«Aber nur, weil sie nicht so können, wie sie wollen», meinte Jürgen. «Stichwort: West-Fernsehen. Und was du an der DDR so schön findest, mögen die wohl gar nicht.»

Der Mann im Lada schloß nun wieder auf, setzte sogar an, Stefanie, die hinter ihnen fuhr, zu überholen, ließ es aber wieder, als ihnen ein sowjetischer Armeelastwagen – CA – entgegenkam.

«Langsam kreisen sie uns ein», bemerkte Horst.

«Kein Wunder», lachte Mannhardt, «wo hier so viele hohe Tiere ihre Datschen haben. Und nicht so streng abgeschirmt wie am Wandlitzsee oben, wo ja der Erich, der Honnie... War ja früher mal ganz schlimm mit den Kontrollen in der Gegend hier, 'n Stückchen weiter nördlich, bei Erkner oben, als der Havemann noch gelebt hat. Grünheide...»

«Die Würdenträger im real existierenden Sozialismus, ach ja...» Corzelius lächelte, sagte aber nichts weiter, als Dieter ihn mit einem anmachenden «Na...!?» ansah, berief sich auf die Schweigepflicht des Journalisten, hielt dann aber einen kleinen Vortrag über das MfS, das Ministerium für Staatssicherheit, auch «die Firma» genannt oder «VEB Horch und Greif», und äußerte im Anschluß daran die Vermutung, daß möglicherweise ein Mann der Hauptabteilung Personenschutz hinter ihnen herfahre.

«Wieso'n das?» fragte Dieter.

«Na, 'n Sabotageakt im Kindernahrungskombinat ‹Roter Schnuller› wird man uns ja kaum unterstellen wollen...»

Angst hätten sie nicht, aber ein bißchen gruselig sei das alles schon, stellten sie fest.

Königs Wusterhausen war eine wieder hübsch zurechtgemachte Kreisstadt mit etwas über 12000 mehr oder minder sozialistischen Seelen und keinem echten Arbeitslosen; zudem noch S-Bahn-Endstation. «Bei Fontane noch mit 'nem Bindestrich geschrieben, heute aber ohne», merkte Mannhardt an, als großer Kenner des alten Wanderers heute wie schon oft ihr Cicerone. «Ihm verdanken wir die Erkenntnis, daß der Mann Theodor Fontane und nicht Theodor von Tane hieß», spottete Horst.

Doch Mannhardt war durch nichts mehr zu bremsen. «Band IV der Wanderungen, *Spreeland* also, Abteilung ‹Links der Spree›, erstens: Königs-Wusterhausen. *Finstrer Ort und finstrer Sinn/Nun blühen die Rosen drüber hin*. Bezieht sich auf das Jagdschloß, den Lieblingsaufenthalt des preußischen Soldatenkönigs... Na...?»

Horst drehte sich nach hinten um. «Friedrich Wilhelm I., Vater des großen Friedrich. Der, der den Katte hat enthaupten lassen. Vor den Augen des Kronprinzen, seines Freundes...»

«Gibt's da nicht auch 'n Krimi drüber?» fragte Dieter.

«Keine Ahnung», erwiderte Horst. «Ich lese keine.»

«Da ist der Lada wieder!» rief Dieter, als sie jetzt auf die F 179 kamen.

«Noch 'n Schlag Fontane, bitte, zur Ablenkung», sagte Horst.

Mannhardt schlug das mitgebrachte und von den «Organen» an der Grenze unbeanstandet gelassene Buch auf und las:

«Am Wasser hin zog sich eine schmale Wiese, von Huflattich eingefaßt, der hier und dort in grotesken Blattbildungen kleine vorspringende Inseln schuf. Hinter dem Wiesenstreifen, immer den Windungen des Flusses folgend, stand eine Reihe von Häusern, jedes einzelne durch ein blühendes Mohnfeld von dem Nachbarhause geschieden... Einsamkeit auch hier. Aber wenn sie am Tage vorher, an den Ufern des Zeuthner-Sees, wie ein wendisches Volkslied elegisch geklungen hatte, so klang sie hier wie ein Idyll aus alten Zeiten und schuf dem Herzen ein süßes Glück, wo jene nur ein süßes Weh geschaffen hatte. Ich wurde...»

Weiter kam er nicht, denn inzwischen hatten sie ihr erstes Ziel erreicht: den kleinen Friedhof von Dolgenbrodt, etwas außerhalb des Dorfes gelegen, von Siegfried ausgeguckt. Hier wollten sie die beiden westlichen Autos bis zum Abend parken.

Der graue Lada war verschwunden.

Großes Hallo, als sich die beiden Teams nun wiedertrafen.

«Kollektive!» korrigierte Peter. «Wir befinden uns hier auf dem Boden der Deutschen Demokratischen Republik und haben uns Sprache und Sitten unseres Gastlandes bitte anzupassen.»

So zogen sie los, lange fünfundzwanzig Kilometer vor den Füßen; und es wurde immer heißer, immer schwüler.

Zuerst ging es westwärts durch die Gussower Heide, viel Sand, viel Kiefern; den Dolgensee, bei Sturm von allen Paddlern als tendenzielles Seemannsgrab gefürchtet, rechts des öfteren im Blick, dann schnurgerade nach Norden, die schmale Dahme hinauf. Horst hatte schon Hunger und aß seine Banane.

«Latsch, latsch, die Heide blüht», sagte Stefanie, und Peter begann über sein Wackelknie zu klagen, Horst über seinen Ischiasnerv.

Kleine Pause, als sie die ersten der rot-weiß gestrichenen Betonpfähle erreichten, ein militärisches Sperrgebiet, wieder mal eines, und obwohl in Siegfrieds Karten mit keinem Strich eingezeichnet, hatten sie es schon erwartet, denn längst wußten sie, daß immer eins kam, wenn LSG, Landschaftsschutzgebiet, zu lesen stand.

«Ist doch logisch», sagte Corzelius. «Denn die Armeen der sozialistischen Bruderländer, die hier üben, schützen doch nichts weiter als den Frieden – und damit doch auch die Landschaft.»

Solche abgesperrten Areale sorgten oft dafür, daß aus den zwanzig Kilometern, die Siegfried zu Hause ausgerechnet hatte, leicht fünfundzwanzig, dreißig wurden, schön für Dieter, den Himalaja-Experten, weniger für Stefanie, Peter, Mannhardt, Horst, Corzelius, die als etwas fußkrank galten.

«Gibt's nicht irgendwo was abzukürzen?» fragte Horst.

«Nein.» Siegfried blieb hart. «Über Bindow durchs Schiedeholz nach Senzig am Krüpelsee, dann ostwärts durch die Blossiner Heide zum Wolziger See, baden und unser umgetauschtes Geld ausgeben, dann am Langen See nach Dolgenbrodt zurück, mit der Fähre über die Dahme und wieder ins Auto hinein...»

Aufstöhnen auf der einen, Freude auf der anderen Seite.

Auch Corzelius hatte seine Banane gegessen und stülpte nun die gelbe Schale mit dem blauen Chiquita-Aufkleber über den sozialistischen Sperrgebietspfahl.

«Achtet mir die Banane!» rief er mit schönstem Pfälzer-Pathos. «Geheiligt werde ihr Name, denn ihr Reich ist schon gekommen – bei uns in unserem Lande. Und als unser aussagekräftigstes staatliches Symbol soll sie nun endlich auch ihren Ehrenplatz in der Mitte unserer schwarzrotgoldenen Fahne bekommen. BRD übersetzen wir von heute an mit: Bananenrepublik Deutschland!»

Bis auf Horst, der das als Beamter nicht wagte, klatschten alle und fanden es gut, daß nun beide deutsche Staaten was in der Fahne hatten.

«Kein großes Picknick!» rief Siegfried, mit der großen Karte des Berliner Wald- und Seengebietes ganz Feldherr und Führer, musterte dabei mit kritischem Blick die aufziehenden Wolken. «Ein bißchen schneller, Genossen, ehe 's 'n Gewitter gibt!»

Die Rucksackkarawane zog weiter, Kilometer um Kilometer drückten ihre Wanderschuhe ihr Raster in den hellen märkischen Sand, weiteten sich die Schweißflecken auf Hemden und Shirts, half oft nur noch das Doping des lockeren Plauderns.

Stefanie, als sie neben Mannhardt und Corzelius herging, fragte, ob sie sich denn nicht vor Grobis Hintermännern fürchteten, davor, daß die noch anderes in Szene setzen könnten, sie von weiteren Recherchen abzuhalten.

«Von denen wußte doch keiner, daß ich an Grobi dran war», erwiderte Mannhardt. «Und das mit Carsten im Krematorium, das war ja wirklich nur 'n Zufall.»

«Nicht 'n Warnschuß?»

«Wie denn?» fragte Corzelius. «Hat doch keiner ahnen können, daß ich gerade in dem Augenblick da unten bin, wo die Sargträger von Grieneisen reinkommen.»

Stefanie, aus der Morgenzeitung, ihrem heißgeliebten *Tagesspiegel*, bestens informiert, dachte nach. «Und wenn nun dieser, dieser... Gott, ich kann mir keine Namen merken! Du... Du...?»

«Dubinski!»

«Ja, wenn nun dieser Dubinski 'n Auftrag dazu hatte, dich zu diesem Sarg zu führen, wo die beiden dringelegen haben...?»

«Ach, Unsinn!»

«Warum warst 'n eigentlich da im Krematorium?»

Corzelius stieß einen Kienappel vor sich her. «Weil ich irgendwie das Gefühl habe, daß da bei der Ausschreibung nicht alles mit rechten Dingen zugegangen ist. Siehe Antes und den anderen Baustadtrat, den in Wilmersdorf, siehe Quell, den Bezirksbürgermeister. Weiß aber keiner was davon, daß ich da 'n ganz bestimmten Verdacht habe. Also...! Ich war offiziell nur da, um für mein altes *Brammer Tageblatt* zu recherchieren, mal was über 'n großes Krematorium zu machen, weil in Bramme auch 'n Neubau ansteht.»

Und Mannhardt unterstrich noch einmal, daß von seinen Kontakten zu Grobi/Grobelny keiner was gewußt haben konnte. «Der hatte mich doch aus 'ner Telefonzelle aus angerufen. Wie soll 'n da einer mitgehört haben?»

«Aber erschossen worden ist er jedenfalls!»

«Sind wir die Mordkommission!? Und um uns an unseren Pilgerfahrten durch die Mark zu hindern, da müßte schon noch ganz was anderes passieren...!»

Jürgen war mit Corzelius ein paar Schritte hinter den anderen zurückgeblieben, wollte gern einiges mehr über den anderen wissen, war der doch mit Mannhardt zusammen erst Anfang des Jahres zu ihrer Wandergruppe gestoßen, von Horst ihrer «Brigade Schweißfuß» zugeführt worden.

«Wir sind nämlich alle in derselben Splitterpartei...»

«In welcher denn?»

«In der SPD...»

«Ah, ja... Und in Bramme bist du Chefredakteur beim *Tageblatt* gewesen und jetzt hier beim SFB...?»

«Hier...?»

«In Berlin...»

«... West! Immer präzise. Beim SFB, ja. Irgendwie brauchen die ja noch immer einen, der ihnen die Pausen zwischen den Musiktiteln füllt. Erkläre mir das Sosein der Welt in zwei-dreißig. Das ist 'ne Karriere, was: Vom Provinzblatt zum... Aber lassen wir das. Wer auf der Flucht ist, hat nicht viel zu fragen.»

«Aber deine Tochter hast du mitgenommen?»

«Siw? Nein, die ist in Bramme geblieben.»

«Siw?» Jürgen blieb unwillkürlich stehen. «Ich denke, Yemayá heißt die...?»

«Yemayá ist hier in Berlin. Das ist meine zweite Tochter...»

«Ach so! Aber verheiratet seid ihr noch nicht?»

«Mit Jessica? Nein...» Corzelius nahm beim Weitergehen seinen Rucksack ab, öffnete ihn und zog eine kleine Seltersflasche hervor.

«Das ist die Schauspielerin und 'ne entfernte Cousine von dir?»

«Ja, ja...» Corzelius verlor beim Stolpern über eine Wurzel seine Sonnenbrille und ein paar DDR-liche Alumünzen, fluchte und bat die anderen zu warten, lief dann zur Spitze des kleinen Zuges, wo Stefanie ihre *tic-tac*-Vorräte verteilte.

Niemand spürte auch nur im allergeringsten, was in dieser Minute im doch gar nicht so fernen West-Berlin geschah, wie schlimm es um Jessica stand, nachdem sie ihren Kinderwagen leer vorgefunden hatte.

Nach knappen zehn Kilometern hatten die neun Wanderer das östliche Ende des Krüpelsees erreicht, standen Kablow gegenüber, und Horst wie Mannhardt schritten nun, von den anderen nach Kräften verspottet, zu ihrer üblichen kultischen Handlung: Wie an jedem bisher abgehakten märkischen Gewässer knieten sie auch hier am Ufer nieder, streckten ihre rechte Hand hinein und netzten sich mit dem trüb-grünen, «blühenden» Wasser Wangen und Stirn.

Dann ließ man sich zum Picknick nieder, verputzte die mitgebrachten Buletten, Eier und Stullen, trank Tee, Selters oder Cola.

«Auf, auf!» Siegfried scheuchte sie schon wieder. «Es kann immer noch gewittern.»

Doch sosehr er auch drängte, alle nahmen sie sich noch die Zeit, die Graskuhlen, in denen sie gelegen hatten, sorgfältig abzusuchen und sich mehrmals auf die Brust- beziehungsweise Rucksacktaschen zu klopfen, in denen ihre Papiere aufbewahrt waren: der Westberliner («behelfsmäßige») Personalausweis und die uniformgrüne *Ausreisekarte* («Bitte bei Ausreise an der Grenzübergangsstelle der Deutschen Demokratischen Republik abgeben»), denn die Angst vor deren Verlust war riesig, fast schon pathologisch; als hätte er zwanzig Jahre und mehr Sibirien bedeutet. Nein, aber endlose Verhöre und die Anschuldigung, Beihilfe zur Republikflucht geleistet zu haben, womöglich auch das schöne Erlebnis, vom MfS angeworben zu werden. Und schreckliche Vorstellung, daß ein fluchtversessener DDR-Bürger, scharf auf freiheitliche Arbeitslosigkeit im Westen, ihre Papiere finden und dann mit ihnen...! Die Wahnsinnsangst, plötzlich ohne eigene Identität...

Darum die neurotischen Bemühungen, sich immer wieder zu vergewissern, daß Ausweis und Ausreisekarte noch vorhanden waren.

Gott (West) sei Dank, sie waren es noch!

Los, ab, weiter, avanti, avanti, vorwärts, marsch! Die nächsten zehn und nach der Pause besonders harten Kilometer waren in Angriff zu nehmen.

Als sie Bindow durchquerten, ein kärglich-graues Kaff («Was die DDR am dringendsten braucht, ist ein halber Ozean voll bunter Farbe», sagte Inge), kam ihnen auf einer Art Moped der Genosse ABV entgegengefahren, der Herr Abschnittsbevollmächtigte, und sie rechneten schon mit einer intensiven Kontrolle, doch er umkurvte sie nur mit schnellem Blick. Äußerlich viel zu desinteressiert, wie Mannhardt fand, und gerade damit ein sicheres Indiz dafür bietend, daß er sie doch auf'm Kieker hatte, glaubte das zu wissen, weil doch die Polizisten überall dieselben seien.

«Die reichen uns hier von Ort zu Ort weiter; erst der Lada, jetzt der ABV.»

Hielt man sie für CIA- und BND-Agenten? Quatsch. Eher für bestimmte Westberliner Grüne, die an sich nicht «rüber» durften, durch einen Computerfehler aber möglicherweise doch...? fragten sie sich. Oder ging es hier allein um C. C. – Corzelius? Hatte er in letzter Zeit irgend etwas geschrieben oder übern Sender verlautbaren lassen, was den hiesigen Größen nicht schmeckte?

«Ich weiß nicht...» Corzelius überlegte drei, vier Schritte lang.

«Vielleicht wegen Wuthenow», sagte Jürgen, SPIEGEL-Leser. «Und deinem Interview mit dem...»

«Was denn!?» lachte Mannhardt. «Dem *Schach von Wuthenow*?» Damit anspielend auf eine der tragischsten Figuren seines geliebten Fontane. «Zieht sich erst aufs Land zurück, erschießt sich dann, weil ganz Berlin über ihn und seine außergewöhnlich häßliche Braut zu spotten beginnt: Victoire von Carayon.»

«Ich kenn nur Viktoria 89, mal Deutscher Fußballmeister gewesen», sagte Horst und begann den alten Vereinssong laut und falsch zu singen. «Wir halten hoch und fest die Stangen, hipp, hipp, hurra, im Pissoir, äh, Viktoria!»

«Victoire von Carayon», wiederholte Mannhardt.

«Wer ist denn nun Wuthenow?» fragte Stefanie, die, als nun alles stehenblieb, die Zeit nutzte, sich trotz aller Verbote («Waldbrandstufe zwei») eine Zigarette anzuzünden («Ist ja nur Sand hier...»).

«Ein hohes Tier», erklärte Corzelius. «Prof. Dr. Friedrich-Wilhelm Wuthenow, Direktor des Instituts für Fragen des Imperialismus (IFI), der kommende Mann, das heißt, wenn der Nachfolger des Honecker-Nachfolgers mal ein bißchen Weltmann sein sollte.»

«Und was machen die so?» wollte Horst wissen. «Hifi vom IFI?»

«Ja, in etwa; alles sehr hochwertig. Zum einen Erforschung dessen, was im ‹kapitalistischen Ausland› geschieht, insbesondere in der Bananenrepublik Deutschland, der BRD, dann aber auch gezielte Propaganda Richtung Westen.»

«Und du hast diesen real existierenden, den roten Wuthenow also interviewt?»

«Ja, bei uns im Studio. Und da hat er vielleicht für die Falken hier in der DDR, im ZK und im Ministerrat, zu sehr auf deutsch-deutsche Kordialität gemacht, oder andersherum: zu laut über ein Gesamtdeutschland unter rötlichen Vorzeichen nachgedacht. Die KP sei in Italien wie in Frankreich Regierungspartei gewesen, warum denn nicht bei uns...? Das muß die Abgrenzungsfanatiker hier ganz schön genervt haben.»

Siegfried, wieder mit der Karte in der Hand auf der Suche nach dem schönstmöglichen Weg, verstand nicht ganz, inwieweit dieser Fakt ihre heutige Wanderung rund um Dolgenbrodt ernsthaft tangieren sollte.

«Na, Mensch...!» Corzelius tippte mit dem Zeigefinger auf eine Stelle unweit ihres derzeitigen Standortes, «...weil der F.-W. Wuthenow hier am Dolgensee 'ne Datsche hat!»

«Hättste das nicht eher sagen können?»

«Warum denn: ist doch lustig!» half ihm Stefanie.

«Dann mal weiter!» sagte Siegfried. «Da hinten überm Wolziger See grummelt es schon.»

Das war am Kilometer 13,6, so von Siegfried zu Hause mit dem Kilometerzähler «ausgeradelt», und von hier aus ging es zum Großen Luch hinunter, dann ostwärts weiter zum Wolziger See, wo der Weiße Berg mit seinen 54 m der nächste Fixpunkt war; gute drei Kilometer alles in allem, wenn sie sich nicht wieder verliefen.

Munteres Geplauder – bei Fontane «Causerie» geheißen, wie Mannhardt bemerkte – half ihnen über ihren toten Punkt hinweg.

Siegfried erzählte, daß sich Inge und er in einem Reiseführer über Portugal entdeckt hätten, wie sie da als deutsche Rucksacktouristen durch die Lande zogen, obwohl sie nie selber dort gewesen seien; der Autor, ein Freund von ihnen, habe über diesen Gag gewiehert.

Peter dozierte viele hundert Meter lang über den Zusammenhang von Herrschaft und Sprache, daß Mensch und Mann gleichgesetzt seien, Mädchen sich dagegen von Magd herleite, auf die Bestimmung zum Dienen hinweise.

Mannhardt schließlich erfreute sie mit der Schilderung eines Falles aus Mettmann, Nähe Düsseldorf, wo es einer Mutter von neun Kindern fast zwanzig Jahre lang gelungen war, den Tod eines ihrer Söhne zu vertuschen, «obwohl der inzwischen schul- und wehrpflichtig geworden war. Bis er achtzehn geworden wäre, hat sie sogar Kindergeld für ihn bezogen. Bei der Polizei hat sie ihn als ‹nach unbekannt verzogen› abgemeldet, ohne daß da was aufgefallen wäre. Dabei hat sie ihn, als er knapp drei gewesen ist, verhungern lassen und dann im Garten vergraben. Rausgekommen ist das Ganze durch einen Verlobten einer ihrer Töchter...»

Gerade als sie Blossin erreichten und durch die einzelnen Gehöfte hindurch den See erkannten, elefantengrau und scheinbar ohne Ende, brach auch das Gewitter los, ließ ihnen kaum noch Zeit zum Überstreifen ihrer Regenjacken.

«Mensch, das ist ja wie ein Hurrikan!»

So stark wehte es über den Wolziger See, daß sie sich beim Rennen wie die Skispringer weit nach vorne legen konnten, ohne hinzufallen. Staub und Dreck schlug ihnen in die Gesichter, herabgerissene Zweige und Blätter, vom Wagen gefallenes Heu; Sandkörner drangen schmerzend in die Augen. Und als dann schlagartig der Regen einsetzte, nicht in Tropfen fiel, sondern sie wie ein Wogenkamm erfaßte, waren ihre Jeans und Schuhe in Sekunden völlig durchnäßt, kam Panik auf.

«Da drüben ist das Restaurant!» Siegfried schrie es nach hinten, die Rettung war nah.

Doch: denkste! «Schließtag» war da heute, also alles zu.

Keine Selters zu -,11 M, kein Schnitzel mit Letscho für M 4,22, vor allem aber: kein gemütliches Plätzchen, keine Möglichkeit, die Sachen wieder trocken zu kriegen.

In der Tat, es war zum Heulen. Und zum Lachen gleichermaßen, denn insgesamt hatten sie genau DM West 1.546 in all ihren Taschen, Traumsummen für jeden Bürger in der DDR, und litten dennoch, waren jämmerlich dran. Aber wie denn: mit einem blauen Westhunni in der Hand hier irgendwo klingeln und um neun warme Plätzchen bitten? Ja, warum denn nicht? Sie diskutierten darüber, schrien sich ihre gegenteiligen Meinungen zu. Wenn sie nun an einen mit Kontaktverbot gelangten und der sofort den Staatsschutz rief? Der sie ja möglicherweise sowieso schon auf der Abschußliste hatte. Na und? Aber da, wo wir klingeln, da kriegen doch die Leute unsertwegen womöglich unheimlich Ärger. Lieber willste dir den Tod hier holen!? Gott, wir sind doch nicht aus Pappe! Nee, hart wie Kruppstahl. Ja, verrosteter aber! Man braucht ja auch nicht gleich Westgeld anzubieten, sagen wir doch einfach, daß wir aus Pankow kommen (das einer der Ostberliner Stadtbezirke war). Meinste denn, dir sieht keiner an, wo du herkommst!

«Ich schlage vor, wir laufen weiter jetzt!» Siegfried versuchte, die acht anderen wie auch den Sturm zu übertönen, doch ohne Erfolg, denn nun donnerte es auch von überall her mit ungewohnter Urgewalt, und irgendwo in Bäume und Scheunen schlugen Blitze ein.

Sie preßten sich unters schmale Vordach des geschlossenen Kruges und verfluchten Gott und die Welt, hätten jetzt am Kurfürstendamm gemütlich bei *Möhring* oder *Kranzler* sitzen und den lieben Gott einen guten Mann sein lassen können, anstatt sich hier von seinem Strafgericht erschüttern zu lassen.

«Ich komm mir vor wie 'n Baby in 'ner nassen Windel bei zehn Grad unter Null!» stöhnte Carsten Corzelius.

«Wieso...?» fragte Horst. «Laßt 'n ihr Yemayá bei solchen Temperaturen immer auf'm Balkon draußen liegen?»

«Wo soll sie denn hin, wenn Jessica zu singen anfängt?»

Zur Strafe für ihre lästerlichen Reden schlug der Blitz nun im Restaurant oben ein, und sie zuckten ganz schön zusammen.

«Wenigstens kann man sich vor Angst in die Hosen machen, ohne daß es auffällt; nasser geht's ja ohnehin nicht mehr.»

«Vom Geruch mal abgesehen...»

Nach einer knappen halben Stunde entschloß sich das Unwetter, die neue Rekordernte der LPG Blossiner Heide nicht länger zu gefährden, und funktionierte sich alsbald zum tüchtigen Landregen um, so daß Siegfried endlich sagen konnte: «Los jetzt, weiter! Nach Dolgenbrodt sind es von hier aus dreieinhalb Kilometer, höchstens vier, und dann sind wir mit der Fähre in 'n paar Minuten bei unsern Autos drüben und können uns da aufwärmen und die Sachen trocknen lassen.»

«Gibt's denn nicht 'ne Taxe hier?» fragte Mannhardt und verwies auf die dicke Blase, rechts am Hacken unten.

«Frag doch mal, wo hier die U-Bahn ist?» konterte Corzelius.

Übellaunig setzten sie sich in Bewegung.

«In vierzig Minuten sind wir an der Dahme unten, steigen in die Fähre und sind dann im Warmen!»

Man stärkte sich mit Äpfeln, Schokolade und Studentenfutter, dann ging es los, fast schon in olympischem Tempo, denn alle sehnten sich nach der aufgedrehten Autoheizung.

Auf der Chaussee, die von der Autobahnauffahrt Friedersdorf herkam, marschierten sie in Dolgenbrodt ein, und das überraschend stattliche Fährhaus war auch in Sekundenschnelle gefunden.

Doch von einem Fährmann und einem geeigneten Schifflein weit und breit keine Spur.

Siegfried griff zum amtlichen Wanderatlas, schlug ihn auf und las: «...gehen zur Fähre hinunter, Mai bis September, überqueren die Dahme und wandern dann am kleinen Friedhof vorbei weiter nach Prieros...»

«Wann ist 'n der gedruckt worden – 1937?»

«Nein...» Siegfried sah nach. «Voriges Jahr...»

Sie suchten die nähere Umgebung nach Mann und Fähre ab, bei dem nun wieder stärker werdenden Regen gewiß kein Vergnügen, fanden aber nichts.

«Schwimmen wir rüber...» schlug Jürgen vor.

Doch nicht nur Horst, der die kaum hundert Meter niemals geschafft hätte, ohne heldenhaft unterzugehen, auch die anderen waren dagegen: die Kälte, und wohin denn mit den ganzen Sachen?

Die Stimmung auf dem absoluten Nullpunkt, *merde*, Scheiße!

Schweres Rheuma war ihnen sicher, eine Lungenentzündung, kaputte Nieren, auf ewig ruinierte Nebenhöhlen.

Welch ein verlorenes Häuflein, *lost in the GDR*, absolut ratlos.

«Die ganze Strecke wieder zurück», sagte Peter. «Was bleibt'n uns sonst weiter übrig!»

«Da baun wir doch lieber 'n Floß», sagte Horst und begann schon Balken und Bretter zu sammeln.

«Oder klaun uns da den festgemachten Angelkahn...!» Siegfried versuchte es schon, doch die Kette hielt. «Nicht mal darauf kann man sich verlassen, daß die volkseigenen Produkte allesamt nur Schrott sind...!»

Ein Veteran schlurfte vorbei, wurde sogleich angesprochen, ob er denn nicht wüßte, wo und wie denn der Fährmann...

«Gar nicht, der ist doch seit zwei Jahren tot! Und 'n Nachfolger gibt es noch nicht.»

Da war es dann die liebe Stefanie, die *die* Idee des Tages hatte; sie zu Corzelius: «Wenn du den Wuthenow kennst und der hier seine freien Tage verbringt, dann wird der doch auch 'n Motorboot haben, so als Spitzengenosse...»

Lang anhaltend war der Beifall der Menge, und Corzelius sollte auf der Stelle lostraben, sich das vermutete Wuthenowsche Boot für eine halbe Stunde auszuleihen, maulte aber sehr, blockte ab und wollte nicht, ohne indes einen konkreteren Grund für sein Zaudern zu nennen als den, die Leute doch nicht so einfach stören zu können, mußte geradezu gezwungen werden («Sonst kannst du uns mal...!»), ging da erst los, nicht ohne vorher Mannhardt als Begleitung angefordert zu haben.

Mit quatschnassen Hosen und Socken, mit Schuhen, die sie in Matsch und Schlamm immer wieder zu verlieren drohten, machten sie sich auf den Weg und hatten einige Schwierigkeiten mit der richtigen Richtung («...irgendwo am Ortsausgang nach Königs Wusterhausen zu», mehr wußte auch Corzelius nicht), mußten einige Male regenfeste Kinder fragen, bis sie das eher bescheidene Landhäuschen am Ostufer des Sees endlich erreichten.

«Ich kenn' Müllwerker bei uns, die 'ne feudalere Laube ihr eigen nennen», sagte Mannhardt.

«Seine Frau will hier nicht weg...»

Sie blieben stehen, bibbernd in der nassen Kleidung, fühlten sich so schwach und elend wie im ersten Stadium einer schweren Grippe. Das war es aber nicht, was ihre Mattigkeit und ihre Lähmung recht eigentlich erklärte. Vom Wasser, das wärmer als die Luft darüber war, stiegen Nebelschwaden hoch und hüllten sie ein.

«Wassergeister, wendische...» sagte Mannhardt, zwar grinsend, aber auch nicht gänzlich cool. «Suchen ihre Opfer, tränken uns mit ihrem Gift, ziehen uns zum Ufer hin...»

«Hast du deine mystische Periode, was...!?»

«Wieso? Ist doch *in* jetzt, steht doch überall was von der Wende*n*politik, die sie betreiben...»

Ob Blödeln gut war gegen böse Wassergeister? Schien nicht so, denn irgendwo saß ein Käuzchen oben im Geäst der Birken und klagte laut. Der Totenvogel?

Schwarze Erde, schon Morast, schmutzige Erlengebüsche und Huflattichblätter, riesig und unheimlich, geschaffen, um Leichen darin zu verstecken. Mannhardt ließ Corzelius wissen, was er da dachte, und wurde seiner professionellen Deformation wegen heftig beschimpft.

Wo waren sie hier eigentlich? In Dolgenbrodt? Nein. In den Tropen! Ringsum doch nichts als grüne Hölle, dichter Regenwald. Quatsch, bei dieser subpolaren Kälte hier! Amazonas oder Grönland?

«Ich glaub, ich spinne langsam...» Corzelius spürte, und das ließ ihn grausam frösteln, wie sich die, wie sich seine Wirklichkeit langsam verlor, Gewißheit einer absoluten Leere wich. Gab es außerhalb dieser Nebelschwaden überhaupt noch eine Welt? War West-Berlin, der Kudamm nicht bloße Fiktion, Jessica, Yemayá nicht lediglich ein Traum, hier in dieser grüngrauen Einöde gewachsen, um sich daran hochzuziehen...? Dolgensee, Dolgensee...? Nie gehört. Gab es doch gar nicht.

Angst stieg hoch in ihnen, daß die alten Wendengötter sie als Opfer haben wollten, Nykus, der wódny muz, der Wassermann, mit seinem Wasserweib, die auf Wanderer scharf sein sollten, darauf aus waren, sie zum Baden zu verleiten, und dann ertränkten. Sie hörten sie wispern: *Přadu so, přadu bělu wolmu / Za goru we dnju a z nocu...!* Eine Zeitmaschine hatte sie ins vergangene Jahrtausend zurückgerissen.

Die Wuthenowsche Datsche war ein karbolineumdunkles Holzhäuschen mit höchstens anderthalb Räumen plus Küche und Klo und nicht eben hohen Schlafräumen unterm schrägen Dach, ergänzt von einem schiefen Wellblechschuppen ganz sicher aus Vorkriegszeiten und einer selbstgemauerten Garage sowie einem weit in das Wasser hineinragenden Steg nach Ponton-Art, das heißt, eine Reihe langer Gitterroste, verzinkt, wie Mannhardt sie aus Fabrikanlagen kannte, war auf leer schwimmende Benzinfässer aufgeschraubt worden. Und an diesem Steg, na siehste!, lag gut vertäut, mit einer grauen Plane abgedeckt, ein kleines Motorboot, heiß begehrt, faßte mindestens die Hälfte von ihnen.

«Da kommt Freude auf!» sagte Mannhardt.

«Noch haben wir's nicht...»

Sie taten die letzten Schritte auf den Gartenzaun zu, und der eh sehr schlechte Schotterweg verlief sich in einer knöcheltiefen Seenplatte.

Der Garten war auch nicht das, was sie von ihren Bausparkassenblättchen kannten, war ungepflegt und kärglich zu nennen. Eine Hollywoodschaukel war mit einer kackbraunen Folie geschützt, Plaste und Elaste, und glänzte naß und abschreckend, und die Tischtennisplatte stand so schief, als hätte Wuthenow vorhin mit einem Gartenzwerg gespielt. So jedenfalls Hans-Jürgen Mannhardt, während C. C. nur noch schwieg. Allein das intensive Blau des Rittersporns kam noch an gegen diese wendische Tristesse, nicht einmal die pflichtgemäß gepflanzten roten Nelken schafften dies.

An einer alten Schwengelpumpe hantierte ein kugelförmiges menschliches Wesen, eingepellt in Regensachen von scheußlichsten schiefergrauen, borkenbraunen Farben. Wie alter Labskaus auf dem Abwaschteller, fand C. C. mit einem Bild aus Bramme-Nord, wie die Kotze eines *Frolic* fressenden Hundes, meinte Mannhardt dagegen.

Die Gestalt fuhr herum, als Mannhardt hustete, und erwies sich als Wuthenows Frau. *Die Tochter des Ministers*, wie er bereits erfahren hatte, eine einflußreiche Frau in Gewerkschaft und Partei, Ökonomin, und für die Karriere ihres Mannes wichtiger als die Sonne für das Wachstum von Tomaten; so jedenfalls Corzelius.

Der war es auch, der jetzt über den Jägerzaun rief, daß er ein Bekannter ihres Mannes sei und ob er den wohl sprechen könne.

Sie kam zum Gartentor und streifte sich die Regenhaut ein wenig von Gesicht und Haar herunter, und Mannhardt erschrak, hatte Angst, seine Augen könnten ihn verraten, den Inhalt dessen preisgeben, was er bei ihrem Anblick dachte: häßlich, grimmig, fürchterlich, Mannweib, Hilde Benjamin, Tamara Press, Hexe und Xanthippe; Gott, was für 'n Drachen! Als sie, Corzelius und er, nachher darüber sprachen und die beiden Namen fielen, mußten sie den Jüngeren erklären, daß Tamara Press eine flußpferdhaft füllige sowjetische Kugelstoßerin gewesen war und die Benjamin die überaus gefürchtete Oberstaatsanwältin und DDR-Justizministerin der fünfziger Jahre.

Vorurteile, Vorurteile, sagte da Corzelius, doch Mannhardt blieb dabei, daß er die Wuthenowsche höchst entsetzlich fände und Krämpfe kriege, wenn er daran denke, wie es wohl wäre, müßte er mit dieser Dame den Koitus ausüben. («Meinste nich, daß die Frauen sich vor dir genauso ekeln?» fragte er sich allerdings im selben Augenblick.)

Corzelius stellte sich und Mannhardt höflich vor, und sie wußte natürlich Bescheid («...das Interview, ja...»), traf aber keinerlei Anstalten, sie einzulassen, sondern sagte nur unfreundlich und abweisend, daß ihr Mann leider nicht zu Hause sei, sondern irgendwo in Dolgenbrodt herumschwirre, Fische zu kaufen.

Mannhardt erklärte ihr, weswegen sie hier seien und worin ihr Problem läge, daß sie sich voll und ganz auf den annoncierten Fährbetrieb verlassen hätten und nun wie die begossenen Pudel dastünden.

«...ob wir uns wohl ganz kurz einmal Ihr Boot ausleihen könnten, um unsere Truppe ans andere Ufer zu bringen, zu unsern Autos rüber...?»

«Da müssen Sie schon auf meinen Mann warten, ich hab da keine Ahnung von...»

«Bei dem Regen, da...» Corzelius ließ klar erkennen, was er meinte, was er wollte: im Warmen warten, blickte deutlich Richtung Datsche.

«Sie müßten doch selber wissen, daß das... Guten Tag!» Sie drehte sich um und ging zu ihrer Pumpe zurück, stampfte, rumste.

Corzelius tippte sich sachte an die Stirn: «Mensch, Verbot von Westkontakten!»

«Stimmt, hätt' ich mir auch denken können...»

So schlichen sie zurück im Nebelregen und fielen dann aus allen Wolken, als sie am verlassenen Fährhaus, wen wohl, im Gespräch mit ihrer Gruppe fanden: Wuthenow, den roten Grandseigneur, ein bißchen Berthold Beitz, ein bißchen auch Stewart Granger, obwohl doch märkisch-knorrig auch, der Bamme aus Fontanes *Vor dem Sturm*, der ja, wie Mannhardt wußte, dem Zieten nachgebildet war. Wuthenow mit einem Wort, von Siegfried eben angehauen, ob er sie nicht eben mal für zwanzig Märker West...?

Großes Hallo, und Wuthenow hatte keinerlei Berührungsängste, wurde ja im Gegenteil bezahlt dafür, bei Westlern Sympathien zu wecken für sich und seine Republik, die immer respektabler wurde.

Nur wenige Worte waren noch zu wechseln, dann schwang er sich aufs nahebei geparkte Rad und fuhr zu seiner Datsche, war fünf Minuten später mit seinem Schifflein, nach Jack London «Snark» genannt, bei ihnen am Steg und fuhr sie in drei Dreiergruppen ans Auto-Ufer hinüber.

Die anderen waren schon vorausgeeilt, wollten sich im Autoinnern wärmen, als Corzelius sich bei Wuthenow noch einmal für die Fährmannsarbeit bedankte.

Wuthenow nickte und hielt Corzelius' Hand noch zwei, drei Augenblicke fest. «...und wie geht's der Mutter meines Kindes...?»

«Danke, gut.»

«Und Yemayá selber?»

«Auch. Jessica hat zwar im Augenblick viel mit ihren Drehbüchern zu tun, 'ne neue Vorabendserie – *Doris Müller, Taxifahrerin* –, aber solange ich mir meine Arbeitszeit so in etwa selbst einteilen kann, da...»

«Danke...!» Wuthenow ließ die Hand wieder los und umarmte ihn. «Und unsere Version...?»

«Die haben uns ganz sicher alle abgekauft: Ich gelte überall als wunderbarer Vater. Scheint aber so, als ob Yemayá, je älter sie wird, immer mehr Ähnlichkeit mit Ihnen bekommt. Ganz der Papa...»

Wuthenow lächelte. «Noch wäre eine Tochter im Westen tödlich für mich, aber im Jahre 2002, da könnte sie schon Gold wert sein...»

4.

Gegen 18 Uhr 30 erreichten sie das Schönefelder Kreuz und rollten auf einem letzten Autobahnstrahl Richtung Norden, erblickten schon bald am grau-grauen Horizont die Hochhausspitzen der Gropiusstadt, Westberliner Zeichen also, Liebesgrüße aus Britz–Buckow–Rudow. Da, wo die alte «Frontstadt» mit ihrem südlichsten Keil weit ins real-sozialistische Land hineinragte, befand sich der zentrale DDR-Flughafen, Berlin-Schönefeld, mit zwei spektakulären Abstürzen, Mitte der sechziger Jahre und erst vor kurzem wieder, überall publik geworden. Seine *Main Hall*, mehr als provinziell in allem, lag, nur von Straße und Bahngelände getrennt, fast unmittelbar der Grenze gegenüber, und viele Westler kamen jahraus, jahrein hierher, um die Billig-Tarife zu nutzen.

Spätestens als sie die grau-roten Heckflossen der *Interflug*-Maschine erblickten, beschlich die neun Wanderer in ihren beiden B-Nummern-Wagen ein kindlich-ängstliches Gefühl, die bange Erwartung, nun bald von stoisch-kühlen Kontrolleuren in die Mangel genommen und möglicherweise wegen irgendwas erwischt zu werden. Wer hundert Einheiten positiver Eindrücke aus der DDR mitbrachte, und sie standen ihr ja alle sehr offen gegenüber, der verlor hier an der Grenze wieder hundertzwanzig davon; so ihre Einschätzung der Lage.

Vieles war nun zu bedenken, war falsch zu machen, konnte «Konsequenzen» haben.

Da war zuerst das umgetauschte, aber nicht verbrauchte Geld der DDR, das «Ostgeld», das sie in der Tasche trugen. Wie und wo hätten sie es bei der heutigen Wanderung ausgeben können? Vielleicht Wuthenow, einem Spitzenfunktionär, für seine Fährdienste schenken? Unmöglich. Also hatten sie alles gesammelt, und Siegfried war beauftragt worden, es an der Grenze auf sein Sonderkonto einzuzahlen, wieder abhebbar zu allen Zeiten. Das war noch in Dolgenbrodt am Sammelpunkt Friedhof geschehen, doch als Horst jetzt kurz vor Schönefeld in seine Jackentasche faßte, kamen drei Alu-Münzen zum Vorschein. Was tun? Behielt er sie und verneinte dann die obligate Zöllnerfrage an der Grenze, ob er noch Zahlungsmittel der Deutschen Demokratischen Republik mit sich führe, so gab es, sollte er wirklich, warum auch immer, am Leibe visitiert werden, erheblichen Ärger. Sie Siegfried nachzureichen war schlecht möglich, weil der im anderen, in Steffis Wagen saß, und er hätte auch alles neu abrechnen müssen.

Was also tun? Die drei Münzen flogen aus dem Fenster, und Mannhardt fürchtete, daß dieses Delikt gegen die Notenbank der DDR noch böse Folgen haben werde. «Ist doch deren Schuld, daß sie so 'n Theater machen, wenn man ihr Geld mitnehmen will.»

Mehr Sorgen als die Devisenfrage machte ihnen ihr jahrelang im Westen antrainiertes Unvermögen, bei Begegnungen mit der Staatsmacht auch mal den Mund halten zu können. Aber die DDR-Organe mochten das nun gar nicht leiden; «Räsoniere Er nicht!» Schon bei der Einreise hatte Corzelius ihren Zeitplan gefährdet, als er auf die Grenzer-Frage, ob er Waffen mit sich führe, geantwortet hatte: «Ja, geistige!» Stummes Entsetzen des jungen Mannes und dann ein wütendes «Warten Sie hier!», als Stefanie bei seinem Kollegen auf dieselbe (dumme) Frage noch einen draufsetzte: «Wieso, brauch ich denn in der DDR auf den Straßen irgendwelche Waffen? Ist doch alles so sicher hier...» Schnelle Schritte in das Büdchen zum Genossen Leutnant hin, das Strafgericht in Gang zu setzen. Doch der war, was'n Glück für sie, nicht nur ein an sich humorvoller Mensch, sondern auch noch voll auf die Imageverbesserung à la Honecker aus, lachte nur und fragte, ob sie noch mehr solcher Sprüche drauf hätten, vielleicht sogar die neuesten Kanzlerwitze. Hatten sie – und entgingen der üblichen Bestrafung: «Fahren Sie mal rechts raus...» (Wartezeiten bis zu anderthalb Stunden).

Aber ob es ihnen auch auf der Rückreise gelang, auf solche Art und Weise der Strafbank zu entgehen?

Schon beim Ausfüllen der Formulare konnte man so manches falsch machen. Auf der grünen *Ausreisekarte* beispielsweise. Beim *Reiseziel in der DDR* hatten sie alle und ja korrekterweise «Touristik Kreis Königs Wusterhausen» hingemalt, doch da gab es ganz unten noch die Rubrik *Weitere Reiseziele in der DDR (Name und Anschrift)*... War da anzugeben: Prof. Dr. Friedrich-Wilhelm Wuthenow...? Ja, sie hatten ja mit ihm kontaktet. Nein, denn – so Corzelius sehr *sophisticated* – seine Datsche sei ja nicht ihr Reise*ziel* gewesen, nur der pure *Zufall* hätte ihre Begegnung bewirkt. «Egal, wir haben aber!» sagte Horst, der in solchen Sachen sehr pedantisch war. «Und außerdem: wir sind ja höchstwahrscheinlich verfolgt worden, die ganze Zeit über beobachtet... Und wenn wir's jetzt verschweigen, machen wir uns doppelt verdächtig.»

«Und wenn wir's reinschreiben, erst recht!» beharrte Dieter. «Denn Wuthenow, den kennt doch hier jeder von der Politschulung her.»

Man hatte abgestimmt, und die Mehrheit war für Verschweigen gewesen; doch nun zitterten sie alle.

Dann gab es noch zwei kleinere Probleme, die beide Jürgen betrafen. Der rot-weiße Pfahl, der das Sperrgebiet markierte, und die Bananenschale darauf; natürlich hatte er da einen Schnappschuß gemacht, obwohl sie im Merkblatt aufgefordert wurden, «unbedingt einige Fotografierverbote» zu beachten, so neben Bahnanlagen und Bahnhöfen auch «militärische Einrichtungen, Marschkolonnen, diensttuende Soldaten, militärische Sperrgebiete in der Landschaft». «Siehste!» sagte Horst, nachdem er das verlesen hatte, «wennse nu deinen Apparat aufmachen und den Film entwickeln lassen...!»

«Außerdem», erwiderte Jürgen, «hab ich mir am Krüpelsee noch einen Stein eingesteckt – und verboten ist die Ausfuhr von Mineralien, Fossilien und Gesteinen mit musealem und Sammlerwert!»

Auszufüllen war nun noch von jedem ein schmutzigweißes Zettelchen mit den Rubriken «Bei der Ausreise mitgeführte Zahlungsmittel» (wo sie ihre Westgeldbestände zu vermerken hatten) und «In der DDR als Geschenk erhaltene oder durch Kauf erworbene Gegenstände»; plus Datum und «Unterschrift des Reisenden».

Als das erledigt war, kurvten sie auch schon dem Betonwall entgegen, hielten vor der ersten Öffnung, einer Schranke, einer roten Ampel. Vorkontrolle. Personalausweise, Ausreisekarten, Kraftfahrzeugschein. Hinausgereicht aus dem Wagen, Musterung der Insassengesichter. «Danke sehr!» und Schranke hoch, Einfahrt in den engeren Kontrollbereich, Slalomfahrten durch Betonkämme hindurch. Sechs Wagen vor ihnen, nun wartet mal schön. Links und rechts Felder, und legte man die Hände wie ein Fernglas an die Augen, hätte man irgendwo in Niedersachsen oder sonstwo sein können.

Warten als Methode, die Existenz eines Staates ins Gedächtnis zu rufen. So ihr Urteil, als sie eine Viertelstunde hinter sich hatten; aber tat denn das noch not? Dazu der Nieselregen und die Totensonntagstristesse. Grenzer wieselten herum und schienen in den Baracken Interessantes zu treiben.

«Jetzt rufen sie reihum die Posten an, die uns die ganze Zeit über...»

«Hör auf zu unken!»

Es dauerte und dauerte, und jeder Blick, der sie prüfend traf, rief neue Ängste wach, zumal schon einige Wagen, die das Ziel nach ihnen erreicht hatte, nach vorn gewunken worden waren.

Jürgens blauer BMW stand vorn, Stefanies gelber Variant stoßstangennahe dahinter, und wegen ihrer noch immer furchtbar klammen Sachen waren sie im warmen Wageninnern geblieben, konnten sich durch die nur etwas heruntergekurbelten Fenster auch nicht recht verständigen.

Endlich kam eine Uniform, weiblich, auf sie zu, schien das Ritual eröffnen zu wollen. Neues Erschrecken, denn Frauen galten gemeinhin als die schärferen Posten.

«Ihre Papiere bitte...»

Nun *the same procedure*, derselbe Film wie schon seit Jahren: alle raus, Motorhaube auf und festgemacht, Kofferraum auf, Sitzbank hinten hochgeklappt, Handschuhfach geöffnet. «Haben Sie alle auszuführenden Gegenstände aufgeschrieben?» Ja. «Führen Sie noch Mark der DDR bei sich?» Nein. Mit dem Spiegel auf Rädern unter die Wagen geleuchtet, aber keine Tankkontrolle per Stab.

Zögern und erneutes Duchblättern sämtlicher hingegebener Papiere. «Sie gehören alle zusammen?»

«Ja...»

Pause, Herzschlag beschleunigt, neuer Schweiß unterm Arm.

Was nun? Sah verklemmt aus die Dame, verbohrt, menschlich deformiert vom Klassenhaß. Sie hörten sie schon sagen: «Fahren Sie mal rechts ran hier – und komm'n Sie mit...!»

Noch nichts von alledem, nur ein Stewardessenlächeln. «Hatten Sie ja Pech mit dem Wandern bei diesem Wetter heute...» Und die

Papiere zurück. «Sie können fahren, sonst erkälten Sie sich noch...»

Rein in die Wagen, durch die nächsten Betonschikanen gekurvt, dann die letzte Schranke, automatisch sich hebend, der weiße Strich – und der Westen hatte sie wieder.

Erleichterung allenthalben und stille Loblieder auf dieses – ihr Land, doch schon anderthalb Minuten später begannen sie zu schimpfen über die unästhetische Bebauung in der Vorstadt Rudow, daß es hier schon so richtig amerikanisch-schlimm aussehe. Gleichzeitig freuten sie sich auf ein heißes Bad und ordentlich was zu essen.

Corzelius bat Jürgen um beschleunigtes Fahren. «Jessica will noch zu 'ner Premierenfeier heute, und ich bin mit Yemayá dran.»

«Ich tu ja, was ich kann!»

Es wurde zwanzig Uhr, «Tagesschau»-Zeit, ehe Jürgen sie am Ludwigkirchplatz vor ihrem Wohnhaus absetzen konnte. Schneller Abschied, und man war sich einig, daß es wieder mal ein schön ereignisreicher Tag gewesen war, alles alsbald neu gewagt werden sollte.

Jürgen fuhr mit Dieter weiter, und Corzelius und Mannhardt winkten den beiden noch nach, gingen dann mit aufgeschultertem Rucksack in den muffig-kalten Hausflur hinein.

Yemayás Kinderwagen stand in der Schräge unter der nach oben führenden Treppe, und Corzelius schob ihn noch ein bißchen zur Seite, so daß er von der Straße aus nicht sogleich zu sehen war; geklaut wurde mächtig und alles. Das schwere Ding aber jedesmal nach oben schleppen wollte er nicht.

«Hoffentlich hat meine liebe...» Er brach ab, tat so, als wäre er über ein plötzliches Stolpern arg erschrocken, hätte um ein Haar «meine liebe Cousine» gesagt. «Mann, tun mir die Beine weh!»

«Meinste, mir nich! Und die nassen Sachen...! Hoffentlich hat uns Jessica 'n heißen Tee...»

«Wird sie schon...»

Die drei Stockwerke strengten sie an, als hätten sie auf den Funkturm rauflaufen müssen, und schnaufend hielten sie oben, waren zu müde, um die Rucksäcke herunterzureißen und nach ihren Schlüsseln zu suchen, klopften ganz leise.

Nichts! Leise Rufe nach Jessica. Zu klingeln verbot sich des Babys wegen, blieb also doch nichts weiter übrig, als mühsam abzuschnallen und nach den Schlüsseln zu suchen.

Corzelius war als erster am Ziel, schloß auf und ging in die Wohnung hinein, wunderte sich laut, daß die endlos lange Diele so total im Dunkeln lag.

«Nanu, ist denn Jessica schon weg...?» Er machte Licht. «Sie hat doch aber die Kleine noch nie alleine gelassen...»

«Vielleicht sind se beide eingeschlafen...?» Mannhardt drückte die Tür hinter sich zu, stellte seinen Rucksack ab und bewegte sich in Richtung Kinderzimmer. «Ist mir doch gestern auch so gegangen, als ich mich hingelegt hatte, neben die Wiege...»

Doch keine Jessica am Boden, und nachdem er ein Weilchen gelauscht hatte, flüsterte er Corzelius zu, daß die Wiege ganz offensichtlich leer sei.

Corzelius, mit Eifer dabei, sich die nassen Wanderschuhe von den Füßen zu reißen, humpelte herbei, nahm seine Taschenlampe vom Schuhschrank herunter und leuchtete hinein.

«Keiner drin!»

In derselben Sekunde hatte Mannhardt schon die Tür zum großen, zum *Berliner Zimmer* geöffnet, war sich sicher, daß Jessica dort auf der Couch lag und schlief, was er immer sehr erotisch fand, doch auch hier war alles leer.

Panik war es noch nicht, aber eine gewisse Sorge erfüllte sie schon, als sie jetzt laut durch alle Räume ihren Namen riefen, doch keine Antwort erhielten.

Mannhardt, über dreißig Jahre bei der Kripo, sah sich plötzlich von schrecklichen Bildern beschossen, sie aufflammen und wieder verglühen wie die Funkengarben, die sein Trennschleifer erzeugte. Frauen, ertrunken in der Badewanne, auf den Küchenfliesen in einem wahren See von Blut, hingesunken vor dem Gasbratofen; erwürgt, erstochen, erschossen, zerstückelt. Er stürzte zum Bad.

«Hier isse nich!»

Nirgends war sie, ebensowenig wie das Baby zu finden.

«Komisch, und nich mal 'n Zettel liegt da...»

Mannhardt sah ihn an. «Hat sie denn mal was von Trennung gesagt...?»

«Nein...» Corzelius wußte keine große Antwort darauf.

«Vielleicht isse bloß mal schnell beim Nachbarn drüben...?»

«Bei Pauly...? Den haßt sie doch, diesen SS-Typen mit seinem deutschen Schäferhund, da hat sie doch immer Angst, daß der das Kind mal totbeißen wird.»

«Und sonst im Haus?»

«Höchstens die Frau Kudernatsch, unter uns die. Ich kann ja mal anrufen...» Er tat es und erfuhr, daß weder Jessica noch Yemayá bei ihr in der Wohnung war, ja, sie seit etwa elf, halb zwölf auch keine Schritte, kein Geschrei mehr gehört, vernommen habe.

Corzelius legte auf, und seine Hände zitterten ein wenig. Er brauchte Jessica, sie brauchte ihn. Wenn sie sich nicht aneinander festhielten, hatten sie kaum eine Chance. Nach seiner Flucht aus Bramme wäre er vor die Hunde gegangen, Alk und Drogen, Suizid, das Übliche, wenn er nicht hier aufgenommen worden wäre. Und sie, mit ihrem Kind, mit Wuthenow drüben, hoch auf der Karriereleiter, ihrem übergroßen Ehrgeiz und den kleinen Chancen im TV-Geschäft, sie war doch ohne ihn verloren.

Er riß sich zusammen, sagte Mannhardt, daß er nun reihum Jessicas Freundinnen anrufen wolle, fing mit Tatjana an, ging dann die ganze Liste durch, doch ein jedes Mal ohne Erfolg, denn die Damen waren entweder aushäusig, oder sie wußten von nichts.

«Komisch...!»

Hatte sie schnell zu ihrer Filmfirma hinmüssen und das Baby mitgenommen? Nein, da war niemand mehr. Oder war sie doch zur Premiere gegangen, trotz ihrer klaustrophobischen Ängste, was volle Theater betraf, und hatte sie Yemayá irgendwo beim Inspizienten auf die Couch gelegt. Möglich schon, doch seine Anrufe blieben allesamt ergebnislos.

Hilfesuchend sah er Mannhardt an: Du bist doch Spezialist in solchen Sachen, tu doch was, sag doch was, aber Mannhardt fiel in dieser Situation auch nichts weiter ein als die etwas dümmliche Anmerkung, daß die beiden doch nicht so einfach vom Erdboden verschwunden sein könnten, worauf C.C. ihm bestätigte, echte Bundeskanzlerreife zu besitzen, und Mannhardt ihn anbellte, die Schuld dafür, daß sich Jessica von ihm getrennt habe, die solle er doch bitt schön bei sich selber suchen.

«...'n Sherlock Holmes biste auch nicht gerade...» brummte Corzelius. «Bis jetzt hast du überhaupt noch nichts begriffen...»

«Wie...?»

«Nicht Wien! Berlin!»

«Leck mich doch am...!» Mannhardt riß seinen Rucksack vom Stuhl und stürzte den langen Flur hinunter, an dem sein kleines Zimmer lag, das einstmalige Dienstmädchenkabuff.

Doch die kleine Explosion des plötzlich loslärmenden Telefons ließ ihn wieder abstoppen.

Corzelius riß den Hörer ans Ohr, schrie Namen und nachfolgendes «Bitte...!?» mit ungewohnt schriller und gepreßter Stimme in die weinrote Sprechmuschel und erstarrte dann: ein Unfallkrankenhaus war dran, eine Oberschwester sagte ihm, daß eine Frau Criens ihn ganz dringend zu sprechen wünschte, er möge bitte warten, sie würde ihn verbinden. «Was ist denn... Was ist denn passiert?»

«Das kann ich Ihnen nicht am Telefon...»

«Gott, ich bin der... Ich bin ihr Mann!»

«Sie hatte einen Unfall... Als sie eingeliefert worden ist, hat sie uns erzählt, ihr Kind wäre gestorben... Aber die Feuerwehr hat nichts von einem Kind bemerkt.»

«Wir sind sofort da!»

Er riß Mannhardt, der zum Schluß neben ihm gestanden hatte, mit sich fort zur Tür.

Da sein Wagen noch immer in der Werkstatt war und sich Mannhardt nach seiner Entlassung aus der Bad Brammermoorer Nervenklinik erst langsam nach einem neuen Gefährt umsehen wollte, mußten sie zur Uhlandstraße laufen, um auf ein vorbeihuschendes Taxi zu warten.

So dauerte es gute zwanzig Minuten, ehe sie im Foyer des angegebenen Krankenhauses standen und nach Jessica fragten.

Da kam sie ihnen auch schon entgegengelaufen, ein kleines, schluchzendes Mädchen, und Corzelius konnte sie gerade noch auffangen, bevor sie erneut zusammenbrach, trug sie fast zu einer nahen Bank, nahm sie in die warme Höhle seiner Arme, seines Körpers.

Wie damals, zwanzig Jahre war es her, in den großen Ferien; als man ihre Katze totgefahren hatte; als sie bei ihren ersten Schwimmversuchen fast ertrunken wäre; als sie sich im Wald verlaufen hatte. *Geh mal zu Carsten, der tröstet dich schon. Schön, wenn man so 'n großen Cousin hat wie du.*

«Was ist denn, Jessi?» fragte er.

Sie drückte ihr Gesicht fest in seine Magengrube.

«...mayá ist weg, aus'm Kinderwagen raus...»

Corzelius schaffte es sekundenlang nicht, das irgendwie zu registrieren. Unmöglich, Wahnsinn, nein! Wo war er hier? Was sollte das alles ? Wuthenow, die Fähre... Yemayá ist weg? Das Telefon, die Oberschwester: ...hat sie uns erzählt, ihr Kind wäre gestorben...

Der Zwang, etwas sagen zu müssen, aber was denn, mit Jessica reden. Corzelius spürte, wie sich seine Brust immer mehr zusammenkrampfte. Der erste Herzinfakt. Als hätte er eine ganze Flasche *Pommery* hintereinander getrunken, so lösten sich Dinge und Menschen in bunte Schleier auf.

Irgendwie hörte er sich fragen: «Ist sie denn bei dem Unfall...?» Das Wörtchen *tot* bekam er nicht über die Lippen.

Jessica wurde von einem Weinkrampf geschüttelt, und hilflos sah er sich nach einer Schwester um, einem Arzt, wollte rufen, sie doch wieder zu holen, sich um sie zu kümmern, sie hier nicht so leiden zu lassen, doch er ließ es wieder, wollte sie bei sich behalten und nicht den anonymen anderen ausliefern.

«...entführt!» Dann brach es aus ihr heraus. «...ich hätt sie nicht alleine, alles meine Schuld! Aber der Rock... Ein paar Minuten nur... Als ich wieder rauskomme... ist sie nicht mehr... Nur noch der leere Wagen...» Sie konnte nicht mehr weiter, und es dauerte lange, bis Corzelius so in etwa alles wußte, und mit ihm Mannhardt. Wie in Trance war sie ohne Yemayá nach Hause gelaufen, hatte den Kinderwagen, ohne auf die Autos zu achten, über die breite Lietzenburger und die Uhlandstraße geschoben, hatte das Geschehene verdrängt, sich eingeredet, Frau Kudernatsch, die Nachbarin, die die Kleine öfter mal betreute, hätte sie aus dem Wagen gehoben, geherzt und nach Hause getragen.

«Und da hast du nicht geschrien...?»

«Nein, ich dachte doch, Frau Kudernatsch...»

Mannhardt sah sie an. «Man schreit doch als Mutter, wenn einem plötzlich das Kind...! Nach der Polizei, um Hilfe, damit die anderen...?»

Jessica richtete sich auf, und ihre Augen erschienen ihm so tot und leer wie die der Nofretete. «Die Polizei, das konnte ich doch nicht...»

«Warum denn nicht?»

Corzelius wehrte ihn ab. «Das tut doch nichts zur Sache. Weiter, Jessi...!»

«Ja, dann bin ich zu Frau Kudernatsch, aber die war nicht da. In der Wohnung auch keiner. Ihr nicht da, ich ganz alleine...» Sie war zusammengebrochen, hatte sich zu ihrem Bett hingeschleppt, beim

Gedanken an Yemayá («...der Mann, der mich an der Gedächtniskirche angesprochen hatte, dieser eklige... Er wird sie quälen und...») war sie hochgefahren, hatte zwei Valium geschluckt und war wieder auf die Straße gestürzt, ihr Kind zu suchen. «Ich wollte in die Schlüterstraße zu Tatjana... Nur mal mit einem drüber sprechen und damit sie mir beim Suchen hilft... Ich weiß, ich sollte nicht, aber...»

«Nein, mach dir bloß keine Vorwürfe weiter, Jessi... Wir kriegen das schon alles wieder...» Er zog sie an sich, streichelte ihr Rücken und Hals, küßte ihr Haar.

«...an der Post bin ich wohl bei Rot über die Ampel und dann angefahren worden... Jedenfalls bin ich hier im Krankenhaus wieder zu mir gekommen. Vielleicht war's auch mehr der Kreislauf, daß ich da vor dem Auto hingefallen bin, denn Verletzungen hab ich ja keine weiter...»

«Willst du denn noch hierbleiben...?»

«Nein, 's muß doch einer zu Hause sein, wenn sie anrufen.»

Corzelius verstand nicht, was sie meinte. «Wer soll'n da anrufen...?»

«...mit dem Lösegeld!»

«Ach so, ja...»

Sie schluchzte auf und schrie: «Aber ich will nicht nach Hause! Wenn ich... mayá nicht dann... Ich halt das nicht aus! Ich spring aus'm Fenster, ich...!»

Corzelius riß sie hoch und schüttelte sie. «Jessi, du darfst jetzt nicht...! Wenn wir das Kind wiederhaben und du dann...!»

Jessica sprang auf und riß ihn mit zum Empfangstresen, bat ihn, ihre Entlassung in die Wege zu leiten.

Als das erledigt war, umständlich genug, fuhren sie mit einer schnell gecharterten Taxe zum Ludwigkirchplatz hinauf, und während Mannhardt kurz auf der Toilette war, fragte Jessica Corzelius, ob man ihn nicht besser in alles einweihen sollte; er als altgedienter Kripomann sei ja doch im Augenblick die einzige Hoffnung, die sie noch hätten. «Unmöglich, daß wir die richtige Polizei da einschalten, dann fliegt doch alles auf mit Wuthenow.» Sie hatte sich wieder insoweit gefangen, daß sie ihre Gedanken in präzise Sätze fassen konnte, und betonte mehrmals, wie sehr sie Mannhardt jetzt brauchten, hatte ein wahnsinnig großes und sicherlich überzogenes Vertrauen in seine Möglichkeiten und Kräfte, sah ihn als Vaterfigur, als einen, der alles wußte, alles konnte, alles durfte. Zum Schreibtisch gehen, sich auf den Schoß setzen, ankuscheln und sagen: Du, Papa, meine Puppe ist weg, kannst du mir mal suchen helfen.

Corzelius hatte Mühe, ihr dabei zu folgen, war doch Mannhardt für ihn zwar ein guter Freund, aber selber hilfsbedürftig, gerade eben noch der Psychiatrie entronnen, vom Fronteinsatz hier in Berlin befreit und der Etappe Bramme überstellt; morsche Eiche und absolut nichts, was imstande war, andern Halt zu geben. Totaler Quatsch, auf Mannhardt zu setzen, sollte sie lieber 110 anrufen und all die Chancen nutzen, die der große Apparat ihr bot. Er redete auf sie ein, er redete ihr zu, doch alles umsonst.

Schließlich schrie er sie an, was denn nun wichtiger sei: Yemayás Leben oder die Karriere dieses «SED-Heinis» da!?

«Daß du so von ihm redest, das laß ich nicht zu!» Nur keine Polizei, nur keine Presse, nur keinen Skandal, um Gottes willen keinen herausfinden lassen, wer Yemayás Vater war. «Ich hab ihm das geschworen, du! Ob ich ihn liebe – oder ob ich ihn hasse, ich weiß es nicht, aber *ich* wollte das Kind, *ich*! – und er soll nicht büßen dafür. Als großen Mann soll Yemayá ihren Vater mal erleben und nicht als jemanden, den sie abgehalftert haben, der im Knast gewesen ist, Hilfsarbeiter irgendwo!»

Corzelius schluckte runter, was ihm auf der Zunge lag, daß dies hier keine Bühne war, daß sie spleenig, überdreht, bescheuert sei, doch endlich davon loskommen sollte, auf weiblichen Kinski zu machen, beließ es bei einem eher milden: «Du bist ja vom wilden Wahn besessen...»

«Mein Gott, laß mich doch wahnsinnig sein!» schrie sie ihn an und warf dabei vier, fünf Teller und Tassen an die Wand, ließ sie mit irrem Klang zerspringen. «Wahnsinn ist der Traum eines einzelnen, aber die Vernunft der Wahnsinn aller. Ich *will nicht* vernünftig sein, ich kann nicht vernünftig sein!» Sie sank auf einen Stuhl und preßte die Stirn auf den Tisch, beruhigte sich erst wieder, als Mannhardt, aufgeschreckt durch den Lärm, in Unterwäsche angelaufen kam, sagte dann mit wieder flackernder Stimme und immer noch einigem Pathos: «Setz dich nieder, du sollst jetzt alles wissen!» War nicht Jessica, spielte Jessica als Rolle, half sich damit, das Schreckliche zu überstehen, konnte sich jederzeit sagen: In Wirklichkeit liegt Yemayá ja hinten im Zimmer, und dies hier ist alles nur ein Stück, wo ich die Mutter bin, der sie das Kind gestohlen haben.

So wurde Mannhardt nun in alles eingeweiht und hatte mit Handschlag zu schwören, nie einem anderen Mitteilung von Wuthenows Doppelleben zu machen: dort linientreuer roter Puritaner, hier mit einer sehr exotischen Geliebten, einem Kleinod durch und durch und einer süßen Tochter in der Wiege. Einer Geliebten zudem, die aus Paraguay kam, wo sie einen deutschen Vater hatte, der ein alter Nazi-Mörder war. Und das war es auch, was Wuthenow zu der Bemerkung veranlaßt hatte, daß seine Tochter leicht tödlich für ihn werden konnte.

Mannhardt fand, daß das alles ein wenig nach Simmel und Konsalik schmeckte, bekam aber von Corzelius sofort ins Stammbuch geschrieben, daß es in dieser Welt auch noch andere Ebenen gab als die seiner Laubenkolonie und der gewöhnlichen Beamtenschaft Berlins. «Vielleicht lieste ab und zu mal wieder Zeitung, Mann!»

«Das *Brammer Tageblatt*, ja. Letzte Meldung: Russen vor Moskau! Heini Klötenbein bei Kohl-und-Pinkelfahrt von Jauchewagen überrollt!»

Da ging es um Yemayás Leben, und sie blökten sich an; Jessica schmiß vor Wut darüber Stühle um und Hocker, hämmerte mit ihren Fäusten Mannhardt auf die Brust: «Tu doch was, bitte, tu doch was!»

«Was sollen wir denn machen: außer warten, bis das Telefon klingelt...!?»

«Ja, 's hat doch keinen Zweck, jetzt blindlings durch die Stadt zu laufen oder einen nach dem anderen anzurufen!»

«Wuthenow!» rief Jessica.

«Der kommt noch ohnehin morgen früh nach West-Berlin rüber; hat er mir vorhin an 'er Fähre gesagt.»

«Ich kann nicht hier oben sitzen und warten, bis was passiert! Warten, warten, warten!»

Sie geriet nun in eine Phase, in der sie übernervös und furchtbar hektisch war, tausenderlei Dinge auf einmal machen wollte und auch machte: alle Blumen goß sie und putzte das Fenster zum Balkon, schaltete alle drei ihrer Radioapparate ein und ließ sie mit verschiedenen Programmen loslärmen, zerriß alte Zeitungen und stopfte den Abfall vom Morgen in Mülleimer und -sack, saß dann wieder minutenlang konzentriert vor ihrem kleinen Fernseher, wohl in der Annahme, sie würden eine Meldung bringen, Yemayá sei irgendwo gefunden worden.

Das war wie ein Zündfunke, sie sprang auf und stürzte zu Mannhardt und Corzelius hin, die am Überlegen waren, wer, wie und warum...?

«Einer von euch beiden rennt jetzt auf die Straße runter und ruft von 'er Zelle aus an, ob die Polizei irgendwo 'n ausgesetztes Baby...!?»

«Warum 'n von 'er Zelle aus?»

«Damit sie nicht dahinterkommen, daß wir von hier aus anrufen.»

«Ja, Mensch, da hätten wir schon eher drauf...! Vielleicht haben sie's schon längst irgendwo wieder...!» Corzelius rannte zur Tür. «Ich ruf mal an, als Journalist, ich kenn da einen bei der Pressestelle, und sag, ich hätt 'n anonymen Anruf bekommen, daß da einer 'n Baby mitgenommen und später wieder ausgesetzt hat. Ob da was Wahres dran wäre.»

Schon war er im Treppenhaus draußen, da sprang ihm Jessica hinterher, und beide liefen sie die Treppe hinunter. Mannhardt, schnell ans Fenster getreten, sah sie über die Straße rennen.

Er holte, inzwischen wieder mit Hose, Hemd und Lederjacke bekleidet, seinen Fontane, den *Spreeland*-Band, aus dem Rucksack heraus, setzte sich neben das weinrote Tastentelefon und wartete, blätterte, um sich abzulenken, von hinten nach vorne und wieder zurück, las per Zufall einiges, so auf der 291 als Kapiteleinleitung einen Zweizeiler, den er irgendwie, verfluchten sie doch in der Bibel andauernd Spötter wie ihn, sehr tröstlich fand: *Von allen Geistern, die verneinen, / Ist mir der Schalk am wenigsten verhaßt.* Zwei Dutzend Seiten davor war vom Propst Paul Gerhardt die Rede, wie ihm in Mittenwalde (Mark) die ersten Strophen seines großen Liedes des Trostes und des Gottvertrauens *Befiehl du deine Wege* «entquollen» waren, so Fontane wörtlich, und Mannhardt rümpfte ein wenig die Nase über solches Deutsch, wurde aber, gerade im Zusammenhang mit Yemayás ungewissem Schicksal, merkwürdig angerührt, als er las, mit welchen Worten Gerhardt auf seine Berufung zum «Diakonus» der Berliner Nicolaikirche reagiert hatte: «Siehe wie Gott sorget. Befiehl dem Herrn deine Wege und hoffe auf ihn, er wird's wohl machen.»

Und da geschah es, daß Mannhardt, der alte spöttische Sozi («...wenn jeder, der im Krieg gebetet hat, überlebt hätte...»), gleich einem Schizophrenen eine Stimme in sich hörte, gegen die er nicht ankonnte: «Lieber Gott, laß Yemayá wiederkommen.»

Er sprang auf, goß sich einen Whisky ein, stürzte ihn hinunter, verfluchte sich, daß er, Mitte der Fünfzig, mit seiner Kindheit noch immer nicht klarkam – und hoffte dennoch, daß seine magische Formel ihre Wirkung nicht verfehlte.

In dieser Sekunde begann das Telefon zu schrillen. Er fuhr zusammen, fühlte sich ertappt, verstand zuerst auch gar nicht, warum der rote Plastikkasten da so lärmte, war wie ein abgeschiedener Amazonasindianer, der einen solchen Apparat noch nie gesehen hatte, brauchte etliche Zehntelsekunden, um sich Funktionen und Zusammenhänge wieder klarzumachen, daß da einer war, der ... DER KIDNAPPER! Er riß den Hörer hoch.

«Mannhardt, hier bei Criens ...!» Ganz förmlich.

Jetzt konnte sich schon alles entscheiden. Doch nur ein hartes Knacken, dann sphärisches Rauschen, eine ungewisse Stille und plötzlich etwas, das in seinem Organismus höchste Alarmstufen auslöste: Babygeschrei.

«Hallo!?» schrie er. «Hallo, wer ist denn da!?»

«... ich bin's, Entschuldigung! Aber mir ist gerade die Zigarette runtergefallen. Horst, mach doch mal den Fernseher leiser. Da schreit gerade so'n fettes Baby rum ...»

«Ach, du bist es nur ...»

«Was heißt hier nur?»

Mannhardt hatte Mühe, wieder mit normaler Stimme zu sprechen, seiner großen Erregung wieder Herr zu werden, und dieses um so mehr, als Stefanie, die war es nämlich, mit einer für ihn mehr als belastenden Frage ihr Gespräch fortsetzen wollte.

«Sag mal, vermißt ihr nichts?»

Tausend wirre Gedanken schossen Mannhardt durch den Kopf, legten sein Sprachzentrum sekundenlang lahm. Wie hätte es geschehen können, daß das Baby plötzlich bei Stefanie gelandet war? Gedächtnis verloren ... Jessica hatte es zu Steffi rausgebracht und war dann ... Sie war ja schon immer kurz vorm Ausflippen gewesen.

«Na, habt ihr wohl noch gar nicht nachgesehen?»

«Nein ...» stieß Mannhardt hervor. «Was meinst du denn?»

«Du bist gut!» lachte Stefanie.

«Yemayá ...?» fragte er vorsichtig.

«Wieso denn Yemayá ...?»

Mannhardt schwitzte. «Ich versteh so schlecht, das ist so leise ... Du hast doch gesagt, daß da 'n Baby bei euch schreit ...»

«Nein, das war bei mir im Fernseher!» schrie Stefanie.

«Ach so, entschuldige! Aber warum...?»

«Ich hab eben im Wagen bei mir eure Ausweise gefunden...»

«Ach, Je...!» Richtig, an der Grenze...! Die «Organe» hatten ihre Papiere in zwei Stapeln zurückgegeben, sie Stefanie und Jürgen in die Hände gedrückt und dabei offensichtlich die Wageninsassen verwechselt. «Hast du uns die in der Aufregung gar nicht wiedergegeben...»

«Ja, offensichtlich...»

Sie berieten noch ein Weilchen, wie sie ihre Papiere am leichtesten zurückerlangen konnten, denn für Westberliner Bürger war es Pflicht, ihre Personalausweise stets bei sich zu haben, andernfalls drohte ihnen, siehe alliierte Gesetze, sogar die Todesstrafe; auf dem Papier zumindest. Doch Mannhardt schaffte es nicht, ernsthaft über diese Austauschfrage nachzudenken: zu sehr quälte es ihn, wie normal das Leben anderswo verlief, während sie hier vor Angst und Verzweiflung nicht mehr ein und aus wußten. Yemayá, das durfte nicht sein! Andere gingen doch jetzt ganz ruhig ins Bett, lachten und tranken am Kudamm, knutschten rum und bumsten, schrien auf vor Lust, schliefen friedlich vor dem Bildschirm ein, gingen mit den Hunden ums Karree. Warum denn ausgerechnet wir...!? Alles nur ein böser Traum... Nein, eben nicht.

«Hörst du mir eigentlich noch zu...?»

«Du, entschuldige, ich bin so müde... Die zwanzig Kilometer durch die DDR, der Regen... Wir rufen morgen bei euch an... Du, entschuldige, es klingelt hier – Corzelius und Jessica! Die haben keinen Schlüssel mit! Bis morgen! Grüß Horst schön und...» Er legte auf und lief zur Tür, sah, daß beide gerade eingetreten waren. «Na...!?»

Nichts. Sie hatten ihm nur mitzuteilen, daß der Polizei kein ausgesetztes Baby bekannt geworden sei. «Nirgends eins gemeldet, das irgendwo versteckt, abgegeben oder aufgefunden wäre.»

«...auch kein totes...?» Mannhardt erschrak, das hätte er nicht fragen dürfen, sah mit Entsetzen, wie Jessica zusammenzuckte und in ihr Schlafzimmer lief.

«Idiot!» zischte Corzelius. «Nein!»

«Das ist doch eine gute Nachricht!» rief Mannhardt.

Jessica warf sich aufs Bett, schluchzte, weinte, klagte, schrie; von ihrem Schmerz gefoltert, schlug sie um sich, war von ihrem Cousin kaum noch festzuhalten, so daß er Mannhardt herbeirufen mußte. Der war sich seiner Schuld an diesem Anfall, diesem Ausbruch, diesem Aufschrei wohl bewußt, konnte sich aber andererseits des Gedankens nicht erwehren, daß Jessica vielleicht doch ein wenig überzog, dies hier als Chance zum großen Auftritt nahm, sich und allen einmal zeigen wollte, wie sehr sie doch das Zeug zu einer großen Tragödin hatte. Wie in der *Schaubühne*, dachte er, wie lange würde sie diese Raserei wohl durchhalten können? Das alles erinnerte ihn auch an seinen Aufenthalt in der psychiatrischen Klinik in Bad Brammermoor, wenn einige der Frauen ihre epileptischen Anfälle bekommen hatten.

Doch nach knapp zwei Minuten war alles vorbei, und Jessica fiel total erschöpft in sich zusammen, blieb wie leblos liegen, verharrte flach atmend in einem wie betäubten Zustand, schlief aber nicht, nur ihr Bewußtsein war in einem Maße abgesenkt, als hätte sie eine Spritze Morphium erhalten.

Corzelius deckte sie zu, ließ eine schwache Nachttischlampe brennen und ging dann mit Mannhardt ins Wohnzimmer zurück; was hätten sie auch anderes tun können?

«Gut für sie, daß ihr Organismus so 'nen Schutzschalter hat», sagte Corzelius. «Dreht sie wenigstens nicht völlig durch.»

«Das werden auch die Mittel sein, die sie ihr im Krankenhaus gegeben haben», setzte Mannhardt hinzu.

Die beiden Männer, im Ankämpfen gegen ihre Müdigkeit und vollgepumpt mit Kaffee nun überwach und überdreht, hörten die lokalen Sender ab, ob sie was über einen mysteriösen Säuglingsfund brachten, und hielten weiter Telefonwache, hatten Zeit genug dabei, systematisch alles durchzugehen, was irgend möglich war, und kurz vor Mitternacht hatte Mannhardt in alter Kripomanier sieben bunte Zettel mit seinen Notizen bedeckt. Sieben Möglichkeiten, sieben sehr unterschiedliche potentielle Tätergruppen und gänzlich andersartige Motive. Er ging alles noch mal durch und las es vor:

1. (türkisfarbener Zettel): Martin Schmachtenhagen, 30, Beamter in der Bauverwaltung, Jessicas geschiedener Mann. Hat immer wieder behauptet, daß Jessica *seine* Tochter sei, und damit gedroht, sie eines Tages zu sich zu holen, da sie in Jessicas Kreisen verkommen würde. Motiv: Rettung «seiner» Tochter vor «Spinnern, Schwulen, Krawallos und AIDS-Kranken» (so er letzte Woche zu Corzelius am Telefon). Soll aber seit gestern auf Dienstreise sein, bei ihm zu Hause meldet sich keiner.

2. (scharlachroter Zettel): Jessicas Bild in den Programmzeitschriften, dabei auf einigen mit ihrem Baby zusammen. Jemand könnte dadurch angeregt worden sein, das Baby zu entführen. Motiv: Lösegeld. Warum ist aber noch kein Anruf erfolgt?

3. (ziegelroter Zettel): Triebtäter, Motiv: abartige Veranlagung. Vielleicht der Mann, der Jessica an der Gedächtniskirche angesprochen hat. Beschreibung: fett, teigig, aufgedunsen, dunkle Hornbrille, Perücke. Bei Kripo nachfragen. Ebenso bei Jessicas Freundinnen, ob sie etwas beobachtet haben.

4. (karminroter Zettel): Organisierte Bande in Berlin, die mit Babies handelt? Motiv: Gewinnsucht. Nicht auszuschließen, wenn man an die Preise für deutsche (!) Babies denkt. Bei alten Kollegen nachfragen.

5. (ockerfarbener Zettel): Die Staatssicherheit, das MfS, steckt dahinter, um Wuthenow abzuschießen. Vielleicht auf einen Anstoß seiner Frau hin. Motiv: politisches Kalkül und persönliche Rache. Das Baby wird «zufällig» irgendwo aufgefunden, und der Presse wird gesteckt, daß es Wuthenows Tochter ist. Daß wir auf unserer Wanderung offensichtlich beschattet worden sind, paßt in dieses Bild (Abschirmung Wuthenows am Tage, als das Unternehmen gestartet werden sollte).

6. (zitronengelber Zettel): Die Leute, die Grobi/Grobelny ermordet und als zusätzliche Leiche in den Sarg gelegt haben, wollen uns einen Schuß vor den Bug setzen, damit wir mit unseren Nachforschungen aufhören (Artikel über organisierte Kriminalität in Berlin, Recherchen über Bausumme neues Krematorium). Motiv: Absicherung, Deckung erfolgter Straftaten.

7. (lindgrüner Zettel): Nicht auszuschließen, daß sich Jessica selber ihres Babies entledigt hat und uns nur was vorspielt. Motiv: die Last loszuwerden, völlig frei zu sein im Hinblick auf die große Karriere, auch in Erwartung, überall groß Schlagzeilen zu machen. In ihrem Bekanntenkreis herumfragen, ob es Andeutungen dafür gegeben hat. Die von ihr angegebenen Zeiten und Wege abchekken.

«Das wär's also fürs erste», sagte Mannhardt, sich wieder aufrichtend. «Mit einer SoKo von vierundzwanzig Beamten haben wir das in einer Woche durchgecheckt.»

«Nun gibt es ja sicher sehr unterschiedliche Wahrscheinlichkeiten...»

Über die begannen sie nun ausführlich zu diskutieren, bis Mannhardts Konzentration allmählich nachließ und er mitten im Dialog («...keine Polizei, klar, aber ob ich nicht doch einmal bei den alten Kollegen anklopfe und...?») – nach zwei, drei langgezogenen Äh-Lauten – unvermittelt fragte, ob das Riesen-Poster hinten an der Wand, «diese Rinderfarm auf Kuba da», ob die... ob es auf der – «...du weißt schon...!» – passiert sei zwischen Wuthenow und Jessica...?

Corzelius konnte, trotz allem, ein gewisses Grinsen kaum unterdrücken; bestimmte männliche Verhaltensweisen waren halt derart eingeschliffen, daß man sie wie Reflexe hinnehmen mußte. «...direkt dabei war ich nicht. Wie singen sie immer so schön: Zuaschaun mog i net...»

«Hättste gerne selber mal...?»

«W.C., wohl kaum, das ist bei uns eher wie 'n Inzest-Tabu, Bruder-Schwester, 's geht einfach nicht richtig, verstehst du. Als sie nach Deutschland gekommen ist, war sie gerade zehn und ich Anfang zwanzig, damals voll auf Gunhild abgefahren. Insofern war es mir auch egal, das heißt, ein bißchen hab ich schon auf ihre Männer gesehen, und diesen Schmachtenhagen fand ich schon zum Kotzen, aber gegen Wuthenow war wenig vorzubringen, als Mensch, mein ich.»

«Du warst mit der SPD da... in Kuba?»

«Ja, eine dieser sogenannten Bildungsreisen. Und Jessi wollte unbedingt mit, weil sie gerade voll auf alles Hispanolische eingeschworen war; offensichtlich 'ne Folge davon, daß sie in Hamburg in Garcia Lorcas ‹Yerma› 'ne Rolle kriegen sollte. Ja, wir also beide mit, und gleich am ersten Abend bummeln wir natürlich durch die Altstadt von Havanna, La Habana Vieja, direkt an der Bucht... *Por aquí, compañeros*! Plötzlich – vor dem Revolutionsmuseum, am Standbild des großen Freiheitshelden Máximo Gómez – hören wir deutsche, sächsische Laute. Nu gucke mal da: das Institut für Fragen des Imperialismus, das IFI, die Denkfabrik der SED, zu Gast bei Fidel Catros *barbudos*. *Patria o muerte*! *Venceremos*! Und so weiter. Großartig das alles, die blutsaugerischen Gringos zum Teufel gejagt; doch wir lästern trotzdem. Und am meisten der Top-Genosse Prof. Dr. Friedrich-Wilhelm Wuthenow, woher, aus *der*

Hauptstadt natürlich. Sehr eindrucksvoll. Sieht aus wie James Bond, quatscht klüger daher als weiland Karlchen Marx, spottet gehoben wie Tucholsky, flirtet mit Jessi herum wie Johannes Heesters in den alten Ufa-Klamotten. Wir gehen essen zusammen und lachen uns tot, als er die berühmte *‹Fruta bomba›* bestellen will, die kubanische Papaya-Frucht, aber ‹Papaya› sagt – und das bedeutet auf kubanisch nichts weiter als ‹Möse›. Jessi ist ganz hingerissen, Männer wie ihn gibt es selten bei uns, und als wir vom *añejo* kosten, dem ‹angejährten› Rum, schreit sie nur noch ‹Papaya› und tanzt auf dem Tisch, doch irgendein verklemmter DIAMAT-Jüngling, irgendeiner von Wuthenows Doktoranden oder Assistenten, schleppt seinen Chef ins Freie hinaus, weil noch ein großer Empfang angesagt ist bei Ramon Castro, dem älteren Bruder Fidels. Wir verabschieden uns draußen unter einem Meer von Transparenten: *No bajar nunca la guardia!* Niemals in der Wachsamkeit nachlassen! Oder: *Trabajar mas y mejor con menos gastos!* Mehr und besser arbeiten mit weniger Kosten! Und das schönste: *Nada es más importante que un niño ...*»

«... das heißt?»

Corzelius grinste abermals. «Nichts ist wichtiger als ein Kind!»

«Was sie ja dann auch beide sehr schnell beherzigt haben!» lachte Mannhardt.

«Ja, obwohl zunächst alles so schien, als sei es aus und vorbei. Zehn Tage lang hatten unsere beiden Reisegruppen ganz verschiedene Routen und Ziele, bis wir uns dann per Zufall, weil der IFI-Bus kaputtgegangen war, auf einer großen Rinderfarm in der Nähe von Camagüey wiedergetroffen haben, der ‹Pecuaria Rectangulo›. Abends in Camagüey im berühmten ‹Cabaret Caribe› sitzen Jessi und er dann eng beieinander. Harte Bongo-Rhythmen und Mulatinnen, Mann! Da kannste nur stöhnen. Und unser kubanischer Führer zitiert auch noch 'n paar Verse von Nicolás Guillén: ‹Dein Becken weiß mehr als dein Kopf und fast so viel wie deine Schenkel.› Wuthenow ist mit seinen Händen schon am Werke, und Jessica möchte sich am liebsten ausziehen und zu der halbnackten Mulattin auf die Bühne springen und zeigen, daß sie auch nicht schlechter ist.»

«Und nachher im Hotel ...»

«... da haben dann mehrere Stockwerke gewackelt. Sie nach den drögen Ehejahren mit diesem Stück Holz da, dem Schmachtenhagen, er mit diesem Waldschrat von Frau zu Hause im Bett, unfruchtbar hoch drei. Er, Wuthenow, zwangsneurotisch versessen auf ein Kind, und sie, Jessica, schon immer etwas irre, ist völlig weg bei dem Gedanken, von ihm geschwängert zu werden. Ledige Mutter, autonomes Leben, ist ja mächtig in, aber wer kann als Vater seines Kindes schon einen Spitzengenossen von drüben vorweisen; bald wird er als deren Außenminister in der Welt herumreisen – und vielleicht hat das Schicksal mit ihm noch viel, viel Größeres vor... Da hatten sich jedenfalls auf kubanischer Erde zweie gesucht und gefunden...!»

«...und das mit dem Namen, das hängt damit zusammen...?» fragte Mannhardt noch.

«Ja. In Kuba lebt die alte Yoruba-Kultur, das Afrikanische, noch immer weiter, trotz allem Sozialismus, und *Yemayá* ist bei den Yorubas die Göttin des Meeres, der heilenden Wasser und – eben – der Mutterschaft.»

«Ah, ja...»

Vielleicht wäre der kubanische Exkurs noch weitergegangen, wenn nicht in dieser Sekunde das Telefon Laut gegeben hätte.

Ihr Atem stockte, sie sahen sich an. Doch noch Motivgruppe 2 (scharlachroter Zettel): der oder die Entführer mit der Lösegeldforderung?

«Nimm du mal ab», sagte Mannhardt. «Mir merkt man unter Umständen zu leicht den Polizisten an.»

Corzelius' Rechte fuhr zum Hörer hinunter, als hätte sie ein glühend heißes Stück Eisen zu packen. «Ja, bitte...?»

Doch es war kein unbekannter Fremder, es war nur eine von Jessis vielen weiblichen Bekanntschaften, sie als Freundin zu bezeichnen wäre fast zuviel gewesen, obwohl ja Jessica vorhin bei ihrer Suche nach Zuspruch und Hilfe zuerst wohl an sie gedacht hatte. Aber wahrscheinlich nur, weil sie oft ganz in der Nähe in einer Szenen-Kneipe rumhockte.

«Wir wollen noch 'n bißchen ‹downtown gehen› – kommt ihr mit...?»

«Toll, du, klar!» rief Corzelius mit libidinösem Reflex, denn nach seiner Trennung von Bramme und seiner Frau, dieser ganzen Scheidungsscheiße, hatte er Tatjana, seit er ihr begegnet war, immer wieder als «meine Einstiegsdame in die Droge Sex» bezeichnet, und er hatte sie hier nebenan schon auf der Bettkante gehabt, im Verlaufe einer Party, als Vera, eine andere Freundin aus Jessicas Kreis, auf der

Suche nach ihrer Brille hereingekommen war; Rock wieder runter, Hose wieder hoch, und diesem vergeudeten Erregungstropfen weinte er noch immer nach. Die Erinnerung an diese Szene war so stark, daß sie das Elendsbild Jessica-Yemayá einen Pulsschlag lang total verdrängte und er große Mühe hatte, wieder umzuschalten. Als ihm alles wieder klar vor Augen stand – Yemayá entführt, Wuthenow bedroht, so hämmerte es in seinem Kopf, Jessica am Ende –, da schämte er sich, sogar in einer Situation wie dieser egoistisch, egozentrisch an nichts weiter zu denken als an seine Lust, und so korrigierte er sich auf der Stelle, schrie fast in den Hörer, daß er eine Darmgrippe habe, dauernd müsse, auf keinen Fall das Haus verlassen könne.

«Schade, du...» hauchte Tatjana und hatte auch schon wieder aufgelegt.

Wie auch immer, war es der Gedanke an Tatjanas engen Lederrock oder all das Erotische aus Kuba, von dem ihm Corzelius Bericht erstattet hatte: Mannhardt jedenfalls hielt es nicht mehr länger in Jessicas Wohnung; alles schnürte ihn ein, machte ihn fertig. «Ich muß mal raus ins Freie, nach dem Baby suchen, mich mal umhören. Nur hier sitzen und warten, daß...! Du bleibst ja hier bei Jessica.»

«Okay.»

So lief er durch die regennassen Straßen, genoß es, Mitternacht und Geisterstunde, *lonely wolf* zu sein, *stranger in the night*, verloren, *don't cry for me, Argentina.* Viele Bistros, Pinten, Eßlokale gab es in der Uhlandstraße, Italiener, Türken, Böhmen, Kurden, Libanesen, Brasilianer, und überall saßen und tranken sie noch: all das verloren-glückliche Volk, das am nächsten Morgen nicht um vier, fünf oder sechs wieder aus den Betten mußte, um an Schreibtisch, Werkbank oder Wühltisch, in die Hände gespuckt, ihr und unser Bruttosozialprodukt mehren zu helfen. Der Beamte Mannhardt schalt sie Schmarotzer, Trittbrettfahrer, der Mensch Mannhardt beneidete sie: Gott, das waren doch Gesichter! Autonome Gesichter, nicht diese langweilig-gestylten Visagen der Jungen Union, Formhaarschnitt und Managerglätte darunter. Statt dessen Pickel, Bärte und ein leichter Hauch von AIDS, und ihm fiel ein, daß man als Kripomann heutzutage aufgerufen war, bei Schlägereien, Festnahmen und anderen hoheitlichen Akten mehr auf alle Fälle eines zu vermeiden hatte: den sogenannten *Blutkontakt*. Bei diesem Gedanken sah er sogleich die beiden größten Helden seiner Jugend vor sich auftauchen, Winnetou/Old Shatterhand, wie sie Blutsbrüder werden wollten – jeder ritzt sich in den Arm und trinkt das Blut des anderen –, aber erst einmal zum AIDS-Test mußten.

Er schreckte hoch, als er einen Mann mit einem Kinderwagen um die Ecke biegen sah, Uhlandstraße/Hohenzollerndamm, und das nachts um drei Viertel eins. Ohne sich weiter zu besinnen, lief er über die Fahrbahn und folgte dem Mann, der in der Tat irgendwie verdächtig wirkte. Nicht eben jung schien er mehr, schlampig gekleidet, beutelnde Hosen, eine sackartig-braune Jacke, viel zu große Schuhe, ging gebeugt, zog das rechte Bein ein wenig nach, und als er sich kurz einmal umdrehte, erkannte Mannhardt auf dem Revers seiner Jacke eine Reihe bunter Orden sowie die Wimpel von Blau-Weiß 90, Bayern München und noch eines andern Bundesligaklubs. Ein *armer Irrer* also, aber ob er wirklich harmlos war. Zuzutrauen war ihm schon, daß er Jessicas Baby...

Mannhardt geriet in immer größere Erregung, als der Mann nun an der Kreuzung mit der Güntzelstraße hielt und sich nach unten beugte, um das Kind im Wagen irgendwie zu streicheln, zu liebkosen. Genau vorm Schaufenster des Reisebüros «Helios», Ostblockreisen aller Art.

Mannhardt sprang los, legte die dreißig Meter, die ihn vom Kinderwagen trennten, fast in Ben Johnson-Tempo zurück, kam an und riß den Mann zur Seite und war sich seines Instinktes auch diesmal wieder ziemlich sicher, glaubte wirklich, dort unter den rosa Deckchen Yemayá zu sehen, konnte dann aber nicht anders, als mit einem lauten «Oh...!» weiterzulaufen...

...denn im Wagen lag kein Kind, sondern lediglich ein kleiner weißer Hund, ein Westhighland-Terrier.

Selig sind die Bekloppten, denn sie brauchen keinen Hammer mehr; selig sind die Bescheuerten, denn sie brauchen keinen Lappen mehr! Floskeln zur Situationsbewältigung, wie er sie vor fast fünfzig Jahren auf Berliner Schul- und Hinterhöfen gelernt hatte. So was bleibt in dir einprogrammiert, bis sie dich im Krematorium...

Krematorium, ah ja! Dieser Gedanke ließ ihn, ganz logisch, auf Grobi, auf Grobelny kommen, wie ihn Corzelius da mit einer Edelnutte im Sarg gesehen hatte, und das wiederum brachte ihn ebenso folgerichtig auf die Idee, doch mal in der schmucken Kneipe einzukehren, Nähe Kudamm, versteht sich, wo besagter Grobi als honoriger Gastronom um eine gutbürgerliche Identität bemüht gewesen war.

Also: auf, auf! Doch das schafften seine armen Füße nicht mehr, jetzt noch an die zwanzig Minuten bis nach Halensee hochzulatschen, und da er das Taxifahren langweilig fand, von den Kosten mal zu schweigen, ging er die Uhlandstraße so weit hinunter, bis er an den 4er kam, schaute an der Haltestelle nach, ob es noch und wann einen Bus in Richtung Westen/Westend gab. 0.53 kam der nächste, prima!

Er wartete und freute sich, wie der durchgesägte Mond überm Wilmersdorfer Volkspark hing und, so schien es jedenfalls, die Wega jagte. Noch immer überraschend viele Autos huschten, röhrten, preschten vorüber, und er schätzte den Prozentsatz der leicht angetrunkenen Fahrer auf mindestens dreißig bis vierzig; freie Fahrt für freie Bürger.

Es kam der Bus, und er geriet im Unterdeck in eine Klassenfahrt-Horde, ein gutes Dutzend ländlich-hübscher Wessi-Mädchen saß dort schnatternd herum, ließ ihn aufs Oberdeck flüchten, wo vier, fünf männliche Gestalten in den Bänken hingen, an den Fenstern klebten, die allesamt so wirken wollten wie Wim Wenders, wenn er nachts auf Motivsuche war. Als der Bus vor dem Fehrbelliner Platz plötzlich bremste, kullerten diverse leere Bierbüchsen, Flachmänner wohl auch, den Boden entlang.

Mannhardt setzte sich nach vorne ans Fenster, auf seinen Lieblingsplatz seit Kindheitstagen, ließ die bunten Farben und Formen, als der Bus nun wieder an Tempo gewann, auf sich einschlagen wie der Raumfahrer in Stanley Kubriks 2001-Weltraumodyssee. Nur eine halbe Flasche Beaujolais fehlte ihm jetzt noch, dann wäre er völlig glückselig gewesen; doch auch so schon war es herrlich.

Bis unten spitze Schreie ertönten und der Fahrer so stark bremste, daß Mannhardt gewaltig gegen die Frontscheibe krachte.

«Du alte Sau, du!» hörte er rufen. «Gleich den Schwanz ab und kastrieren. Rufen Sie sofort die Polizei!»

Was war passiert? Ein Herr mittleren Alters, auf der hinteren Bank sitzend, hatte seine Hose aufgeknöpft und den jungen Damen sein erigiertes Glied gezeigt. Zwei Männer hielten ihn jetzt fest, während der Busfahrer die Türen blockiert und per Funk die Polizei gerufen hatte.

Mannhardt blieb oben und wartete geduldig, hörte die angehenden Filme-, Lieder- und Nichtsmacher hinter sich lästern, daß Berlin zur Jubelfeier seiner 750 Jahre eben viel zu bieten habe und daß man den Mann doch laufen lassen sollte, denn eine Kette sei nun mal nicht stärker als ihr schwächstes Glied.

Der Streifenwagen kam, und Mannhardts Kollegen taten etwas zur Auffüllung der Kriminalstatistik; er selber erfreute sich an den grün-weißen Farben des Kombis, denn die erinnerten ihn an Bramme und sein neues Leben dort, wie denn über die Assoziation grün-weiß und Werder Bremens wackeres Bundesligateam, dessen Spiele zu Hause er vom nahen Bramme aus allesamt verfolgen wollte.

Weiter ging es, und nach kurzer Zeit erreichten sie den Bahnhof Halensee, S-Bahn stillgelegt, um der CDU-lichen Berliner Betonmafia weitere U-Bahn-Tunnel und noch mehr Autostraßen zu bescheren, Henriettenplatz, Kurfürstendamm am oberen Ende. Er stieg aus und suchte, ging ein paar Schritte Richtung Innenstadt und Zoo und wieder zurück; hier oben irgendwo mußte doch Grobelny seinen Schuppen haben...?

Während er noch überlegte, fühlte er, wie sich, lächerliches Klischee, aber dennoch Wirklichkeit, in seinen Rücken etwas Hartes bohrte, direkt neben der Wirbelsäule, und bevor sie ausgesprochen waren, hörte er die Worte schon: «Ganz ruhig, keine Bewegung, folgen sie uns!»

Antrainierte Reaktion: Toter Käfer. Nichts denken, nichts sagen, nur noch ganz mechanisch tun, was einem vorgegeben wurde. Wer? Warum? Was weiter? Gedankenfetzen: Yemayá, Wuthenow, die unheilbringende Frau am Dolgensee unten, der Fluch der alten Wendengötter...

Er wartete darauf, daß sie ihn in einen schnell geholten Wagen stießen, fürchtete, in einem unbekannten Spiel wider Willen und ohne eigenes Wissen zu einem Stein, einer Figur geworden zu sein... Der bringt uns alles durcheinander, eliminieren! Der Lada gestern in der DDR, der ABV, MfS und BND, CIA und MI 5. In West-Berlin, wo anders sonst, war immer mit so was zu rechnen. Und Mannhardt rechnete ganz instinktiv mit dem Schlimmsten.

Doch schallendes Gelächter.

Er fuhr herum.

Koch stand da, Teamgefährte vergleichsweise glücklicher Jahre, Held der Discos und der Aschenbahn, nun auch schon angejahrt, mit blonder Kräuselmähne jetzt, das große Kind geblieben, aber nun mit Mannhardts Posten betraut. Daneben, fast fünfzehn Jahre jünger, Thomas Hundt, ihr Parade-Intellektueller, der Herr Diplom-Kommissar von der Fachhochschule im Kudamm-Karree.

«Mann, habt ihr mich erschreckt, ihr Ärsche!» sagte Mannhardt. «Was lungert ihr denn hier herum?»

«Wir lungern hier nicht herum, wir widmen uns mit voller Hingabe unserm Dienste an Volk und Vaterland!» tönte Koch, und man konnte ihm seinen erfolgreich absolvierten Fortbildungslehrgang in Hiltrup schon anmerken.

«Aktion Sesamstraße», fügte Hundt hinzu.

«Wie?»

«Grobi! Da drüben ist sein Domizil gewesen, und wir wollen mal sehen, wer da noch so alles kommt, um auf den lieben Verblichenen einen zu heben. Es geht ja das Gerücht, daß er sich langsam absetzen wollte.»

Mannhardt begann sich zu räuspern, setzte auch schon an zu seiner Beichte, daß er privat Kontakt zu Grobi aufgenommen hatte, teils zur Ergänzung seines Fachartikels, teils als Recherchiergehilfe des C.C., ließ es aber wieder bleiben, wollte keinen neuen Ärger in Berlin.

Es fing nun wieder an zu schütten, und da sie keine Regenschirme hatten oder mochten, flüchteten sie sich in Kochs nahebei geparkten Wagen, dabei die «Tunneleule», so der Name des Grobelnyschen Nobelrestaurants, immer im Auge.

Hundt, zu jung, um das zu wissen, fragte, was denn eine «Tunneleule» sei, und wurde von Mannhardt belehrt, daß es sich dabei um einen berlintypischen U-Bahn-Wagen handele, Bauart B 1, entstanden Mitte der zwanziger Jahre, so genannt wegen der beiden ovalen Führerstandsfenster, fügte noch hinzu, daß er als Kind in solchen Wagen des öfteren auf der Linie C zwischen Seestraße und Grenzallee hin und hergefahren sei, war noch wach genug, auch sogleich die Chance zu nutzen, über die «Tunneleule» und ein persönliches Erlebnis zu dem zu kommen, worüber er die beiden Kollegen gerne aushorchen wollte.

«...da bin ich mal mitten im Berufsverkehr, alles voll bis oben ran, zu meiner Oma gefahren, 'n paar Kartoffeln ausborgen, acht oder neun muß ich da gewesen sein, da hat mir im Gedränge die ganze Zeit über einer am Pimmel rumgespielt und mich dann gefragt, ob ich ihm nicht seine Tasche die Treppen hochtragen kann... Hab ich nicht, mein Schutzengel... Aber manchmal wach ich heute nachts noch auf und denke dran, was wohl mit mir passiert wäre, wenn ich damals mitgegangen wäre...»

«Hätte dein Bruder deine abgelegten Sachen schon etwas eher auftragen können», sagte Koch. «Wär doch schön für ihn gewesen.»

«Immer dieser Zynismus!» sagte Hundt und fügte einen Uraltmauerspruch hinzu: «Wer früher stirbt, ist länger tot...»

«Müßte ich also schon über vierzig Jahre tot sein...» Mannhardt stöhnte auf. «Aber sagt mal, was gibt's denn im Augenblick so in Berlin an Delikten dieser Art: Delikte an Kindern, Päderastie...? Oder daß man mit Babies Handel treibt...?»

«Wieso?» fragte Koch. «Haste so was vor...?»

«Quatsch! Ich muß da in Bramme an der HÖV 'n Kurs drüber machen.»

«Keine Ahnung, was da Sache ist», sagte ihm Hundt. «Am besten, Sie sprechen mal direkt mit den Kollegen, die da...»

«Hallo, wer kommt denn da!?» rief Koch dazwischen und zeigte zu Grobis «Tunneleule» hinüber, wo in Begleitung einiger mannequinschöner Frauen ein Männlein auf die Straße trat, das ein wenig an den Hadschi Halef Ben Omar des Ralf Wolter denken ließ, Karl May verfilmt, und dennoch Eindruck machte, Mannhardt später von *Aura* und *Charisma* sprechen ließ, dem Gestank des großen Geldes, von einer Körpersprache, die signalisierte, daß der Mann über unheimlich viel Macht und Einfluß verfügte; triumphierendes Kikeriki eines prachtvollen Hahnes. Ein Napoleon mit schütterem Haar, blond gelockt, schmaler Goldrandbrille, Anfang Vierzig, sehr zerbrechlich wirkend.

«Wer is'n das?» Mannhardt war fasziniert von diesem Menschen, wußte genau, daß Männer wie der diese Stadt beherrschten, die CDU-Regierung fest in ihren Händen hatten.

«Den EG-Etzel, kennste den nich?» Koch zeigte sich verwundert.

«Nee, woher denn, ich war doch übern Jahr lang in Bad Brammermoor.»

«Etzel, Ernst-Günther – daher das EG, genannt Attila...»

Mannhardt lachte: «... den ich mir aber immer 'n bißchen anders vorgestellt habe!»

«Das is ja wohl auch der Witz an der Sache!»

«Und was zeichnet den aus?»

«Daß er der Chef der UCP is, der Upward Consult Berlin – Anlageberatung, Baubetreuung et cetera», wußte Hundt, doch das war auch schon alles.

Schweigend und neidvoll sahen sie zu, wie Attila seinen Harem in einen alten Bentley steckte und mit ihm weiterfuhr; Kir Royal à la Berlin.

Von den Damen angemacht, rief nun Hundt bei seiner neuen Freundin an, die sich ebenfalls der Kripo übereignet hatte und zur Stunde gerade ihren Nachtdienst bei Direktion City versah.

«Hallo, Marion, haste 'n Augenblick Zeit für mich und 'n bißchen Bettgeflüster...?»

«Nee, du, tut mir leid, hier is gerade mächtig Hektik.»

«Was is'n passiert?»

«In der Knesebeckstraße, an 'er S-Bahn haben sie eben 'n totes Baby gefunden...»

5.

«Katharina, lach mal!» Vera kitzelte das Baby, das nackt auf einem liebevoll ausgeschmückten Wickeltisch lag, bis es vor Vergnügen quietschte und mit den bunten Plastikschlüsselchen, deren Ring es fest im rechten Händchen hielt, wie eine Flamenco-Tänzerin spielte und Musik machte. «Wie süß!» Vera beugte sich hinunter, berührte mit dem Mund den lippenzarten Bauch des Mädchens und pustete dann, prustete, erfreute sich am seligen Strampeln des Menschleins vor ihr, wie die kleinen Fingerchen durch ihre Haare fuhren, wie die Puttenbeinchen ihre Wangen streiften. «So...! Schluß für heute früh! Du kriegst mir sonst wieder dein Hickerchen, meine Süße...!» Vera griff nach Öl und Creme, hob das Mädchen an den Beinen hoch, küßte das verlockend weiche und rosige Pöchen und präparierte es sorgsam für die langen Vormittagsstunden. «...schön stillgehalten hast du, brav, Katichen...! Das werd ich nachher gleich dem Papi schreiben.» Sie griff nach den Pampers. «Der wird vielleicht staunen, wenn er wiederkommt, wie groß unsere Katharina schon geworden ist! Mal sehen, was er dir diesmal mitbringen wird; einen kleinen Löwi vielleicht. Der macht dann ‹U-aaa!› Der Papi ist nämlich da, wo die Löwen sind, in Afrika ist er und baut da eine große, große Fabrik! Bleib schön liegen, Kati, die Mami macht jetzt einen Film von dir, und den schicken wir dann dem Papi hin nach Afrika, damit er dich da sehen kann!»

Vera bückte sich und nahm eine nicht eben mehr moderne Super-8-Kamera vom Badezimmerboden hoch, schaltete die aufgeschraubte Leuchte ein und filmte so lange, bis das Baby, das ganz offensichtlich Hunger hatte, unmutig ä-ä-ä machte und schon zum großen Geschrei ansetzte.

«Nicht doch, mein Kleines!» Vera nahm die Kleine hoch und trug sie ins Wohnzimmer hinüber, wo ihre gefüllte «Millipulle» schon im elektrischen Warmhalter stand. Sie setzte sich mit ihr in einen beigefarbenen Sessel, nahm das Fläschchen zur Wangenprobe heraus, fand es richtig temperiert und schob dann den Nuckel mit großer Vorsicht in das schon gierig schnappende Mündchen. «So... dann guten Appetit, mein ein und alles...!»

Sosehr die Kleine nun mit aller Kraft an ihrer Gummizitze zog, so wenig stellte sich jenes wohlig-katzengleiche Brummen ein, das Vera immer wieder in hohen Graden entzückte; statt dessen gab es einen wütenden Protest, ein zorniges Geschrei, Tritte mit den Füßchen, und Vera hatte alle Mühe, die Flasche wie ihre Brust vor den wild hämmernden und schon erstaunlich kräftigen Fäusten zu schützen.

Bis zur sekundenlangen Lähmung erschrocken, stand sie auf, legte das Baby, das nun völlig außer sich war, zur Sicherheit in das bereits vorhandene Ställchen und ging zum Fensterbrett, wo ihr großer Rettungsanker lag, das *abc für junge Mütter*. Mit zittrigen Fingern begann sie, nach den entsprechenden Rubriken zu suchen.

Draußen, niveaugleich mit ihrer Etage, fuhr die U-Bahn vorüber, die Hochbahn genauer gesagt, doch sie hatte heute keinen Blick für die Züge, die da vorüberglitten, keine zwanzig Meter weg von ihr, für die Gesichter der Fahrgäste, Deutsche, Türken, Rentner, Skinheads und Studenten, lange Haare, kurze Haare, weizenblonde, kolkrabendunkle.

Appetitlosigkeit... Verweigerung der Flasche, verminderte Trinkfreudigkeit... Zumeist eine körperliche Ursache... Fieberhafte Erkrankungen, Schnupfen, Darmstörungen, Mundfäule, Angina, Harnwegsinfektionen...

Lieber Gott, laß Katharina nicht krank werden...

Sie blätterte weiter, während das Baby nun schrie, daß sie fürchtete, man würde noch im obersten Stockwerk ihres recht hellhörigen Hauses zu schimpfen anfangen; von den direkten Nachbarn ganz zu schweigen.

Masern... Säuglinge bis zum dritten Lebensmonat gegen eine Infektion durch mütterliche Abwehrstoffe geschützt, dann zunehmend mehr und mehr empfänglich. Neun bis zehn Tage nach erfolgter Ansteckung die ersten Krankheitsanzeichen: Fieber, Husten, Schnupfen, Bindehautentzündung... «Hat doch Katharina nicht!» Aber: Weinerlichkeit, Mißstimmung, Appetitlosigkeit! Sie beugte sich über das Laufställchen. Und richtig: die Augen waren jetzt gerötet. Vom Weinen oder von den Masern?

Milumil... Das hatte sie. Als Flaschennahrung für Säuglinge aller Altersstufen geeignet und gut verträglich.

Das zu lesen war beruhigend. Aber dennoch: da stand das Fläschchen im warmen Wasser, überaus verlockend, und die Kleine wollte es nicht.

Weiter. Sie stieß auf eine Seite mit einer sehr ins Auge fallenden Skizze: Zwei Hände, ein Korken mit einer eingesteckten Nadel, eine brennende Kerze. *Anbringen des Saugerloches mit einer zum Glühen gebrachten Stopfnadel.*

Gott, das war es wahrscheinlich! Sie sprang auf, lief zum Fernseher, steckte die dort aufgestellte Kerze an, holte schnell aus der Küche Korken und Nadel und machte sich dann ans Werk, die Saugöffnung in der angegebenen Art und Weise kräftig zu erweitern.

«Ja, Katharina, du hast ja recht, daß du so schreist: Wie ist die Mami dumm! Der Papi, der ist Ingenieur, der hätt das alles gleich gemerkt...»

Die Herrichtung des Saugers glückte im zweiten Versuch, und da ihre Diagnose hundertprozentig gestimmt hatte, hielt sie knappe drei Minuten später ein Baby im Arm, das wieder eins war mit sich und der Welt.

Glücklich über dieses Ende ihres kleinen Dramas griff sie mit der freien Hand nach hinten und drückte den roten Einschaltknopf ihres Kofferradios nach unten. In einem der Morgenmagazine spielten sie den Tennessee-Waltz, eine ihrer Lieblingsmelodien, und ihre Augen füllten sich mit Tränen, als sie ganz plötzlich den Spruch vor Augen sah, der bei ihren Großeltern in Pankow schön gestickt überm Küchentisch gehangen hatte:

Die allerschönsten Blumen von allen sind die Kinder.

OSCAR WILDE

Sie ließ sich ohne jeden Skrupel von dieser Stimmung forttragen, schloß die Augen, schaukelte auf einer Luftmatratze in der Lagune eines kleinen Südsee-Atolls, sprach leise-zärtlich mit dem Kind.

«...wenn du größer bist, dann fahren wir mit dem Papi mit... Nach Hawaii, nach Tahiti... Auf einem großen Rulle-Rulle-Dampfer. Und unsere Katharina kommt mit. Oder zu Oma und Opa in die Lüneburger Heide. Die haben drei Pferde, Hottehüs, und da kann die Kati dann drauf reiten...» Unwillkürlich begann sie, mit der Kleinen auf dem Schoß «Hoppe, hoppe Reiter» zu spielen.

Als die Musik im Radio abbrach, hörte sie die männlich-kehlkopfkranke Stimme einer permanent empörten Journalistin.

«Heute nacht, die S-Bahn-Bögen an der Knesebeckstraße, am Savignyplatz. Es herrscht ekliges Wetter, Nieselregen, die Vorgärten der drei, vier Lokale sind leer. Die Damen vom Gewerbe sind im Einsatz oder haben sich weit in ihre Hausflure zurückgezogen. Nicht mal vor der Kunstbuchhandlung steht ein verspäteter Student der nahen HdK, vor dem Lampengeschäft auf der anderen Straßenseite auch kein Interessent. Ein leerer Schulhof, ein verlassener Kinderspielplatz. Autos flitzen vorüber, der Kudamm ist nahe, doch wer achtet schon auf einen Mann mit einer schweren Tragetasche. Er sieht sich um, stellt die Tasche direkt unter die S-Bahn, da, wo die Tauben hinmachen, und geht dann weiter. In der Plastiktüte wird von einem Wachmann ein totes Baby entdeckt. Grausam zugerichtet. Ein Kindermord in Berlin. Kann ich Ihnen da einen *guten* Morgen wünschen? Nein... Also: zu den Fakten...»

Vera riß die Kleine hoch, drückte sie ganz fest an ihren Körper, knuddelte sie und brachte das Radio mit einem Stupser ihres Fußes abrupt zum Schweigen.

6.

Sie saßen in Jessicas Wohnung am Ludwigkirchplatz in Berlin und schienen dennoch so verloren wie die Besatzung einer Weltraumkapsel, die nach mißglückter Landung auf der Erde nun immer schneller hinauskatapultiert wurde ins endlose Nichts. Die Zeit dehnte sich, verlor jede Markierung, die Gegenwart war ein schmerzloser Schwebezustand, und immer wieder kam es vor, daß sie, übermüdet wie sie waren, bis weit über alle Grenzen erschöpft, nicht mehr auseinanderhalten konnten, was wann gewesen war, behaupteten, den Kaffee, der erst um acht gebrüht worden war, schon um sieben getrunken zu haben, auch Halluzinationen hatten, so zur Wiege rannten, weil sie glaubten, Yemayá hätte eben geweint.

Wuthenow hatte die Stirn ans Fenster gepreßt und sah nun schon seit einer halben Stunde zu, wie die Hausfrauen, Studenten und Rentner den Müll in ihre Tonnen füllten, registrierte es als etwas, das in einer anderen Welt geschah als seiner, hatte alle seine Energie gebunden und auf die eine Frage konzentriert, ob denn Yemayás Verschwinden irgendwie mit seiner Frau zusammenhing, ob sie mit dem MfS gemeinsam etwas unternommen hatte, ihn zu Fall zu bringen. Welche Logik, welche Kongruenz der beiderseitigen Motive: sie und ihre Rache und die große Chance der Falken im ZK, ihn zur Strecke zu bringen, ehe das Signal aus Moskau kam, auch in der DDR auf *glasnost* und *perestroika* zu setzen; mit ihm als neuer Nummer eins. Seine sowjetischen Freunde hatten es durchblicken lassen, liebten ja schon lange rote Kosmopoliten. Jessica und das Kind, schön, das hätte er womöglich noch abwettern, noch verkraften können, aber daß sie die Tochter eines hohen Nazi-Schergen war, das war das Ende für ihn. Da ließ sicher keiner mit sich reden, denn wenn sein Staat auch sonst zu wünschen übrigließ, einen großen Pluspunkt hatte er: seinen bedingungslosen Haß auf alle Nazi-Mörder. Was konnte Jessica dafür? Nichts natürlich, doch was half ihm das? Fragte man ein Mädchen, so wunderschön und wild wie Jessica, nach ihren Eltern, wenn sie einen auf den Boden warf, den Rücken nach unten, und wie eine Reiterin auf einem saß, fragte man sie da nach ihren Eltern, verhörte sie? Von ihrer Vergangenheit hatte er erst nach Yemayás Geburt etwas erfahren. Nichts ließ sich mehr rückgängig machen. *Ja, du mußt die Konsequenzen ziehen...!* Doch welche, und das große Spiel so schnell verloren geben? Sich in den Westen absetzen, hier als DDR-Beschimpfer durch die Sender tingeln, wie es zuhauf die Literaten taten? Mit Jessica zusammen ein neues Leben aufbauen? Er lachte. Hochkarätige Leute wie er brachten die Gleichgewichte derart durcheinander, daß mindestens drei Geheimdienste nichts unversucht lassen würden, um ihn sehr bald eines natürlichen Todes sterben zu lassen. Und mit einer neuen Identität in Dakota oben den Autohändler aus Polen oder Schweden spielen. Großer Gott, nein, dann lieber noch in den Sack niesen! Und Yemayá selber. *Liebst du deine Tochter eigentlich?* Eine bürgerlich-dämliche Frage. Was war die Welt? Nichts weiter als ein deterministisches Chaos, und alles war offen, lediglich die eine Hoffnung gab es, daß die Dialektik trug und sich die bessere Welt erkämpfen ließ, wenn man nur das Alte, Überholte... Aber was war das immer genau...? *Du stehst hier nicht im Hörsaal vorn, es geht um deine Tochter, es geht um dein eigenes Leben!* Er stöhnte auf, hatte immer nur Antworten zu geben gewußt, aber niemals gelernt, Fragen zu stellen. Nun gab es nur noch Fragen. Ob die CIA, ob der BND...? Was wollten sie von ihm? Hätte sich doch längst schon einer bei ihm melden müssen...

Jessica lag auf dem Sofa, hatte das Gesicht auf das glatte Leder gepreßt, fühlte am ganzen Körper Elektroden, Kanülen und Schläuche, sah einen Tropf über sich hängen, gefüllt mit kristallklarer Lösung, spürte den Katheter in der Blase, sah auf einem kleinen Bildschirm ihre Herzkurven flimmern, glaubte sich im Koma; doch nichts von allem war wahr, in ihrem gequälten Organismus war lediglich ein kleiner Schutzkontakt ausgelöst worden.

Mannhardt («Ich war 'nem Herzinfarkt noch nie so nah wie heute...!») saß am Telefon und brachte seinen nahebei abgestellten Tee mit einer Kuchengabel dazu, immer schneller zu kreisen, so lange, bis der Mahlstrom stark genug war, einen geschickt hineingespuckten Kuchenkrümel bis auf den Grund des Glases zu reißen. Genauso würden die Atome seines Körpers draußen im Weltraum in ein schwarzes Loch gerissen werden, zehn Milliarden Jahre später, wenn es kein Berlin mehr gab, keine Bundesrepublik, kein Europa, keine Erde, keine Sonne und vielleicht auch keine Milchstraße mehr. *Alles ist vergänglich, auch lebenslänglich.* Er erschrak, denn aus Bad Brammermoor, der Psychiatrie, da wußte er, daß es bei Schizophrenen so begann, daß sich gegen ihren Willen formelhafte Wendungen ihrer bemächtigten. *Glücklich ist, wer vergißt, was doch nicht mehr zu ändern ist...!* Na, bitte! Was geht mich denn Yemayá an, ich hab eigene Sorgen genug! Mein Sohn, meine Hoffnung; als Taxifahrer wird er enden. Meine Tochter keine Kinderärztin, packt bei Sarotti Tag für Tag Pralinen in die Schachtel, verdient das Geld für ein halbes Dutzend Vermummter. Meine Frau krieg ich als Wrack zurück, so richtig selbstverwirklicht.

Er wandte sich, ohne aber richtig zu lesen, dem Berliner Teil des *Tagesspiegels* zu, der immer noch herumliegenden Ausgabe von gestern, als Yemayá noch...

Der größte Verkehrseinsatz in der Nachkriegsgeschichte Berlins. Mit dem Prolog auf dem Kurfürstendamm beginnt morgen die Tour de France.

Ach ja, mal wieder so richtig verkehren, das wäre nicht schlecht; wie ging 'n das eigentlich...?

1000 Personen bei Fahrrad-Demo.

Verkleidung am Brandenburger Tor angezündet.

Strafanzeige wegen Verdachts antisemitischer Äußerung.

Tag und Nacht wird die Bibel vorgelesen.

Moscheen oft zu klein.

BVG will U-Bahn-Verkehr nach Mitternacht einstellen.

Verkehr, Verkehr... Er freute sich, daß sein Pint steif wurde, als er jetzt am linken oberen Bildrand drei Bikinimädchen im Strandbad sah, doch er wehrte sich sofort dagegen: doch nicht in dieser Stunde!

Regelsätze der Sozialhilfe steigen.

Von 402 auf 412 DM. Brauchte ja sein Sohn vor der Zukunft keine Angst mehr zu haben.

Haftbefehl gegen Verdächtigen im Neuköllner Mordfall.

Eine 37jährige Frau war... Und wieder würde sich eine Mordkommission ans Werk machen, in der er fehlte.

Er warf die Zeitung in die Ecke und wandte sich dem dicken Wälzer zu, den Wuthenow geschrieben und vorhin mitgebracht hatte, mit einer Widmung auf der ersten Innenseite: Für Jessica mit nur drei Punkten... In denen aber steckt alles verborgen, was sich ein Mensch erträumen und erhoffen kann; und das ist in unserem Falle sehr, sehr viel. Wu.

Who is Wu? Mannhardt sah sich schon wieder als Opfer einer beginnenden Schizophrenie, verdammte seinen Zwang, alles mit allem in Beziehung zu setzen, hatte aber noch immer erhebliche Mühe zu begreifen, wieso Wuthenow... Ein Parteisoldat, eisern in der Disziplin, alles Lustbetonte abgetötet, nur der einen Sache verpflichtet... So hätte er doch sein müssen: märkisch-preußisch-DDR-lich karg, ein echter Dr. Triebverzicht. War er aber nicht: soff Champagner, nahm den *Playboy* mit nach Hause und kam regelmäßig zum Vögeln herüber. War er so? Oder war das alles ein genialer Zug, der DDR-Bevölkerung dermaleinst einen ganz modernen Häuptling zu bescheren? Wenn der ganze Erdball mal verwestlicht war.

Die neuen Theoriebedürfnisse der Monopolbourgeoisie. Von Prof. Dr. Friedrich-Wilhelm Wuthenow.

Friedrich-Wilhelm und dann Wuthenow, wie Schach von Wuthenow. Kein Wunder, daß alles so gekommen war.

«Hier geht es darum», so Wuthenow in seinem ersten Vorwort-Satz, «die herrschenden sozialwissenschaftlichen Theorien des bürgerlichen Lagers als das zu enthüllen, was sie wirklich sind: Machterhaltungstechniken der Monopolbourgeoisie...»

Weiter schaffte er's nicht, denn in diesem Moment kam Corzelius wieder einmal von unten herauf, zum achten Male schon, hatte immer wieder nach der Post geguckt; diesmal den Briefträger abfangen können.

Jessica federte hoch, Mannhardt fuhr herum, Wuthenow drehte sich vom Fenster weg.

«Nichts!» Corzelius warf einen ganzen Packen von Briefumschlägen, Zeitungen, Postkarten, Werbesachen und dergleichen gegen das Poster, das Geronimo, den Apachen-Häuptling, zeigte, ließ alles auf den Boden rieseln, ehe er den anderen mitteilte, daß keine Mitteilung eines Kidnappers oder eine sonstwie wichtige Mitteilung dabei gewesen sei. «Scheiße, Mann!»

Jessica sprang nun auf, und im Gewirr der Synapsen, in den Schaltkreisen ihres Gehirns gab es insofern eine erhebliche Fehlschaltung, als sie sich im Proberaum der *Schaubühne* wähnte und die Hekabe aus Euripides' *Troerinnen* zu spielen begann; dies mit gewaltigem Pathos.

«Auf, Unselige, heb vom Boden das Haupt, / Reiß den Nacken empor! Dies ist Troja nicht mehr. / Daß die Stunde sich wandelt', erduld es, ertrag's! / Laß dich treiben vom Strom, laß dem Schicksal den Weg, / Lenk nicht wider den Schwall; dem Wind, wie er weht, / Gib preis den Nachen des Lebens!»

Es war wie ein Anfall, die Suche nach Ekstase, die Betäubung brachte; Raserei, um aus sich selber zu fliehen.

«Was als Jammer ist mir, der Verwaisten, erlaubt, / Die ich Heimat und Kinder verlor und Gemahl? / O Glanz meiner Väter, so hell und so reich, / Nun versunken, wie warest du flüchtig!»

Mannhardt hatte das Gefühl, sein Oberkörper würde hin und her pendeln wie ein aufgehängter Sandsack nach den Schwingern eines Schwergewichtlers; ihm wurde so schwindlig, daß er sich an der Tischkante festhalten mußte. Zu sehr erinnerte ihn Jessicas Ausflippen an die schlimmsten Fälle in Bad Brammermoor, in der Psychiatrie.

Er hatte Angst, er wollte fliehen, doch schon war Jessica auf ihn zugestürzt gekommen, hatte ihn gepackt, schrie ihm derart heftig ins Gesicht, daß ihm ihre Speicheltropfen wie Schrotkugeln vorkamen.

«Du hast mich angelogen, du Schwein! Meine Tochter ist längst tot!»

«Nein, bitte!» Mannhardt versuchte mit dem Stuhl nach hinten zu rutschen und wieder von ihr freizukommen, doch die schmalen Beine wollten nicht gleiten, hatten sich zu tief in den weichen Teppich gebohrt.

«Yemayá ist längst tot, ihr sagt es mir nur nicht! Ihr traut euch nicht! Sag mir die Wahrheit, bitte!» Sie beutelte ihn so sehr, daß seine helle Sommerjacke im Rücken hinten ratschte.

Mannhardt gelang es nun, mit den Füßen Halt zu finden und sich nach oben abzustoßen, stand nun und war anderthalb Köpfe größer als sie.

«Ich schwör dir, Jessica, es war ein Junge in der Tragetasche drin! Ich hab's doch ganz deutlich gesehen. Kein Mädchen!»

«Du lügst, du lügst, du lügst!»

Sie schlug so lange auf ihn ein, bis es ihm gelang, seine Arme zwischen ihre zu bringen, sie festzuhalten und zur Seite zu biegen, gleichzeitig mit dem Hacken den Stuhl umzustoßen und nach hinten zu springen.

«Hör doch Radio, Mensch, da hörst du, daß es 'n Junge war!»

Jessica lief auf Wuthenow zu und ließ sich von ihm auffangen, brach in Tränen aus. «Es war Yemayá, sag es mir!»

«Es war sie nicht, mein Gott!» Mannhardt riß die Tür zur Treppe auf. «Ihr spinnt ja alle hier; ich halt das nicht mehr aus! Ich bin gerade aus der Klinik raus, meinste, ich will da wieder hin zurück. Geh *du* doch rein, Mensch!»

Draußen war er, und sofort hatte er ein schlechtes Gefühl; er hätte sie niemals so anfahren dürfen. Sie war ja wirklich ganz arm dran, die Tochter verschwunden, kein Lebenszeichen von Yemayá; klar, daß man da durchdrehte. Immer wieder, wie im Selbstgespräch, hielt er sich das vor, beschloß, als Wiedergutmachung um so intensiver nach dem Baby zu suchen. Am besten, er sprach zuerst mit den alten Kollegen; vielleicht ergab sich da ein Anhaltspunkt.

Er brauchte nur die Lietzenburger Straße, eine häßliche innerstädtische Autoraserschneise, bis zu ihrem östlichen Ende hinunterzulaufen, keine Viertelstunde, dann war er da, erhoffte sich vom Wiedersehen, von Menschen und Räumen, angenehme Gefühle, Sentimentales («Weißt du noch...!?»). Doch als er dann durch die alten Gänge streifte, erschien ihm alles maßlos fremd, war er sich ziemlich sicher, niemals zuvor hier gewirkt, gelacht, gelitten zu haben. Wieder erschrak er, zweifelte sekundenlang daran, überhaupt zu existieren, er zu sein, denn seine Zukunft versuchte er immer zu verdrängen, diesen Job als Lehrbeauftragter auf Zeit an der HÖV in Bramme, so erfolgreich, daß es recht eigentlich keine Dimension der Zukunft für ihn gab. Und nicht anders war es auch mit seiner Gegenwart. Entwurzelt war er, aufgelöst hatte sich alles, was ihm einmal viel gegolten hatte: seine Familie, das Haus in Hermsdorf draußen, seine Träume. Die Gegenwart war Leere, sein Leben ein zeitlos-ungewisses Schweben, ein Nicht-Zustand. Und nun mußte er auch noch erkennen, daß er nie ein Vor-Leben gehabt hatte, keine Vergangenheit.

Das alles traf ihn wie ein Schock, und er mußte in eine der Toiletten eilen, sich in eine Zelle einschließen und hinsetzen, warten, bis sich Herz und Magen wieder entkrampft hatten, der starke Schweißausbruch vorüber war. Hätte er doch noch länger in der Klinik bleiben sollen? Nein! Die Angst, sie könnten ihn für immer dort behalten wollen...

Nervöser Durchfall noch, dann ging es wieder, und er fühlte sich stark genug, bei den Leuten vorzusprechen, die sich voll spezialisiert hatten auf Tötungsdelikte an Kindern.

Nach einigem Hin und Her geriet er an eine junge Kommissarin, die ebenso kompetent wie verwirrend auf ihn wirkte; letzteres vor allem deswegen, weil sie aussah wie die Lilo Mannhardt von vor dreißig Jahren, zur Zeit der ersten Liebe und der ersten Nacht. Noch einmal alles von vorne beginnen können... Von vorne, von vornherein... Sofort hatte er das Bild vor Augen, wie er über Lilo lag und es vor lauter Erregung nicht schaffte, das Tor zur Seligkeit zu finden, sonstwo hinstieß... Er grinste derart offensichtlich, daß sich die junge Kollegin, durch viele gewerkschaftliche Schriften vor geilen Übergriffen gewarnt, instinktiv hinter ihren Schreibtisch flüchtete.

Mannhardt riß sich zusammen und fragte, ob sie die Dame sei, die man ihm so sehr ans Herz gelegt habe (schon wieder diese Anspielung, mein Gott!), die Bettina Taubert.

«Ja...» Sie wußte natürlich, daß und warum Mannhardt in der Psychiatrie gewesen war.

Und da Mannhardt wußte, daß sie es wußte, war er nun derart verunsichert, daß er nicht anders konnte, als sich mit einem seiner altbewährten Kalauer wieder etwas Luft zu verschaffen. «Sie heißen Taubert – und da leben Sie noch...?»

«Wieso...?»

«Na, der Georg Kreisler singt doch immer: Gehn wir die Taubert vergiften im Park...»

Sie lachte, aber Mannhardt sah ihr deutlich an, wie sie darüber nachdachte, ob wohl ihre Judokünste im Falle eines Falles auch wirklich ausreichen würden. Schließlich hatte dieser Mann versucht, ihren Kriminaldirektor Dr. Weber mit einem Stein, einem Vielloch-Ziegel zu erschlagen, und zuzutrauen war ihm deshalb auch, daß er nun über sie herfiel... Wie der schon guckte...!

Mannhardt war sich sicher, daß sie solches dachte, und es war ihm mächtig peinlich. Bis zum hintersten Schrank trat er deswegen zurück, die Hände auf dem Rücken verschränkt und um das gütige Lächeln einer Diakonissin bemüht. Andererseits verspürte er natürlich ganz deutlich den Drang, ihr den Rock hochzuschieben, ihren kleinen Arsch in die Hände zu nehmen, ihren Körper an sich zu pressen und seinen Stengel zumindest zwischen ihre Schenkel zu schieben, hatte dieses Bild so kräftig vor Augen, daß seine Erektion ihn zwang, plötzlich auf einen nahebei abgestellten Stuhl zu fallen.

Sie sah ihn an, als hätte sie es mit Klaus Kinski zu tun.

Mannhardt bemühte sich nun um eine hölzern-nüchterne Sprache. «Sie wissen ja sicherlich, daß ich für zwei Jahre als Lehrbeauftragter zur HÖV nach Bramme gehen werde...» (...einfach zum Essen einladen, mal versuchen, ob sie nicht...) «...äh, und da fehlt mir noch einiges zum Thema: Tötungsdelikte an Kindern, also...» (...die trägt doch 'n Ring, und du alter Knacker...) «Also, wie viele...? An statistischen Dingen bin ich vor allem erst einmal...»

Ohne es zu wagen, ihm den Rücken zuzukehren, kramte sie aus einem ihrer Regale ein paar Blätter hervor und nannte Zahlen.

«...von 1968 bis 1982 hatten wir insgesamt 1481 Fälle mit 1650 Opfern, also verübte Straftaten an Kindern mit Todesfolge – ohne Straßenverkehr.»

Mannhardt machte sich Notizen. «Und bei Kindern unter sechs Monaten...?»

«Insgesamt 189 Fälle, davon 92 männlich und 97 weiblich.»

«Oha! Und was läßt sich zu den Tätern sagen...?»

Sie las nun ab. «Fast zwei Drittel der Kinder, nämlich 1030, wurden von den eigenen Eltern getötet. Nimmt man noch die weiteren Angehörigen und die Bekannten hinzu, so ergibt sich, daß in fast vier von fünf Fällen, bei 78 % nämlich, eine enge Täter-Opfer-Beziehung bestanden hat. Vergleichsweise selten dagegen (4,9 %) fielen Kinder Fremden zum Opfer...»

Mannhardt sah nachdenklich aus dem Fenster und einem über den Tiergarten ziehenden PAN-AM-Airbus hinterher. Das alles sprach ja dafür, daß Jessica selber... Sicher, ihre Schilderung, wie das Baby draußen vor der Boutique im Kinderwagen gelegen hatte und dann plötzlich weg gewesen war, ihre Schilderung klang echt, aber wer konnte denn völlig ausschließen, daß sie – wie vorhin als Hekabe ja auch – zu dieser Zeit gerade in einer ganz anderen Welt gelebt hatte, sich dies alles nur einredete, in Wahrheit aber ihre Tochter längst irgendwie getötet und vergraben...

«Ich Ihnen nicht gut...?»

«Doch, doch!» Mannhardt sah wieder zum Schreibtisch hinüber. «Sagen Sie... Handel mit gestohlenen Babys, Kidnapping zu diesem Zwecke, das hat es in Berlin nicht gegeben...?»

«Nicht, daß ich wüßte...»

«Und das tote Baby in der Tragetasche, letzte Nacht, S-Bahn-Bogen Knesebeck..., Savignyplatz...?»

«Ein kleiner Türke, uneheliches Kind einer jungen Frau. Der Bruder, der mit dieser Schande nicht mehr leben konnte, der seine Schwester retten wollte.»

Mannhardt nickte und wollte sie gerade nach bekannten Fällen aus den USA und anderen Ländern fragen, als die Tür aufging...

...und Dr. Weber das Büro betrat.

Mannhardt fuhr hoch und starrte ihn an.

Dr. Weber stand versteinert da.

Die junge Kommissarin hielt den Atem an. Fehlte nur High-Noon-Musik.

Sie hatten sich seit Mannhardts Attacke nicht mehr *face to face* gegenübergestanden.

Mannhardt war sicher ein sehr jähzorniger Mensch, und er konnte furchtbar hassen, doch eines konnte er auch: auf einen Todfeind von gestern fröhlich zugehen, ihm die Hand entgegenstrecken und ihm vorschlagen, über alles Gewesene nun schallend zu lachen.

Das tat er auch in diesem Falle.

Doch sein alter Chef verstand das völlig falsch, sah schon wieder den tödlichen Stein in der auf ihn zukommenden Hand, schrie auf und rannte auf den Flur hinaus.

Die Dame Taubert hinterher.

Mannhardt lachte schallend, hätte sich halb tot lachen können, riß den rechten Arm nach oben, ballte die Faust: Sieg! Sieg!

Die Erlösung, absolut, total.

Von heute ab bin ich ein neuer Mensch!

7.

«Tu doch endlich was!» hatte Jessica geschrien. «Sitz doch nicht so blöd hier rum und starr an die Decke!» Und war dann wieder ganz zur Hekabe geworden: «Wem fiel mein Kind/Zur Beute...? Und die zuletzt von der Seit' ihr mir rißt, die Tochter, wo/Blieb sie?»

Da war auch Corzelius gegangen, hatte seine Cousine («Mann, die is ja völlig ausgerastet!») mit Wuthenow allein gelassen, sich auf den Weg nach Rudow gemacht, wo Martin Schmachtenhagen am Glashütter Weg in einem Eigenheim lebte, Jessicas gewesener Mann, immer wieder tönend, daß Yemayá seine Tochter sei, in diesem Glauben immer noch bestärkt, weil ihm ein anderer möglicher Vater nie benannt worden war.

Zum Glück hatte die Werkstatt seinen alten Käfer heute fertig gehabt, und er brauchte sich nicht für vierundzwanzig lange Stationen, so seine Zählung, in die U-Bahn zu setzen, andererseits aber hätte er mit der U-Bahn fahren *müssen*, denn eben dieses forderte er ja jahraus, jahrein in Wort und Schrift von allen Bürgern dieses Landes. So hatte er wieder einmal ein verdammt ungutes Gefühl; wie anders auch, seit es so sehr *in* war, Watzlawick zu mögen und mit seinem Unglücklichsein permanent zu kokettieren.

Es war dieselbe Strecke, die sie – vorgestern, gestern, heute? – gefahren waren, um zur Grenze zu gelangen, zur Wanderung nach Dolgenbrodt. Waren sie denn wirklich gefahren, oder war das alles erst für nächsten Herbst geplant...?

In der Neuköllner Karl-Marx-Straße hätte er fast zwei offensichtlich aus der DDR kommende Rentnerinnen totgefahren, die gar nicht schnell genug ins Rathaus kommen konnten, sich ihr westliches Begrüßungsgeld in den Beutel zu stopfen.

Yemayá... Irgendwo in dieser Riesenstadt, immer an Bramme gemessen, mußte sie stecken. Wo? Bei wem? Noch am Leben? Warum hatten die Menschen nicht alle einen Peilsender im Ohr? Er fluchte wieder über sich, hatte er doch bei so mancher Versammlung sehr heftig gegen «diesen Überwachungsstaat» gewettert, gegen die Volkszählung («Zählt nicht uns, sondern eure Tage!»), den Erika Mustermann-Plastikausweis. Aber irgendwie war der Gedanke von einem himmlischen Zentralcomputer faszinierend, einer quasigöttlichen Instanz, die alles registrierte, alles wußte, was die Menschen taten. Knopfdruck – und sie hätten gewußt, wo Yemayá hingekommen war.

Seine eigene Tochter fiel ihm ein, Siw, und er hatte es schwer, sie wieder als Baby zu sehen. Sie fehlte ihm, Gunhild weniger. Obwohl er langsam wahnsinnig wurde, wenn er nicht bald wieder mal... Tatjana stand ja auf seiner Wunschliste noch immer obenan. Aber solange Yemayá nicht wieder, oder falls sie doch... Unmöglich, daß er da. Jessica hätte ihn kastriert.

Du bist ein Schwein, daß du jetzt daran...!

Am Bahnhof Neukölln fuhr er unter der alten Ringbahn hinweg und verließ damit, streng genommen, die Berliner Innenstadt, kam auch bald – es folgten Britz und Rudow – durch Straßen, die sich von denen seiner «Heimat» wenig unterschieden, genauso öde waren, nichts weiter als den Wunsch erweckten, sie so bald wie möglich hinter sich zu bringen. Tauchten rechter Hand noch die sozusagen Pyramiden der Berliner Betonmafia auf, unter dem Namen Gropiusstadt in den Karten verzeichnet, und er schätzte, daß hier kaum viel weniger Menschen wohnten und lebten als bei ihm in Bramme (ohne Uppekamp).

Er kam nach Rudow und mußte daran denken, daß die Berliner gerne höhnisch-spöttisch von *Bad* Rudow sprachen, konnte sich auch wieder dran erinnern, daß die Rudower Felder bei den Bauskandalen hierorts eine nicht ganz unwesentliche Rolle gespielt hatten, war doch der Münchener Baubetreuer Bertram ihretwegen von der «Soko Lietze» dingfest gemacht und vom Gericht dann wegen Betrugs, Bestechung und Vorteilsgewährung zu fünf Jahren Haft verurteilt worden, nicht ohne zwei, drei hohe CDU-Beamte und Politiker mit ins Abseits zu nehmen (und wie zu hören war, sollten da noch weitere folgen).

Berlin tut gut, dachte Corzelius.

Martin Schmachtenhagen hatte er nur wenige Male gesehen, bei der Hochzeit, bei einem Blitzbesuch in Bramme, bei der Beisetzung von Jessicas Eltern (Flugzeugabsturz in Peru) und wohl auch bei einem Fußballspiel im Weser-Stadion. Wenn er ihn aus der Erinnerung heraus hätte skizzieren sollen, wäre das herausgekommen: So ein bißchen Barschel, alert, voller Ehrgeiz, machtorientiert, auf Geld und Glamour aus, eine Kir Royal-Villa im Sinn, sehr formell, Diplom-Ingenieur für das Bauwesen, pedantisch, mit seinen dreißig Jahren so gesetzt-vernünftig wie ein Mann mit siebzig, nicht unsympathisch, jemand, den man gerne als Rechtsanwalt, Zahnarzt, Pilot oder Steuerberater engagiert hätte, weil er tüchtig und erfolgversprechend war, aber kaum als «Freund fürs Leben». Warum Jessica ausgerechnet den genommen hatte? «Wenn ein Baum zum Wildwuchs neigt, kann aus ihm nichts werden, es sei denn, man bindet ihn an einen starken Pfahl!» So sie; welch Bild! Aber es hatte wohl gestimmt. So lange jedenfalls, bis der wilde Baum derart kräftig in die Höhe gewachsen, ja, geschossen war, daß er den starken Pfahl ganz einfach aus dem Erdreich herausgerissen hatte. Insofern tat ihm sein gewesener Cousin ein wenig leid, und er sagte sich, daß Jessica außer diesem Mann noch ganz andere aus der Bahn werfen würde; der nächste war ja schon sehr deutlich auszumachen, und er mußte unwillkürlich schmunzeln, wenn er an all die erhitzten Burschen dachte, wie sie stöhnten: «Jessi, ohne dich kann ich nicht leben!»

Aber wer schloß denn aus, daß es ihn nicht selber eines Tages packte, Blutsverwandtschaft hin, Blutsverwandtschaft her, und er dann auch so stammelte; vielleicht war das auch schon längst geschehen...? Auch das noch, nein! *Tausendmal berührt, tausendmal ist nichts passiert*... Klaus Lage, ja. Ob es auch bei ihm schon *zoom* gemacht hatte? Jessica schien ihm gefährlicher als Heroin, nach drei Jahren absolut tödlich. Also: gar nicht erst anfangen damit. Aber... Kein Aber: Arsch du!!

Der Glashütter Weg, komische Gegend, war plötzlich zu Ende, und zwar lange bevor er bei Schmachtenhagens Hausnummer angekommen war. Er hielt an und wartete, bis zwei Schuljungen, um die zehn herum, des Weges kamen, stutzte aber abermals, denn die beiden parlierten in einem Französisch, das seines bei weitem übertraf. *Quoi de neuf? – Qu'est-ce tu veux que j'en sache? – T'as rencontré personne? – Non…*

Er fragte den, der ein selten aufgeweckten Kerlchen war, ein Kobold durch und durch, erfuhr, daß die beiden vom FG kamen («Was bitte…?»), vom Französischen Gymnasium, und der eine sogar eine Schwester besaß, die in Paris studierte, der Christian. Und nicht nur das, er wußte auch bestens Bescheid über das tiefe Geheimnis des Glashütter Weges.

«Wir wohnen nämlich da: Benatzkyweg!»

«Nu versteh ich gar nichts mehr…!?»

«Der hintere Teil vom Glashütter Weg heißt jetzt Benatzkyweg, nach dem vom ‹Weißen Rössl› da…»

«Ich danke Ihnen, meine Herren!»

Corzelius ließ sich die Route beschreiben, die er nun zu nehmen hatte, und war auch anderthalb Minuten später am Ziel, allerdings von neuem höchlich erstaunt. Stand doch da ein Mann in seinem Garten, so bärtig und so böse wie Karl Marx bei der Verdammung Bakunins, und übte sich darin, mit einer bordeauxroten Nilpferdpeitsche, kunstvoll geflochten und garantiert aus Sklaventreiberzeiten stammend, eine leere Bierdose vom Gartenzaun zu fetzen, das heißt, mit dem verknoteten Ende zu treffen und sonstwohin zu fegen.

Corzelius stieg aus und fragte, kaum daß er seinen Wagen abgeschlossen hatte, für welchen Zirkus da wohl dieses Training liefe, und es stellte sich heraus, daß der bärtige Herr keineswegs, sondern ganz im Gegenteil, sehr gebildet und sogar Professor war.

«Wieso denn aber diese Peitsche? Die große Wende auch im Hörsaal…?»

«Nein, nein, die hab ich auf 'ner Exkursion geschenkt bekommen, weil ich gern den Macho spiele…»

«Und der Striemen da am Ohr, der Schmiß, das blaurote Auge…? Selbstverstümmelung, um zusätzliche Semesterferien zu haben…?»

«Nein, nur ein total mißglückter Schlag. Aber ich zeig's denen schon: ich lern noch zielen damit!»

Sehn Se: das ist Berlin! hörte Corzelius es singen und ging über die Straße hinüber, fand auch das Namensschild, schön geformte Bronze, mit der Aufschrift *Schmachtenhagen*. Na ja, angeschmachtet hatte er Jessica ja.

«Der ist nicht da!» rief ihm der Professor mit der Peitsche nach.

«Wissen Sie zufällig, wo er hin ist?»

«Ich glaube, zu seiner geschiedenen Frau wollte er: seine Tochter sehen...»

Corzelius zuckte zusammen. Also doch!

«Wann war 'n das, gestern?»

«Gestern morgen, ja, als ich in die Stadt gefahren bin.»

«Und seitdem ist er nicht mehr hier gewesen...?»

«Nein, meines Wissens nicht.» Der Professor ließ die Nilpferdpeitsche sinken. «Der Staatsschutz wieder mal...?»

«Wieso...?»

«Na, da hinten hat's doch neulich gebrannt, 'n Anschlag auf einen hohen Beamten, und ausgerechnet ich hatte nur das Alibi, allein im Bett gelegen zu haben. Da ist man nun ein aufrechter Konservativer und wird trotzdem verdächtigt...! Warum denn hat es die Polizei ausgerechnet auf einen Menschen wie mich abgesehen!? Nur weil ich neulich mal ein wenig demonstriert habe...?»

«Wo denn: Startbahn West oder Wackersdorf?»

«Nein: hier auf meiner Meldestelle.»

«Oha!»

«Ja, ich will meinen Personalausweis ändern lassen, die Straße... Von Glashütter Weg auf Benatzkyweg. Weigert sich der Beamte, das zu machen, weil ich das mir zugegangene amtliche Schreiben nicht mithabe, wo das dringestanden hat. Das müssen Sie sich mal vorstellen!!!» Die drei Ausrufungszeichen mit der Peitsche geknallt. «Ein Freund und Kollege von mir muß sich einen neuen Personalausweis ausstellen lassen, diese Plastikkarte, und wird wieder nach Hause geschickt, vierzig Busminuten weit, weil er seine Promotionsurkunde nicht eingesteckt hatte. Dabei hatte das ‹Dr.› im alten Ausweis fast zwanzig Jahre dringestanden. ‹... die Kollegen können sich ja damals geirrt haben!› Das ist doch nicht zu fassen!»

Corzelius dankte, machte sich gedankliche Notizen, das gab sicher mal 'ne kleine Glosse im Funk, sagte aber nun, daß er es außerordentlich eilig hätte, seine Sache dringlich sei und er nun sehen müsse, ob Herr Schmachtenhagen nicht vielleicht doch...?

Er drückte auf den Klingelknopf, einmal, zweimal, wartete.

Nichts.

War er also mit Yemayá auf und davon... Erste Möglichkeit, türkisfarbener Zettel: Rettung seiner Tochter. Aber hing er wirklich an ihr? Schwer vorstellbar. Eher war da schon an einen Racheakt zu denken; die Rache dafür, daß Jessi ihn verraten, ihn verlassen hatte. Zuzutrauen war ihm das. Daß er auf Dienstreise war, mußte keineswegs stimmen; Jessica konnte sich da ebensogut geirrt haben, hatte in solchen Sachen kein gutes Gedächtnis. Höchstwahrscheinlich aber hatte er sie letzte Woche angelogen.

Jetzt ließ er den Finger zehn, fünfzehn Sekunden auf dem Bronzeknopf ruhen.

Was nun geschah, war bestens geeignet, sogar einen so alten journalistischen Fuchs, wie Corzelius es war, erstaunt sein zu lassen.

Eben noch hatte das Schmachtenhagensche Okal-Schlößchen in ländlicher Ruhe gelegen, von milder Sonne liebkost, da wurde plötzlich seine Türe aufgerissen und zwei Schimanski-wilde Männer stürzten heraus, schossen auf ihn zu, und ehe er noch seinen Fluchtinstinkten zu folgen vermochte, hatte auch schon ein Wagen hinter ihm gehalten, und zwei Herren sprangen heraus, verstellten ihm den Weg.

Vier Bullen zweifellos, hurra!

8.

Mannhardt hatte sich die lindgrüne Ente seines Sohnes geborgt und wartete im Schatten der St.-Ludwigs-Kirche, monströse Backsteingotik, bräunlich-rote Betfabrik, auf Prof. Wuthenow, wollte liebend gerne wissen, was der Gute, vielschichtig wie er ja war, noch so alles trieb im westlichen Berlin. Vor allem aber, ob er hier beschattet wurde. Von seinen eigenen Leuten – der «Firma», Stasi, MfS – und den vielen anderen, die da in Frage kamen: Amerikaner, Russen, Engländer, Franzosen, Bundesdeutsche und so weiter. Was für eine Welt! Man konnte fünfzig werden und verstand von ihr auch nicht mehr als ein Fünfjähriger. Undurchschaubar war das alles geworden: Auf der Bühne spielten sie das wunderschöne Stück von Demokratie und der vollen Transparenz unserer Gesellschaft, doch hinter den Kulissen, wo das Eigentliche geschah, wußte keiner mehr Bescheid, war nichts anderes mehr zu finden als der riesengroße *Schwarze Kasten.* Wahnsinn, daß sie da eindringen wollten, um nach sicheren Zusammenhängen zu suchen. Auf A folgte nicht mehr mit hundertprozentiger Verläßlichkeit auch B, sondern es konnten ebensogut auch C, D oder E sein, vielleicht auch X, aber nur dann, wenn K und L irgendwie zusammenhingen. Wie denn da Yemayá entdecken?

Wuthenow ließ auf sich warten. Mannhardt spähte zu Jessicas Wohnung hinauf und sah Corzelius am Fenster erscheinen, ganz offenbar in der Absicht, ihm eine Botschaft zukommen zu lassen. Arme ausgebreitet, beide Handflächen nach oben gedreht. Sollte wohl heißen: Ich weiß auch nicht, was los ist und warum der noch so lange bleibt.

War mächtig von der Rolle, der gute C. C., seit sie ihn – zu allem Überfluß auch noch – draußen in Rudow fast verhaftet hätten. Die «Soko Lietze» suchte Martin Schmachtenhagen und hatte ihn, C. C., im Übereifer mit einem Architekten verwechselt, der ebenfalls auf der langen Fahndungsliste stand («Verdunklungsgefahr»). Schmachtenhagen also auf der Flucht, und es schien so, als wäre er mit etwas mehr als einer Million auf und davon. Ausgeschlossen, daß man da ein Baby mitnahm. Wirklich? Menschen im Affekt, im Ausnahmezustand... Die Bücher waren voll von solchen Wahnsinnstaten. Tabula rasa. Mach kaputt, was dich kaputtgemacht hat. Jessica ihn, er Jessica. Yemayá nur als Mittel zum Zweck.

Gott, das ist doch Kolportage übelster Art! Was denn, die ganze Weltgeschichte ist doch ein einziger Kolportageroman. Reden sich die Menschen ein, eine Gottheit hätte einer jungfräulichen Zimmermannsfrau ein Kind gemacht; ist einer so unverschämt zu behaupten, er sei Gottes Sohn, und auch dieses Jahr ist wieder Weihnachten... Mannhardt, Mannhardt, du denkst dich noch um Kopf und Kragen!

Tat er nicht, denn er mußte blitzschnell aus dem engen Wagen springen, reagierte trotz seines hohen Alters noch reaktionsschnell wie ein Torwart beim gehaltenen Elfmeter, erwischte Stefanie noch, bevor sie Jessicas Hausflur erreichte.

«Hallo! Du brauchst gar nicht erst nach oben gehen, da ist sowieso keiner...!»

«Ich bring euch nur eure Ausweise wieder.»

«Das ist lieb von dir!» Mannhardt steckte alles ein. «Du, ich muß…!»

«Ich auch, ich will noch reiten heute!»

«Nachschub für die Pferdewurstfabrik, prima…!»

Sie stöhnten noch ein Weilchen über ihre Blasen und bleischweren Füße, und Mannhardt zitterte beträchtlich, denn eine Katastrophe wäre es nicht gewesen, wenn Wuthenow nun vorbeigekommen wäre, aber besser war es schon, ihre Neugierde wurde gar nicht erst geweckt.

Überflüssige Vorsichtsmaßnahme, Überängstlichkeit; war er schon angesteckt worden? Ja und nein. Das war schon eine Riesenstory: Führender SED-Ideologe mit rassiger Geliebter im Westen – seine kleine Tochter entführt. Für die hiesige Klatschpresse fast ein Millionending. Bonn fürchtet Eintrübung des deutsch-deutschen Klimas.

Klar, daß da Dichthalten angesagt war.

«Darf ich dich noch um die Ecke bringen?» fragte Mannhardt, forschte schon nach ihrem gelben Passat.

«Was denn: ihr begeht jetzt eure Morde selber…?»

«Wie…? Ach so, ja…» Es fiel ihm heute schwer, darüber zu lachen.

Als sie davonfuhr, war er sichtlich erleichtert, lief wieder zu seiner grünen Ente zurück und zwängte sich hinein.

Immer noch kein Wuthenow, und er fragte sich langsam, was der denn wohl da oben machte. In einer Situation wie dieser war doch wohl nicht anzunehmen, daß sie sich auch noch in den Betten wälzten. Obwohl Jessica in dieser Hinsicht alles zuzutrauen war. Schäm dich, du bist gemein!

Er schaltete das Radio ein, fluchte, weil da wieder irgendein Geisteskranker, von seiner Band begleitet, Weltschmerzschreie ausstieß, fand dann endlich einen Sender, bei dem sie die Sprache noch nicht ganz vergessen hatten, merkte, daß es sich dabei um die *Stimme der DDR* handeln mußte, oha!, und erbaute sich dann an einer wieder aufgewärmten Honecker-Rede vom IX. Parteitag (1976).

«Die Tatsachen beweisen: Die wahrhaft menschliche Ordnung ist der Sozialismus. Hier kann sich das Schöpfertum des Menschen frei entfalten. Die Jugend besitzt eine sichere Perspektive, Bildung und Kultur stehen allen Bürgern offen. Die allgemeine Lebensatmosphäre ist von Optimismus, Sicherheit und Geborgenheit gekennzeichnet. Voraussetzung für ein solches Leben ist die politische Macht der Arbeiterklasse, deren Interessen mit denen aller Bürger übereinstimmen. Der Sozialismus bietet eine gesicherte Gegenwart und eine helle Zukunft für die Menschen...»

Mannhardt schluckte: was für 'n Zufall, was für 'n Regieeinfall der höheren Mächte, daß just in diesem Augenblick der Mann erschien, der diese Worte vielleicht/womöglich/unter Umständen geschrieben, auf alle Fälle aber vorgedacht hatte: Friedrich-Wilhelm Wuthenow. Ein wenig müde und gebeugt, keine rechte Gorbatschow-Dynamik mehr. Ja, wenn alles auf der Kippe stand...!

Mannhardt freute sich, daß er der Mannhardt war und nicht der Wuthenow, eine Welle Euphorie kam auf. Kleiner Mann, großer Mann, eins zu null für ersteren.

Wuthenow ging zur Pariser Straße hinüber, wo sein schwarzer Volvo parkte, und Mannhardt dachte, daß er sich vieles erspart hätte, wenn sie letztes Jahr auf Kuba einen Pariser...

Wuthenow stieg ein und fuhr dann links die Uhlandstraße hinauf, und zwar so zügig, daß Mannhardt, der mit dem vorsintflutlichen Gefährt seines Erstgeborenen ungemeine Mühe hatte, kaum den Anschluß halten konnte, auf dem Kudamm, wo sie stadtauswärts rollten, ziemlich schnell an die fünfzig Meter verlor.

Was ihn da fluchen ließ, geriet jedoch alsbald zum Segen, denn ohne diesen seinen technologischen wie metermäßigen Rückstand wäre ihm nur schwerlich aufgefallen, daß der hohe rote Würdenträger noch einen zweiten Interessenten, sprich Verfolger hatte: fuhr doch da mit professionellem Können ein grauer Allerweltskadett hinter ihm her, Westberliner Nummer, ein Mann am Steuer, dem er sogleich den Codenamen *John F.* verpaßte, seiner ungefähren Ähnlichkeit wegen mit jenem legendären Kennedy, den sie hier in dieser Stadt so sehr verehrten, über dessen Ausspruch «Ich bin ein Berliner» man in Bramme aber immer wieder herzhaft lachte, weil dort, wie er erfahren hatte, ein «Berliner» das war, was in Berlin «Pfannkuchen» hieß.

Die Troika Wuthenow, John F. und Mannhardt bewegte sich nun ohne Zwischenfall in Richtung Halensee, bog dann aber schon am Adenauerplatz nach Norden ab, nahm die Wilmersdorfer Straße («Aha, einkaufen gehen will er auch noch!»), stockte schließlich am Beginn der Fußgängerzone. Der Professor und sein Sputnik hatten noch das Glück, einen Parkplatz zu finden, während Mannhardt Neese war, lange kurven mußte und die beiden aus den Augen verlor. Gloria, victoria! Du bist aber auch zum Scheißen zu dämlich!

Was tun? In eines der Parkhäuser fahren und dann zu Fuß ins Gewimmel hinein, die beiden suchen? Wahnsinn. Doch! Und wenn ich sie dann endlich habe, bei *Quelle* oder *Hertie* gefunden, dann kommt einer dieser immer lieben Detektive und nimmt dich widerrechtlich, aber dennoch vorläufig fest, weil du 'n Portemonnaie in der Tasche hast. Das ist zwar seit fünfzehn Jahren deines, hast du aber dennoch eben unbemerkt vom Grabbeltisch genommen. Die Sache läßt dir die Galle platzen vor Ärger; Wuthenow und John F. gehn dir sowieso wieder durch die Lappen; laß es also!

Gegen diese Logik war nicht anzukommen, zumal ja klar war, wo er Wuthenow mit hundertprozentiger Sicherheit noch einmal erwischte: am Grenzübergang Invalidenstraße. Viel brachte das ganz sicher nicht, höchstens noch die eine Erkenntnis: Fuhr er allein nach Ost-Berlin zurück, oder hatte er wen mit? Und zweitens: War dieser John F. noch immer hinter ihm her? Wenn ja, war sicher, daß man Wuthenow beschattete, war die Verfolgung eben ganz bestimmt kein Zufall mehr.

Also machte sich Mannhardt auf zur Grenze, ließ sich aber Zeit dabei, denn Wuthenow wollte noch bei einem befreundeten FU-Kollegen vorbeischauen, und das konnte dauern. Wahrscheinlich, so Mannhardts Annahme, brauchte er diesen offiziellen Besuch für seine Berichterstattung drüben, als Alibi für seine Kontrolleure in Partei und Uni. So hoch man auch stieg, Lenin galt wohl immer: Vertrauen ist gut, Kontrolle ist besser. In früheren Dienstjahren hatten sie Mannhardt des öfteren gewarnt, in Kontakte mit Ostbesuchern zu treten (oder gar selber in die DDR zu fahren): Immer wieder gebe es Versuche, Westbeamte als Agenten anzuwerben, und vor allem jeder DDR-Genosse, der mit einer sogenannten «Sondergenehmigung» ausreise, hätte nach seiner Rückkehr präzise Angaben über seine westlichen Partner zu liefern. Was wohl Wuthenow im Falle Jessi schrieb? Erforschung des imperialistischen Film- und Fernsehschaffens durch Intensivkontakt mit einer für die Sache des Friedenskampfes sehr aufgeschlossenen Protagonistin...

Mannhardt freute sich, wie schön er so was formulieren konnte, doch es schmerzte ihn auch, wenn er sich vor Augen führte, wie viele bundesdeutsche Spitzenmänner, egal, ob nun Politiker oder Fernsehredakteure, Manager oder Gewerkschaftler, alles so was nicht drauf hatten – und dennoch... Den einen spülte es nach oben, den anderen nicht, warum? Warum war er der kleine Kripomensch geblieben, mit einer Art Frührentnerschicksal bedacht, nicht der geworden, der er hätte sein können? Weißt *du* doch nicht, was im Buche deines Lebens für die Zukunft noch geschrieben steht? Ja, die HÖV in Bramme und jetzt 'ne Gastrolle als Privatdetektiv!

Er fuhr die Ost-West-Achse hinunter – Bismarckstraße und Ernst-Reuter-Platz, Straße des 17. Juni, mitten durch den Tiergarten hindurch –, um dann, als Ehrenmal der Russen wie Brandenburger Tor («Macht das Tor auf!») zum Greifen nahe vor ihm lagen, scharf links abzubiegen und über die Entlastungsstraße erst die Spree, dann den Lehrter Bahnhof zu erreichen, das heißt, den gab es ja nicht mehr; nur noch als S-Bahn-Halt auf den Bögen oben. Es ließ ihn immer wieder innerlich schimpfen, daß sie nach dem Krieg im westlichen Berlin, welch Akt der Selbstamputation, durchgeführt von seinen spießmiefigen SPD-Genossen, alle Fernbahnhöfe abgerissen hatten: den Lehrter, den Potsdamer, den Görlitzer und schließlich auch das absolute Kleinod unter allen, den Anhalter. Seine Genossen, aus den Hinterzimmern billiger Kneipen nach oben gespült, in ihrer Ästhetik immer nur an Pferdeärschen orientiert, an Schnäpsen und Buletten, was hatten sie aus dieser Stadt gemacht, zumindest machen wollen: eine Reißbrett-City, verwechselbar mit hundert anderen Städten. Aber ihn, Hans-Jürgen Mannhardt, ihn hatten sie nicht mal wählen wollen zum Ortsvereinsvorsitzenden Abteilung Hermsdorf.

Ein Fernbahnhof aber war erhalten geblieben, der alte Hamburger Bahnhof an der Invalidenstraße, 1847 eingeweiht und 1884 schon wieder geschlossen, dann bis zum Ende des Krieges und des Reiches sein absolutes Paradies: das Verkehrs- und Baumuseum. Nichts hatte den kleinen Hansi Mannhardt in größeres Entzücken versetzt als ein sonntäglicher Besuch mit Onkel und Vater bei den vielen «Loktiven».

Nun hielt er mit dem Wagen seines Sohnes, fast fünfzig Jahre später, vor eben diesem Bahnhof, und wieder war er, nach vielen Jahren dornröschenhaften Schlafes, zum Museum geworden, zeigte jetzt die schön gemachte «Reise nach Berlin». Fifty years ago... Mannhardt erinnerte sich noch ganz genau, wie er sich damals immer über dieses blöde «Hansi» grün und blau geärgert hatte («Ich bin doch kein Kanarienvogel!»). Ebenso später in der Schule, als sie aus Hans-Jürgen «Ha-Jott» gemacht hatten – und ihn damit quasi zum «Pimpf» – und er doch nichts stärker haßte als «das braune Gesindel». Überhaupt, nicht nur sein Vorname schmeckte ihm wenig, auch mit dem «Mannhardt» hatten sie ihn ewig verspottet («Mann, muß der 'n Harten haben!»).

Was war die stilechteste Beschäftigung, wenn man auf einen Wuthenow zu warten hatte? Man las in Fontanes *Schach von Wuthenow*. Und Mannhardt tat es auch, während er zwanzig Meter vor der Mauer stand, immer die Richtung Osten/Hauptstadt der DDR rollenden Autos im Auge.

«Als es mit der Mingdynastie zur Neige ging und die siegreichen Mandschuheere schon in die Palastgärten von Peking eingedrungen waren, erschienen immer noch Boten und Abgesandte, die dem Kaiser von Siegen und wieder Siegen meldeten, weil es gegen ‹den Ton› der guten Gesellschaft und des Hofes war, von Niederlagen zu sprechen. Oh, dieser gute Ton! Eine Stunde später war ein Reich zertrümmert und ein Thron gestürzt. Und warum? Weil alles Geschraubte zur Lüge führt und alle Lüge zum Tod.»

Mannhardt überlegte, ob er dies dem Wuthenow von drüben und heute mit auf den Weg geben sollte, zur Lektüre für die ganze SED, oder lieber dem Bayerischen Fernsehen einschicken und dem ZDF?

Er blätterte weiter, suchte nach Passagen, die den Schach von Wuthenow ganz direkt betrafen, fand auch einiges, das ihn stark in Unruhe versetzte:

«Er flieht also, sag ich, löst sich feige von Pflicht und Wort... Er kann nun mal Zietens spöttischen Blick nicht ertragen, noch viel weniger einen neuen Ansturm von Karikaturen... Da haben Sie das Wesen der falschen Ehre. Sie macht uns abhängig von dem Schwankendsten und Willkürlichsten, was es gibt, von dem auf Triebsand aufgebauten Urteile der Gesellschaft...»

Mannhardt wurde unruhig, waren doch die Parallelen zwischen dem Preußen von damals und der DDR von heute offenkundig; und so ließ ihn das Ende, das Schach von Wuthenow im Text beschieden war, trotz aller Sommerhitze kräftig frösteln.

«‹Yes; pistol-shooting...›

Aber der Satz kam nicht mehr zu Ende, denn der Wagen hielt vor Schachs Wohnung, und der Groom sprang in Angst und Eile vom Bock, um seinem Herrn beim Aussteigen behilflich zu sein. Er öffnete den Wagenschlag, ein dichter Qualm schlug ihm entgegen, und Schach saß aufrecht in der Ecke, nur ein wenig zurückgelehnt. Auf dem Teppich zu seinen Füßen lag das Pistol. Entsetzt warf der Kleine den Schlag wieder ins Schloß und jammerte: ‹Heavens, he is dead.›»

Mannhardt warf das Taschenbuch auf den Beifahrersitz. Schach fürchtete das für ihn tödliche Urteil seiner Gesellschaft wegen der Heirat mit einer sehr häßlichen Frau; der Professor hatte es zu fürchten wegen einer Affäre mit der Tochter eines Nazihenkers, die noch dazu im Westen lebte. Insofern schien der Vergleich nicht einmal so abwegig zu sein.

Eine Stunde verging, eine zweite, und als in der Mitte der dritten noch immer nichts von Wuthenow zu sehen war, schien Mannhardt ein «Freitod» ziemlich sicher.

Was nun?

Alles offenlegen, um Yemayá zu retten?

Aber vielleicht war er noch aufgehalten worden? Oder hatte, obwohl er immer diesen Übergang benutzte, doch einen anderen zur Rückkehr gewählt?

Da: ein schwarzer Volvo mit einer Nummer aus der DDR!

Mannhardt reckte sich, erstarrte.

Am Lenkrad des Volvos saß Wuthenows Frau, unverwechselbar dieser Kopf wie ein grob behauener Findlingsblock.

Und im Fond eine jüngere Frau, Siegertyp, sowjetische Weltmeisterin im Eistanzen oder so; sie mit einem Baby im Arm.

«Yemayá!»

Mannhardt sprang aus dem Wagen.

Doch als er es geschafft hatte, auf den weißen Grenzstrich zuhielt, war der Volvo mit dem Baby längst durch die erste Öffnung im Beton gerollt; sehr schnell hatten sich die östlichen Schranken auf die nötige Höhe gehoben.

9.

Dienst ist Dienst, und so saß Carsten Corzelius am späten Nachmittag wie gewohnt im Hörfunkstudio, schaffte es auch, während er sein Journal anbiedernd-locker moderierte, minutenlang nicht mehr und nicht nur an Jessica und die kleine Yemayá zu denken, wie denn auch während seines Berichtes über eine Tagung zum Thema «Berlin – die erzählte Stadt. Metropolenkultur zwischen Gründerzeit und Nationalsozialismus». Eine Weile hielt er sich fest an einer Bemerkung von Viktor Zmegac, daß Berlin ein Kürzel für «Kulturmodelle wie Schreckensbilder» sei, dann ging er über zu einem Referat, in dem Fontane vorgeworfen wurde, Berlin bliebe in all seinen Romanen nur Ambiente, nebensächlich, die Orte und Wege dienten lediglich als Bühne für seine mannigfaltigen «Gesprächsgesellschaften», schloß dann auch, ohne den Hörern zu sagen, daß das aus dem Feuilleton des *Tagesspiegels* abgekupfert war, mit einer Bemerkung von Professor Willibald Schmidt, dem Klassiker wie Romantiker aus Fontanes «Frau Jenny Treibel»: «Natur ist Sittlichkeit und überhaupt die Hauptsache. ... alle Gesellschaften sind Unsinn, Geld ist Unsinn, Wissenschaft ist Unsinn, alles ist Unsinn. Professor auch...»

Regler auf: Musik. «Uff!» Er war so erschöpft wie früher bei seinen Deutschaufsätzen im Albert-Schweitzer-Gymnasium in Bramme, wenn die fünfte Stunde angebrochen war.

Bramme... Wärst du doch in Bramme noch geblieben...! Hätte er nicht Jessica am Hals gehabt und ihr ganzes Elend.

Kaffee! Ein paar Durchsagen über aktuelle Termine, dann stand ein Studiogast ins Haus, einer mit acht Zeilen in «Berlins Top Ten».

«Sie kennen ihn alle, meine Damen und Herren, als Attila, nicht König der Hunnen, sondern der Hundertschaften Berliner Bauunternehmer, als den Mann, der mit seiner Firma, der Upward Consult Berlin, viele Fäden in der Hand hält – auch solche, an denen der eine oder andere unserer Politiker und Spitzenbeamten als Marionette baumelt...?»

«Hauptsache ist doch, daß hier und anderswo überhaupt noch irgendwie gebaut wird, daß Menschen Wohnungen bekommen, erfolgversprechende Unternehmer ihre Fabriken, Ärzte ihre Krankenhäuser. Würden nicht Leute wie ich gegen diesen bürokratischen Dschungel ankämpfen – sicherlich mit manchmal auch unorthodoxen Mitteln, zugegeben –, dann würde doch dieser bürokratische Dschungel alles überwuchern und ersticken, dieses Gestrüpp von Paragraphen, dieses reglementierte Nichtstun!»

«Da sprach der Diplom-Volkswirt Ernst-Günther Etzel...?»

«Wenn Sie so wollen...»

«Neue Männer braucht das Land...?»

«Wenn Berlin davon lebt, daß hier immer ‹was los ist›, kann man das schwerlich erreichen, wenn man den Senioren im Altersheim ein neues Schachspiel spendiert.»

«Da wollen Sie den Berlinern lieber einen neuen Fußballgroßverein spendieren – Cosmos Berlin ...?»

«So ist es!»

Nun konnte sich Etzel noch dreieinhalb Minuten lang über seinen großen Plan auslassen, und Corzelius brachte das Gespräch über die Runden, ohne zu riskieren, daß der mächtige Etzel einen bösen Brief an den Intendanten schrieb.

Auch den Rest der Sendung schaffte er in annehmbarer Durchschnittsform, hatte dann noch mit seinen Kollegen über dieses und jenes zu reden; wer was wann und wie am besten machte. Da klinkte er sich aus, konnte nicht verhindern, daß seine Gedanken nun doch wieder um Yemayá kreisten, um das Baby, Jessica und Wuthenow, schreckte hoch, als ihn jemand ansprach, ob er nicht was über das organisierte Verbrechen machen wolle, hier in Berlin, nicht nur fürs *Brammer Tageblatt*, sondern auch für den Sender. Das war derselbe Mensch, der ihm die Geschichte mit dem toten Grobi im Sarg der schönen Edelnutte weggenommen hatte, sich nun ganz offensichtlich um Wiedergutmachung bemühte, ihm sogar einen fotokopierten Fachartikel hinüberreichte: Eugen Weschke, «Netzstruktur-Kriminalität», *Kriminalistik* 6/86.

«Der ist Professor an der Fachhochschule für Verwaltung und Rechtsverpflegung hier, Rechtspflege, deren Rektor sogar, Fachbereich Polizei, macht die jungen Kommissare fit...»

«Danke, ja...»

Während die anderen laberten, machte sich Corzelius daran, hinter das Geheimnis des für ihn neuen Begriffes zu kommen. *Organisierte Kriminalität* in Form von Hierarchie, Zentralisation, Befehls- und Ausführungsebene, das Mafia-Muster, sollte es in Deutschland (noch) nicht geben, dafür zeige «sich das Bild einer ‹Netzstruktur-Kriminalität›, die, aus Banden, aus Straftätergruppierungen und Einzeltätern bestehend, sich in gegenseitiger Verknüpfung und Verbindung unterstützt, arbeitsteilig vorgehend Straftaten begeht und wegen dieser Flexibilität nur schwer und punktuell zu bekämpfen ist».

Ob da wirklich welche weiße Babys klauten und an kindersüchtige Mütter in den USA verkauften? Was war denn heute schon unmöglich?

Die Sitzung war zu Ende, und er ging noch mal zur Studio-Technik zurück, seine Siebensachen zu holen. Die Kollegin am Steuerpult hatte gerade ihre Teestunde beendet und schlug das Taschenbuch wieder zu, mit dessen Hilfe sie sich eben entspannt hatte. Corzelius warf einen Blick auf den Umschlag und zuckte zusammen: *Tatjana* stand da, Curt Goetz.

Schicksal, Vorsehung, Zufall, 'n Wink mit'm Zaunpfahl, was auch immer, Tatsache war, daß er mit diesem Titel grell an das erinnert wurde, was er einige Zeit lang mit Erfolg verdrängt hatte: Tatjana als absolutes Muß, um wieder Anschluß ans Leben zu finden. Es war eine Zwangsvorstellung: Tatjana mit dem engen Lederrock und er, unheimlich spitz, unheimlich scharf, dabei, mit seinem Pint die Furche zwischen ihren Schenkeln hochzuflutschen und diesen Rock wie mit einem Messer aufzutrennen. Er schalt sich, eine fürchterliche Sau zu sein, brachte sich aber auch gehörig Verständnis entgegen, denn sagten sie doch alle, daß Sexualität als untrennbarer Bestandteil des Menschseins anzusehen sei. Andererseits, und das kühlte ihn schon wieder ganz erheblich ab, gehörte ja Tatjana nach allem, was er von ihr wußte, fast schon zu den Risikogruppen, was das AIDS-Problem betraf, und im Augenblick waren ja alle Kräfte drauf zu richten, Yemayá zu finden.

Aber, sagte er sich gleich darauf listigerweise, siehe Weschkes «Netzstruktur»: Tatjana kennt ja schließlich manchen Mann aus mancher wenig bürgerlichen Szene, und warum sollte sie da nicht...?

Das Angenehme mit dem Nützlichen verbinden; also auf zu ihr!

Wo sie zu finden war, das wußte er, im *Matscho* in der Schlüterstraße, dem *Lokal für Männer, die noch Männer sind.* Aus ideologischen Gründen hatte er sich bislang immer geweigert, «diesen Machismo-Tempel, diese widerliche Kultstätte des übersteigerten Männlichkeitswahns», so er selber im *tip*, auch nur diensteshalber zu betreten, nun aber im Ausnahmezustand, siehe Yemayá, schien es ihm möglich. Zugleich aber hatte er seinen Freud so weit gelesen und war selbstkritisch genug, um genau zu wissen, daß das nichts weiter war als die berühmte Rationalisierung seines Handelns, daß es ihm recht eigentlich nur um Tatjana ging.

Egal, er fuhr die Kantstraße zoowärts hinauf, eine kilometerlange Aneinanderreihung von Schaufensterfronten, bog dann, S-Bahn-Brücke und Gedächtniskirche schon im Blick, rechts in die Schlüterstraße ab und fand, Glückspilz, der er war, unweit des Kudamms einen schmalen Platz zum Parken.

Es war kurz vor 19 Uhr, und das *Matscho* hatte noch geschlossen. Scheiße! Viel Tüll und anderer Vorhangstoff versperrte ihm die Sicht nach drinnen, doch er glaubte, Stimmen zu hören, erregte Menschen, Lärm. Als er die Stirn gegen das Schaufenster preßte und die Hände als Blendschutz benutzte, sah er in den hinteren Räumen tanzende, sich ständig ineinander verschlingende und dann wieder voneinander lösende Schatten.

Dem Impuls dazu sofort nachgebend, sprang er nach rechts und lief durch den Flur des vierstöckigen Hauses auf den Hinterhof hinaus, kam, wie nicht anders zu erwarten, dicht an die Küchen-, die Toilettenfenster des *Matscho* heran. Doch alles war geschlossen, und sosehr er sich auch reckte, er blieb zu klein, um über den weiß verblendeten, den Milchglasstreifen hinwegsehen zu können. Ein schneller Blick nach einer Leiter oder ähnlichem erbrachte nichts. So preßte er, um wenigstens etwas zu tun, sein linkes Ohr gegen eine der Scheiben.

Was gab es? Weiterhin heftige Wortwechsel ganz offenbar, und drei, vier Beteiligte schienen es ihm ganz sicher zu sein. Dann schrie jemand auf, entsetzt und schmerzerfüllt, und jetzt konnte er auch einen der Sätze verstehen: «Wenn du den Mund aufmachst, machen wir dich alle!»

Schutzgelderpressung, aha!

Mit diesem Reflex hastete er wieder zur Straße zurück, sah auch noch, wie zwei Männer in einen nahebei geparkten Porsche sprangen, beides auffällig-unauffällige Typen wie aus «Miami Vice», konnte sich auch das meiste ihrer Autonummer merken (B-TN 72...), mußte und wollte vor allem erst mal sehen, was sich im *Matscho* drinnen zugetragen hatte.

Die Tür stand offen, und es brannte nun auch Licht, doch er konnte nirgendwo jemanden entdecken.

«Hallo, ist hier niemand...!?»

Komisch... Er hielt den Atem an und war sich sicher, daß da in den hinteren Räumen jemand geflüstert hatte; andererseits aber war der Straßenlärm erheblich.

Er zögerte, blieb sicherheitshalber in der Nähe der Tür. Was fürchtete er? Weitere Gangster? Kaum. Die waren doch auf und davon. Also Tote; Leichen, blutüberströmt? Nein, die Schüsse hätte er doch draußen hören müssen. Und wenn sie nun mit Schalldämpfern…? Oder mit dem Messer…? Wenn er nach Grobi nun ein weiteres Opfer entdeckte, hatte er bei den Kollegen sicherlich einen Spitznamen weg, der ihm gar nicht gefiel: *Leichen*-C. C.! Idiotisch, in dieser Situation daran zu denken, aber…

Ja, was sollte er tun? Der Journalist in ihm war dafür, einfach hinzugehen und nachzusehen, der Mensch Corzelius an sich mehr fürs Abhauen.

Es siegte der Profi, und der schrie nun ganz laut: «Hallo, soll ich die Polizei rufen!»

Wieder keine Reaktion, und sofort dachte er in stereotypen Krimititeln: Tote schlafen fest, tote Zeugen reden nicht…

Da ging eine Tür auf, die er vorher gar nicht bemerkt hatte, hinter der Theke, geschickt eingebaut in die Flaschenregale, und Tatjana erschien, produzierte sehr gekonnt ein erstauntes: «Ist da jemand?»

«Nein, niemand!» rief Corzelius.

«Ach, du…!»

«Ist was passiert bei euch…!?»

«Was soll 'n passiert sein bei uns…?»

«Der Lärm eben…!»

«Nichts weiter… Zwei Freunde von Carlo, die ihn zum Billard mitnehmen wollten… Aber er muß doch arbeiten hier.»

Corzelius blieb nichts anderes, als gläubig zu nicken, doch sein Gefühl sagte ihm ganz deutlich, daß die liebe Kleine mächtig log, ziemlich eingeschüchtert war, und er sah sich darin noch bestätigt, als wenig später Carlo erschien, offenbar der Chef vons Janze, die linke Hand verbunden, Blut an den Fingerkuppen und unter den Nägeln.

Carlo – was für 'n Mann! Ein Wikinger mit kupferrotem Bart, weit offen das Hemd über der haarigen Brust, geschmückt von einer goldenen, zumindest aber vergoldeten Kette, keinem Kettchen, sondern einem Ding von solcher Stärke, wie sie bei Jessica zu Hause die Deckenlampe hielt. Wirkte gar nicht plump und massig, dieser Carlo, sondern durchaus noch geschmeidig, schien viel Bodybuilding zu betreiben.

Obwohl er Carlo von der Party her kannte, wo er sich mit Tatjana fast schon kurzgeschlossen hätte, wußte er noch immer nicht, was die beiden denn eigentlich verband? Ein bißchen wohl war er ihre deutsche Dogge, ihr Beschützer also, ein bißchen auch der große Bruder, hätte aber ebensogut auch ihr Impresario, Zuhälter, Beschäler oder sonstwas sein können. Also fragte er direkt, was denn Carlo sei?

«Na, der Geschäftsführer hier...!» Ende der Auskunft und ein kleines Manöver, ihn davon abzulenken. «Setz dich mal da hinten in die Ecke; ich hol uns was zu trinken. Auf was hast 'n Appetit?»

«Appetit... den hab ich nur auf dich...!» Gott, war er mutig heute. Er fand sich fast bewundernswert.

«Auf 'n Cocktail also. ‹Tatjana› ist wie 'ne ‹Bloody Mary› so ähnlich...»

Sie ging, ihm etwas zu mixen, und er widersprach ihr nicht, obwohl er nichts mehr haßte als Tomatensaft.

Da saß er nun, und sein «Über-Ich», nahm man Freud, respektive das «Eltern-Ich», folgte man dem Ansatz der Transaktionsanalytiker, hatte sehr viel an ihm auszusetzen: Das sitzt du nun hier, hast 'n Steifen, daß dir die Hosenknöpfe abplatzen, und Jessica weint sich zu Hause die Augen aus dem Kopf; und irgendwer fährt gerade mit Yemayá durch die Stadt, im Auto hinten drin, um sie an einen «Händler» weiterzureichen, der sie nach New York...

Das war nun das *Matscho*, von empörten Frauengruppen dreimal gestürmt und einmal angezündet, bis frau begriffen hatte, daß das nur noch mehr Werbung war. Wenn ihn eine seiner aufrechten Kolleginnen hier sah, hatte er wenig zu lachen. Er drehte sich vom Fenster weg und machte sich daran, das Interieur in sein Gedächtnis einzuspeichern, begann bei den Sprüchen, die in fingerlangen Lettern die Wand hinter ihm «zierten».

> Des Weibes Schädlichkeit zeigt schon der Brauch,
> Daß sein Erzeuger, der es auferzogen,
> Die Mitgift draufgibt, um es loszuwerden...
> EURIPIDES, *Hippolytos*

> Das Weib ist zahm, wenn man es beizeiten zähmt.
> GARCÍA LORCA, *In seinem Garten liebt Don Perlimplin Belisa*

> Jedes Frauenzimmer ist eitel, hoffärtig, ge-
> schwätzig, zänkisch und zeitlebens kindisch,
> es mag so alt werden, als es will.
> LESSING, *Der junge Gelehrte*

...ein Weib ist immer eine Bedrohung für die Seele des Mannes.
O'CASEY

Mit einem Weibe muß man's wie mit einem Hunde halten...
Schlag sie, und sie geht mit dir durchs Feuer.
PRUS, *Michalko*

Darunter hingen dann auch etliche Peitschen aus aller Herren Länder, selbstverständlich vom Macho-Spruch Nummer eins begleitet:

Du gehst zu Frauen? Vergiß die Peitsche nicht!
NIETZSCHE, *Also sprach Zarathustra*

Zarah Leander wäre mir lieber...! hatte Corzelius plötzlich Mannhardt im Ohr, litt aber vor allem unter seinen wieder einmal verdammt ambivalenten Gefühlen. Als Mitkämpfer für die Gleichstellung von Frauen, siehe die bekannte «Quotierung» bei der Vergabe von Funktionärsposten seiner Partei, und als irgendwie «Linker» fand er den ganzen Scheiß hier wirklich schlimm und hätte dieses *Matscho*, wäre er dazu befugt gewesen, auf der Stelle schließen lassen, doch wenn er da an Gunhild dachte und ihren Aufstand gegen ihn, völlig unberechtigt, von übler Gesinnung getragen, dann konnte er sich einer gewissen klammheimlichen Freude doch nicht erwehren, wünschte sich, sie eine Stunde lang hier einsperren zu dürfen...

...in dieser Psycho-Folterkammer. Neben den Peitschen hingen Stierkampfutensilien, eine *capa*, eine *muleta*, und Banderilleros wie Toreros frönten der Tauromachie; tief fuhr der Degen ins Fleisch des Tieres. Penetration, Penetration!

Alles stand und hing, dies wohl als Widerspruch in sich selbst, voller Phallussymbole: Gewehre, Bajonette und Kanonenrohre gab es da, auch Eßbares wie Möhren und Bananen und Architektonisches, Türme, Minarette und dergleichen, auch Schornsteine, Raketen und die penisrunden Köpfe schneller Züge, wie sie sich in die engen Tunnelröhren schoben. Cowboy-Dinge kamen hinzu: Bowie-Messer, Brandeisen und virile Herrenmenschen. Daneben Bilder von Büffeln, Tigern und Löwen und originalgroße Fotos von Billy The Kid, Humphrey Bogart, Ernest Hemingway, Frank Sinatra, Rocky Marciano und anderen Kerlen, Carlo eingeschlossen.

C. C. seufzte. Nicht nur daß er von den Werten her mehr für Androgynes war, im direkten Vergleich mit Carlo schnitt er auch erbärmlich ab, wenn er sich da so im Fenster sah: dürres Strichmännchen nur, elendig blickend wie Jesus beim Abmalen durch Leonardo, graugerippter antiquierter Apo-Opa-Bart, Marx mit Motten und einer Brille wie vom letzten Faschingsball.

Und so was sollte Tatjana nun zu sich ins Bett holen wollen?

Da kam sie auch schon, zwei wohlgefüllte Gläser in den Händen.

«Einmal ‹Tatjana› für dich...» Sie setzte sich und sah ihm in die Augen.

«O...! Aber alles, was mir auf'm silbernen Tablett serviert wird, nehm ich gern...» Unwillkürlich hatte er seinen Kopf ein wenig nach hinten genommen, ihrem Blick nicht standhalten können. Es war die Angst des sittsam erzogenen Knaben, von *dieser Person* gegriffen und verführt zu werden. Nimm dich vor solchen Frauen in acht! Die Stimme seiner Mutter. Sie hatte in der Tat Züge, Spuren im Gesicht, die er ganz objektiv mit «etwas ordinär und nuttenhaft» beschrieben hätte. Die Augen, an sich von schönster Vergißmeinnicht-Farbe, zeigten einen leichten Silberblick, die Lippen waren doch ein wenig wulstig, die Zähne schief und zigarettengelb, die Haare unschön weizenblond, und ihrem schwarzen Pulli entströmte ein Geruch von Tabak, Heu und Pferdestall. Wenn er da an Gunhild dachte: immer proper, immer frisch gewaschen, fast unter einem Duschzwang leidend.

«Was macht Jessica und was die Kleine...?»

«Ja, was solln sie machen...?» Er wehrte sich mit allen Kräften dagegen, in diese Leidenswelt zurückzukehren. «Nichts von Belang.»

«Ich find dich schon irgendwie gut, echt, aber Jessi is 'ne alte Freundin von mir. Ich kenn sie schon vom Ballettunterricht her, und dann sind wir zwei Jahre zusammen auf der Schauspielschule gewesen... Prost!»

Sie stießen an, und sie schüttete ihren Cocktail achtlos hinunter, während er vorsichtig-kostend daran nippte, dann schwiegen sie.

Corzelius war ziemlich verwundert, daß sie, von der es hieß, daß sie mit jedem ins Bett ginge, der sie auch nur halbwegs interessierte, nun moralische Bedenken offenbarte. So dicht vorm Ziel drohte alles daran zu scheitern, daß er ihr nicht eingestehen durfte, nichts weiter als Jessis platonischer Cousin zu sein.

Und etwas anderes geschah: Je mehr nun Tatjana von sich und

ihrer Jugend erzählte und für ihn Konturen gewann, desto geringer wurde seine Lust auf sie.

«...mein Vater Internist, meine Mutter Augenärztin; klar, was ich werden sollte. Zu entscheiden hatte ich nur noch, ob Frauen- oder Kinderärztin. Und das bei meinen phobischen Ängsten vor Blut und Eiter! Da bin ich mit achtzehn abgehauen. Nach Berlin natürlich, und hab gelebt und lebe noch.»

«Was meinst du, warum ich weg bin aus Bramme...?»

«Ich aus Hildesheim... Dieser Hunger nach Menschen! Wanderjahre, mitnehmen, alles, was sich einem bietet!» Sie steckte sich eine selbstgedrehte Zigarette an. «Überall dabeisein, alles mal ausprobieren, alles mal mitgemacht haben.»

«Das gefällt mir an dir...» sagte Corzelius, und es war ihm ein wenig peinlich, daß es so sehr nach Tanzstunde klang, Bramme 1966.

Sie lachte. «Täusch dich bloß nicht in mir: Ich bin hart und skrupellos, und wenn ich wirklich mit dir ins Bett gehen sollte, dann will ich mehr von dir als nur 'n paar Minuten lang 'n Kick...»

Als sie das sagte, schrumpfte sein Glied zu Mini-Größe, zog sich in sich selbst zurück, als wäre er bei dreizehn Grad in die Nordsee gestiegen.

«Womit könnte ich denn dienen...?» fragte er, förmlich wie ein Bankbeamter.

Sie klopfte ihre Asche von der Zigarette und strich ihm mit drei Fingern über seinen Handrücken, daß sich die Härchen aufstellten. «Ab und zu mal 'ne Nebenrolle in 'ner Fernsehserie, Vorabendprogramm, das reicht mir schon zum Leben, zum Abstottern unserer... meiner Schulden...»

«Ich mach doch keine Filme...» erwiderte er, wurde immer ablehnender.

«Aber du kennst welche, die Filme machen, und du hast dein Journal, wo du mich mal zum Plaudern einladen kannst...»

Er schluckte, eigentlich empört über diese Art, mit ihm umzuspringen, über so viel Cleverness. «Du, ich...»

«Ja, ich weiß: du wolltest *mich* instrumentalisieren...» Sie setzte sich so, daß ihr enger Lederrock voll zur Geltung kam, glättete ihn mit einer langsam-lasziven Bewegung über Bauch und Schambereich. «Das erste, was man als Schauspieler lernt, ist: Menschen beobachten. Introspektion: in sie hineinsehen, sich in sie hineinversetzen. Und bei dir, da sind deine Blicke so eindeutig, daß ich... Ich find's ja auch schön, daß ich bei den Männern immer so was auslöse. In der Heilung vom Syndrom der toten Hose hat Tatjana wirklich eine Menge lose!»

Er schluckte, wußte nicht mehr weiter, stürzte den Rest seiner «Tatjana» hinunter; schmeckte scheußlich nach Tabasco und Pfeffer. Mit Frauen solchen Zuschnitts hatte er in Bramme-Nord nicht umzugehen gelernt. «Ja...» Mehr fiel ihm nicht ein.

Und wahrscheinlich wäre er innerhalb der nächsten halben Minute aufgestanden und gegangen, wenn nicht in diesem Augenblick irgendwo nebenan ein Baby losgeschrien hätte. Nicht das allein ließ ihn aber zusammenzucken, sondern die Art, wie dieses Schreien ganz abrupt wieder abbrach: als hätte man dem Kind ein Kissen auf den Mund gepreßt.

10.

Mannhardt wirbelte in Jessicas Wohnung herum, als trainierte er dafür, Hausmann des Jahres zu werden, räumte auf und saugte Staub, scheuerte Kloschüssel und Waschbecken derart blitzblank, daß es für jeden Werbespot gereicht hätte, reinigte Töpfe, Pfannen, Herd und Spüle und stopfte alles, was sie seit gestern abend wild verstreut hatten, in Schränke und Laden zurück, tat das alles wütend, penibel und hektisch, gleichermaßen aber auch irgendwie beschwingt und lässig, fragte sich ununterbrochen, warum denn das so war. Wollte er Jessica zeigen, wie tüchtig er war? Wollte er, indem er innen Ordnung schuf, die Außenwelt dazu anregen, auch ihrerseits wieder Ordnung zu schaffen, also für Yemayás Rückkehr zu sorgen? Wollte er mit diesem Aktionismus einen erneuten Kurzschluß in seiner eigenen Psyche verhindern?

Denn ein jedesmal, wenn er Jessica sah, wurde er schmerzhaft an seine Zeit in der psychiatrischen Klinik erinnert. Seit über einer Stunde saß sie nun starr und aufrecht da, schien mit unsichtbaren Schnüren fest an die hohe Lehne ihres hölzernen Stuhles gebunden, ließ ihn, zumal das Stück von einer Hazienda kam, an Indio-Frauen denken, wie sie gottergeben auf den Märkten hockten, vor allem aber bestimmte Patientinnen, denen er begegnet war. Ausreichend autodidaktisch gebildet, konnte er sofort die Diagnose *Stupor* stellen, bewegungsloser Zustand. Antriebslosigkeit, Impulsverlust als Folge einer schweren Schreckreaktion. Patientin ißt nicht, spricht nicht, reagiert auf keine Außenreize, ist jedoch noch immer bei vollem Bewußtsein. Sie war ihm ja schon immer als manisch-depressiver Mensch erschienen, und das traumatische Erlebnis von gestern hatte die depressiven Symptome ganz offenbar um ein Vielfaches verstärkt. Eher manisch einzuordnen war ihr Ausbruch als tragische Euripides-Figur, als Hekabe, wo sie ihn an eine schmächtig-dunkelhaarige Frau erinnerte, die *Tobsuchts-Uschi* vom Haus IV, die während ihrer Anfälle immer alles zerrissen und zerschlagen hatte. Jetzt allerdings, mit der Veragutschen Falte, dem Knick im Oberlid, grau und farblos im Gesicht, voller leerer Angst, im dauernden Weinen ohne jede Träne, da wirkte sie auf ihn wie *Oma Schmoll*, eine Bäuerin vom Rande des Moors, der ein abgestürzter Düsenjäger in Sekunden ihre fünfköpfige Familie ausgelöscht hatte.

Kam die Nachricht vom Tod ihrer Tochter, dann war für Jessica schnellstmöglich ein Platz in einer Klinik zu suchen, und wenn sie bei ihm in Bramme war, konnte er sie immer besuchen.

Während er im Flur eine durchgebrannte Glühbirne auswechselte, war er für Minuten wieder auf dem ausgedehnten Klinikgelände, sah Jochen Schmittchen, wie ihn seine großen epileptischen Anfälle blitzartig trafen und zu Boden warfen, zucken ließen und schreien, als hinge er an einem Starkstromkabel, bis er dann endlich das Bewußtsein verlor und in einen viele Stunden dauernden Dämmerzustand verfiel; mußte er an Trudchen denken, die in ihren postepileptischen Dämmerzuständen immer in religiöse Ekstase verfiel, Halluzinationen hatte und beim Jüngsten Gericht anwesend war; hatte auch Professor B. vor Augen, einen echten Hochschullehrer, Krankheitsbild Katatonie, der immer Stimmen aus dem Weltall hörte, die ihm befahlen, eine neue Arche Noah zu bauen, und jede Ansammlung von mehr als drei Menschen sofort nutzte, von seiner großen Mission zu reden und die Leute um Spenden anzubetteln; hörte Jens-Otto, einen Imbezillen, leicht mikrozephal, wie er die Sonntagspredigt ihres Anstaltspfarrers noch Tage danach wortwörtlich wiedergeben konnte; besann sich auch auf Rübe, Krankheitsbild Oligophrenia, und wie Corzelius und er immer wieder über die Idee gejuchzt hatten, einen Mann wie ihn in höchste Ämter zu hieven, und wie spät man das erst merken würde.

Die neue Lampe brannte, und er hatte wider Erwarten nicht mal einen Kurzschluß ausgelöst, auch keinen Schlag bekommen, nahm das als gutes Zeichen.

Er hätte gern mit Jessica geredet, doch sie war auch jetzt nicht ansprechbar. Es drehte sich ja sowieso alles im Kreise. Hatte Schmachtenhagen das Baby mitgenommen? Möglich oder auch nicht. Hatte es Wuthenows Frau im Auto in die DDR gebracht? Möglich oder auch nicht. Gab es wirklich eine kriminelle Gruppe, die mit entführten Babys Handel trieb? Möglich oder auch nicht. Hatten die Mörder Grobis Yemayá aus dem Kinderwagen gehoben, um Corzelius und ihn bei ihren Recherchen zu bremsen? Möglich oder auch nicht.

Kein Wunder, daß sich Jessicas Organismus bei dieser Sachlage ganz einfach abgeschaltet hatte.

Mannhardt zögerte: durfte er das, konnte er das, jetzt ganz einfach zu ihr hingehen und sie an sich ziehen? Wie seine Tochter? Es wäre nicht so schwer gewesen, wenn er sich nicht oft genug Jessica als *Lustobjekt* gedacht hätte, einfach gebraucht, um endlich wieder Erektionen zu verspüren, sich zu vergewissern, daß es immer noch ging, gegangen wäre.

Endlich schaffte er es, dies beiseite zu schieben, Begierde wie Schuld, und zu ihr zu gehen, sich neben sie auf den Rand des rustikalen Stuhles zu setzen und sie ganz fest in die Arme zu nehmen. Er war erschrocken, wie schlaff, kalt und leblos sie war, glaubte, eine Tote zu umfassen.

«Laß nur, es wird ja alles wieder werden...»

Plump kam er sich vor, kleiner, grauer Beamter, spießbürgerlich miefend, ohne Möglichkeiten, Situationen wie diese zu meistern. Wenn dies ein Film gewesen wäre, hätten die Männer ganz anders gewirkt: klüger, einfühlsamer, wortgewandter; nicht derart wie ein Psychotrampel.

Seine Phantasie lief ihm davon: Yemayá tot, und er bringt Jessi in die Brammer Klinik, besucht sie täglich, baut sie wieder auf und rettet sie, holt sie raus und lebt mit ihr, wird ihr väterlicher Freund und Manager...

Hinten auf dem Bord lag Lilos Brief, die Frau Reiseleiterin aus Fuerteventura auf TUI-Papier. «Lieber Jürgen, nun zögere ich wieder, meine geliebte Insel gegen Bramme zu tauschen, Sonne gegen Nebel, meine Freiheit gegen die Enge unserer Küche im Reihenhaus in Uppekamp... Kannst Du das verstehen...? Komm Du doch her, warum denn immer ich? Gib mir Zeit, versuche, Deine Entscheidungen noch einmal zu prüfen...»

War dieser Brief das endgültige Ende, und war Jessica ein neuer Anfang?

Ihre Erstarrung löste sich allmählich, sie preßte ihr Gesicht an seinen Körper, die Stirn an seine Halsschlagader, und er küßte ihre Haare, strich ihr sanft und in langen Bahnen über den Rücken. Seine Augen wurden feucht. Sie vertraute ihm, sie brauchte ihn, sie hatte keine Angst vor ihm. Wenn ich dir bloß helfen könnte. Du hilfst mir doch schon.

So saßen sie lange und sahen auch keinerlei Grund auseinanderzustieben, als Corzelius die Wohnung betrat.

«Das ist gut, daß du sie tröstest...»

«Noch immer nichts...?» fragte Mannhardt.

«Nein...» Corzelius warf seine abgewetzte Tasche auf den Boden, einen ledernen Ranzen aus der Schulzeit seines Vaters, Bramme 1927, von ihm selber umgerüstet und immer wieder neu geflickt. «Ich war in diesem fürchterlichen *Matscho* und hab mit Tatjana gesprochen, die kriegt doch überall was mit...»

«Und?»

«Diese Chantal kannte sie schon, aber als ich dann mit Grobi angefangen habe, da hat sie abgeblockt. Angeblich keine Ahnung. Dann hab ich leise angedeutet, daß du und Lilo, daß ihr gerne 'n Kind adoptiert hättet, aber Angst habt vor der ganzen Prozedur... Daß die Behörden Bedenken haben könnten wegen deiner... Zeit in der Klinik. Ob sie da nicht 'n Weg wüßte, auch so an ein Kind heranzukommen – das Geld dazu, das hättet ihr. Aber hat sie gar nicht drauf reagiert. Als dann noch nebenan 'n Baby geschrien hat, bin ich fast versucht gewesen, ihr die Wahrheit zu sagen.»

Jessica saß noch immer da wie ein autistisches Kind, völlig abgekapselt von der Welt, total mit sich allein.

«Jetzt beginnt die zweite Nacht...» sagte Mannhardt.

«Trotz allem: ich muß was essen...» Corzelius ging in die Küche hinaus und riß diverse Schränke auf. «Du, wo hast 'n die Pfanne gelassen, ich will mir 'n paar Spiegeleier machen...?»

«Die is noch in 'er Spüle, die muß noch abgetrocknet werden.»

«Da is keine!»

«Wart mal, ich komm mal gucken...!» Mannhardt löste sich von

Jessica, lief über den Flur und mühte sich mit Corzelius zusammen, die Pfanne zu finden.

Trotz Sommerzeit war es nun schummrig geworden, und um Jessica nicht in Dämmerlicht und Dunkelheit sitzen zu lassen, noch verlorener, hatte Mannhardt im Hinausgehen schnell die Deckenleuchte eingeschaltet, und unter ihren dreihundert Watt war Jessica, von ihm nicht mehr bemerkt, so zusammengezuckt, als wäre sie einem Elektroschock ausgesetzt worden. Und während die beiden Männer am anderen Ende der Wohnung, durch acht Meter Flur getrennt von ihr, lärmend ihre Utensilien suchten, saß sie zitternd da, wurde von Schüttelfrost und Krämpfen gepackt, konnte ihre Schmerzen nur ertragen, wenn sie aufsprang, sich bewegte. So schlimm diese Sekunden auch waren, es kehrte wieder Leben in ihren Körper zurück, ihre Stimmung schlug um, ihr Zustand wurde tendenziell wieder manisch, sie fühlte sich plötzlich von ungeahnten Kräften erfüllt.

Schon war sie an der Tür zum Flur und schrie den Männern zu, daß alles Scheiße sei, was sie beide bis jetzt gemacht hätten. «...Yemayá – keine Spur von ihr! Ihr beide könnt doch tausend Jahre suchen, ohne was zu finden. Macht mal endlich was Vernünftiges: der eine ruft die Bullen an, der andere alarmiert die Presse. Wenn morgen Bilder in ’er Zeitung sind und die *Abendschau* was bringt, sucht ganz Berlin nach ihr. Millionen Augen sehen mehr als zwei!»

Mannhardt und Corzelius kamen aus der Küche gelaufen, den langen Flur hinunter und hielten vor ihr. Einerseits erleichtert, daß sie wieder Reaktionen zeigte, andererseits erschrocken darüber, wie hysterisch-heftig sie war.

«Das wäre Wuthenows Ende!» rief Corzelius. «Das wissen wir doch, das willst du doch nicht!»

«Erst kommt mein Kind!»

Mannhardt nahm Partei für sie. «Vielleicht hat sie recht, und unsere Kräfte reichen nicht. Ist denn das wirklich so schlimm, wenn wir Presse und Polizei einschalten und dabei sagen, daß du der Vater bist...?»

Corzelius stampfte mit dem rechten Fuß auf den Boden. «Ja, das ist es!»

«Quatsch!» Mannhardt sah ihn böse an. «Meinst du denn, da rennt wirklich einer zum Standesamt hin und sieht nach, ob du als

Vater eingetragen bist? Oder er holt sich Blut und Samen von dir für'n Vaterschaftstest!?»

«Wie witzig! Aber kannst du dir möglicherweise vorstellen, daß alle Zeitungen das bringen: Jessica nächste Woche ganz groß auf'm Bildschirm – und nun ihr Baby verschwunden, und daß Gunhild das sogar in Bramme lesen wird...!? Die Scheidung läuft doch noch, und wie steh ich denn da!? Wie oft darf ich 'n dann meine eigene Tochter mal bei mir haben!?»

«Schön, aber bei Yemayá, da geht's doch nun wirklich um mehr, da geht's um alles!»

«Bei Wuthenow und mir, da geht's auch um alles! Wir finden die Kleine auch so!»

«Ja, wann denn!?» schrie Jessica. «Ihr seid doch viel zu dämlich dazu! Mit dem Mund vorneweg, aber sonst...»

«Nu hör mal, das ist nun wirklich ungerecht! Seit vierundzwanzig Stunden sind wir ununterbrochen...»

«Darum ja! Darum ja müssen jetzt auch andere...»

«Dir geht's ja nur um Reklame für dich!» schrie Corzelius. «Daß du mal so richtig im Mittelpunkt stehst, daß alle dich kennen!»

«Danke für den Tip!» Jessica sprang in das Berliner Zimmer zurück, schlug die Tür so schnell und krachend zu, daß die beiden Männer dies unmöglich noch verhindern konnten, und drehte dann sowohl Riegel wie Schlüssel herum. «Ich ruf jetzt an, da könnt ihr machen, was ihr wollt!»

Corzelius warf sich mit aller Macht gegen die Tür, seine Schultern als Rammbock benutzend, doch es war dickes, sehr solides Holz, und er hatte keine Chance mehr.

11.

«Ja, Rolf, sie ist so süß, wie sie hier bei mir im Bettchen liegt und mit ihrer Quietschepuppe spielt...! Katharinchen, sag mal was, der Papi hört das dann bei sich in Afrika...!» Vera hielt der Kleinen den bordeauxroten Hörer hin und wartete, bis sie einige Male üh-üh! gemacht hatte und nun an der sanften, runden Plastik lutschen wollte. «Das ist aber bah! So, da bin ich wieder! Dann komm mal bald wieder hergeflogen, deine Tochter besichtigen; die ist schon ganz verrückt nach dir! Ja, verstehe... Wenn ihr den Probelauf... Die Probleme mit der Turbine, ja. Ja, natürlich. Machen wir mal Schluß, sonst geht noch deine ganze Auslandszulage drauf... Ja, ich dich noch viel mehr; wir beide haben dich ganz doll lieb und denken jeden Tag an dich. Deine beiden Frauen, ja. Tausend Küßchen dann und: Tschüssi!!» Sie legte den Hörer behutsam auf die Gabel und wischte sich die Tränen aus den Augen.

So saß sie minutenlang da, versunken in den Anblick des kleinen Wesens, das da vor ihr strampelte und krähte, dem Augenblick hingegeben, mit sich und seiner Welt zufrieden, eins mit ihr. Sie stand auf, nahm es in den Arm und trug es durch die kleine Neubauwohnung, liebkoste es, jauchzte selber vor Vergnügen, als die weichfeuchten Fingerchen ihr Gesicht abzutasten begannen. «Ja», sagte sie, «du mußt alles mit den Händen greifen, damit du's begreifen kannst – das weiß die Mami alles aus den klugen Büchern.»

Draußen auf den stählernen Bögen fuhr die Hochbahn vorbei, eine eigelbe Schlange, und sie versprach der Kleinen, sie bald einmal darin mitzunehmen.

«Dann fahren wir zur Jessica, die hat auch eine so süße Tochter wie du, die heißt Yemayá, und mit der kannst du dann schön zusammen spielen. Und wenn ihr erst größer seid, dann werdet ihr vielleicht Freundinnen und...»

Sie brach ab, erschrocken über einen jüngeren Mann mit einem schwammig-aufgedunsenen Gesicht, der langsam die Straße entlangschlenderte und offenbar versuchte, den Leuten in die Fenster zu blicken. Unwillkürlich wich sie ein paar Schritte zurück.

«Da ist der böse Mann, der kleine Kinder fangen will!» Sie zitterte am ganzen Körper und zog sich mit der Kleinen in ihren fensterlosen Korridor zurück. «Weißt du, im Radio, da erzählen sie immer so was Schreckliches...»

Sie nahm das Kind mit in die Küche, die zur anderen Seite, zum Hof hinausging, und steckte es in ihren «Indio-Beutel», jenes höchst sinnvolle rucksackähnliche Gebilde, das es fürsorglichen Müttern gestattete, ihre kleinen Lieblinge immer ganz körpernahe bei sich zu haben.

«So, Katharinchen, hier ist es schön kuschelig, was, und keiner kann dich hier wegholen...!» Ihr Blick fiel auf ihre bereitgelegte Super-8-Kamera. «Ach, Gott, nun kann die Mami dich gar nicht mehr abfilmen! Und dabei wollte ich doch nachher noch den fertigen Film in den Kasten stecken und zum Entwickeln schicken, gleich mit der Adresse vom Papi hinten drauf... Ach, was ist die Mami wieder dumm heute!» Sie stutzte. «Sag mal, was ist 'n das da...!?» Obwohl ihre Brille nicht gerade optimal war für solch kurze Entfernungen, hatte sie masernähnliche Flecken auf dem Gesichtchen vor sich entdeckt. «Gott, Kind...!»

Sie eilte in das Wohnzimmer zurück, um im *abc für junge Mütter* nachzusehen. Masern, also doch! Nein, unmöglich. Mückenstiche vielleicht oder irgendwelches Ungeziefer. Eine Allergie womöglich...? Aber wogegen?

Sie schlug nach, doch ein Stichwort «Allergie» gab es da nicht, versuchte es nun unter «Ausschlag», doch wiederum ohne Erfolg, forschte immer aufgeregter, bis sie endlich beim «Kinderöl» gewisse Anhaltspunkte fand: Die Regel, K. nach jedem Bade zum *Einölen* des gesamten Körpers zu verwenden, ist dagegen nicht für jedes Kind empfehlenswert, denn insbesondere Säuglinge mit empfindlicher Haut können danach an Hautausschlägen erkranken...

«Aha, meine Süße, da haben wir's ja: zuviel Kinderöl! Na, wenigstens müssen wir jetzt beide nicht zum Arzt. Du weißt ja, daß ich da...»

Weiter kam sie nicht, denn unmittelbar über ihr schrillte nun die Klingel. Sie fuhr zusammen, zitterte am ganzen Körper, hielt den Atem an: Der Mann unten auf der Straße...!

Die Klingel setzte wieder ein, und sie wie ihre Angst ließen die Kleine nun aus Leibeskräften schreien, sosehr Vera das kleine Köpfchen auch an ihre Bluse drückte.

Erst in einer kleinen Atempause hörte sie von draußen, vom Treppenhaus her eine metallisch-schöne Frauenstimme, so eine, wie sie sie im SFB immer das «Sound-check!» hallelujate.

«Ich bin's nur: Tatjana – keine Panik...!»

Vera rührte sich noch immer nicht.

«Mach schon auf; ich weiß doch, daß du da bist! Vera, hallo!»

«Ja, Momentchen, ich komm ja schon...! Ich bin hier gerade mit der Kleinen...!» Mit ein paar Handgriffen schuf sie in Küche, Korridor und Zimmer noch ein wenig Ordnung, dann ging sie zur Tür, hakte ihre Kette aus, schloß auf und öffnete mit aller Vorsicht, nachdem sie vorher noch sekundenlang durch den Spion geschaut hatte.

«Tatjana... Guten Tag... Lange nicht...»

«Bald 'n Jahr fast, oder, seit der Party damals bei Jessi nicht mehr...» Jetzt erst, als die Tür vollends aufgezogen worden war, entdeckte sie das Baby im Känguruh-Beutel. «Was denn, Mensch, Vera, du hast geworfen...!?»

Vera zuckte zusammen, fand diesen Vergleich ziemlich ordinär, war aber unfähig dazu, nun ihrerseits bissig zu werden, etwa auszurufen: Besser Muttersau als kinderlose Nymphomanin, obwohl es sich in ihren diffusen Gefühlen in diesem Sinne formte.

«Ja, dann komm mal rein...» Sie war sehr zögerlich. «Aber wenn du mich wieder anpumpen willst, ich...»

Tatjana lachte. «Nein, ich bin nur ganz zufällig hier. Das heißt, weil oben im sechsten Stock 'ne Wohnung frei ist, und die hab ich mir eben schnell mal angesehen.»

«Weiß ich gar nichts von...» Vera schloß die Wohnungstür wieder ab und wies Tatjana mit einer knappen Geste den Weg ins Zimmer. «Da lang, bitte... Ich denke, du wohnst Angerburger Allee, da am Stößensee unten...?»

«Schon, aber das wird mir langsam zu teuer da...» Tatjana ließ sich aufs Sofa fallen und verfolgte mit ihren schläfrig-scharfen Katzenaugen fasziniert zwei Hochbahnzüge, wie sie unaufhaltsam aufeinander zuschossen, sich – jetzt! – krachend ineinanderbohren mußten, dann aber, die Perspektive hatte natürlich getrogen, sanft aneinander vorbeiglitten, friedlich Abschied voneinander nahmen. «Toll, du, deine Aussicht hier! Aber das Tollste ist ja doch dein Baby! Wau! Wie biste denn zu dem gekommen...!?» Auch diese Frage konnte als Affront verstanden werden, denn in Jessicas Zirkel hatte Vera stets als unattraktiver Trampel gegolten, plump und von einer entsetzlichen Brille um ihre letzten Chancen gebracht, zudem mit einer Erkrankung ihrer Talgdrüsen belastet, so daß sie ständig vor sich hinmüffeln mußte, zumeist den Geruch ranziger Butter verströmte.

Vera aber reagierte gar nicht aggressiv, lächelte nur und drückte ihre Wange auf den zarten Flaum des Kinderkopfes. «Der Vater heißt Rolf und ist Ingenieur...»

Tatjana sprang wieder auf, um das Fenster aufzureißen, denn auf ihre selbstgedrehte Zigarette konnte sie trotz des Babys im Raum keineswegs verzichten. «Rolf...? Ah, ja, das ist der verheiratete Mann, mit dem du...?»

«Das war doch nur mal bei der Buchmesse...»

Tatjana grinste, denn das hatten sie ihr damals gemeinerweise angedichtet. «Aber bei dir am Namensschild steht doch immer noch *Urbanske*, dein Mädchenname...?»

«Ja, weil Rolf wieder nach Nigeria mußte, da 'n Kraftwerk bauen...!» Stolz zeigte sie auf den Platz überm Fernseher, wo eine Karte Afrikas hing, mit einer Kraftwerksskizze über dem schwarzen Pünktchen von Lagos und angepinnten Ansichtskarten. «Wenn er wiederkommt, heiraten wir...»

«Congratulations!» Tatjana umarmte sie, so gut das Baby es gestattete, und drückte ihr drei Schickimicki-Küßchen auf die Backe. «Ich gönn es dir, meine Alte! Und was haste mit deiner ‹Bücherstube› gemacht?»

«Die hab ich verpachtet, weil ich mich ja jetzt voll und ganz um das Kind kümmern muß.»

«Na, scharf auf so 'nen Balg warste ja schon immer. Wie heißt er-sie-es denn?»

«Katharina...» Vera zog die Kleine hoch zu sich und herzte sie.

«Hör auf!» knurrte Tatjana. «Wenn ich was hasse, dann den Mutterkult. ‹Nur eine Mutter weiß allein, was lieben heißt und glücklich sein!› Hing bei meiner Tante immer überm Sofa; aus ihrer BDM-Zeit wahrscheinlich. Aber ganz was anderes mal: Der Carlo und ich, wir haben jetzt 'n Restaurant aufgemacht, echt Spitze, und da suchen wir noch 'n paar Bekannte, die am Geldverdienen interessiert sind: kleine Einlage, große Rendite. Da ist ville mehr drin als in deiner Buchhandlung: Die Leute wollen heute beieinander hocken und reden, nicht alleine zu Hause sitzen und lesen. Nie was davon gehört, daß wir keine Schriftkultur mehr sind, sondern wieder zurückkehren zum gesprochenen Wort?»

Da Tatjana ihre Zigarette gerade ausdrückte, schloß Vera ihr großes Fenster wieder. «Ich hab dir doch gesagt, daß ich kein Geld mehr verleihe; Rolf will das auch nicht...»

«Mit fünfhundert Mark sind Sie dabei!»

«Keinen Pfennig!» beharrte Vera.

Tatjana fiel nun mit großer Geste in den Sessel und begann zu schluchzen. «Mensch, Vera, hilf mir bitte! Meinst du, ich zieh gerne überall herum und bettele...!? Aber die haben gedroht, uns umzulegen, Carlo und mich, wenn wir unsere Schulden nicht bezahlen...»

«Du bist 'ne gute Schauspielerin, Tatjana...!»

«Ja, aber neue Rollen krieg ich trotzdem nicht! Und es ist wirklich wahr, du, wir stecken ganz tief in der Scheiße drin. Die bring'n uns wirklich um, genauso wie...» Sie brach plötzlich ab.

Vera schüttelte den Kopf. «Die Banken werden doch keinen umbringen, der seine Kredite nicht pünktlich zurückzahlen kann!»

Tatjana, ein durch und durch hyperkinetischer Mensch, sprang nun wieder auf und lief im Zimmer umher. «Gott, bist du naiv! Von den Banken kriegen wir doch schon lange nichts mehr; private Geldgeber sind das, die... Haste schon mal was von Kredithaien gehört...?»

«Ja, aber...» Vera schwankte, wurde aber einer augenblicklichen Entscheidung enthoben, da die Kleine nun fürchterlich zu schreien anfing. «Du hast ja recht, Katharinchen, die Windel ist voll – und wie!?» Genaueres Abtasten hatte das schnell ergeben. «Ich muß erst einmal ins Bad, 'ne neue Windel...»

«Ja, klar...» Tatjana folgte ihr und sah angewidert zu, wie sich Vera an die Reinigung des kotverschmierten Pöchens machte.

«Oh, unser Puder ist alle! Hältst du mal bitte, ich hab neuen in der Küche, ich hol den mal schnell.»

«Ja, wenn's sein muß...»

Tatjana faßte die beiden Füßchen und hielt sie hoch, von einem gewissen Brechreiz erfaßt, aber trotz ihrer so offen zur Schau gestellten Ablehnung wurde sie von der Kleinen unaufhörlich angelächelt. Das nervte sie unheimlich, zwang sie aber, auch wenigstens zu grinsen.

So sahen sie sich beide lange an, studierten sich.

12.

Jessica hatte sich auf dieses Drehbuch eingelassen, und was blieb ihr weiter übrig, als das zu spielen, was dort vorgegeben war:

IX. In der Wohnung

316.
Langer Flur. Innen/Tag. Weiches Licht der aufgehenden Sonne. Jessica, mit Jeans und T-Shirt bekleidet, aber barfuß und ungekämmt,

kommt aus ihrem Zimmer und macht ein paar tastende Schritte, ist sichtbar bestrebt, lautlos zu sein, bemüht sich, nur auf den Zehenspitzen zu gehen. Sie hält an und lauscht. Nichts. Sie geht weiter und kommt an ein Zimmer, dessen Tür nur angelehnt ist, und sieht hinein.

317.
Groß. Mannhardt liegt im Bett und schläft. Schnarcht leise.

318.
Jessica bewegt sich Meter um Meter weiter in Richtung Wohnungstür. Dabei muß sie einem bordeauxroten Telefonapparat ausweichen, der auf dem Fußboden steht.

319.
Groß. Aus der Wand herausgerissene Zuleitungsschnur eines Telefons. Es muß sehr heftig an ihr gerissen worden sein, denn ein erheblicher Flatschen Tapete ist mit abgerissen worden, auch fehlt ein Stück Putz.

320.
Nah, von unten. Jessica macht einen rührenden, aber sehr vergeblichen Versuch, das am Boden stehende Telefon wieder anzuschließen, stopft das Ende der herausgerissenen Schnur in das Loch, das in der Wand zu sehen ist. Begreift dann, daß da nichts mehr zu machen ist, geht weiter und kommt nun an einem Zimmer vorbei, dessen Tür sperrangelweit geöffnet ist.

321.
Groß. Corzelius, vollständig angezogen, sitzt in merkwürdig gekrümmter Haltung auf einem Sofa und schläft.

322.
Jessica ist nun an der Wohnungstür angekommen und beginnt, den altmodisch langen Schlüssel im aufgesetzten Kastenschloß herumzudrehen. Ganz, ganz langsam geschieht das – und gelingt, ohne daß einer der Männer erwacht. Sie kann die Tür aufziehen und ins Treppenhaus hinausschlüpfen.

X. In der Stadt

323. bis 330.
Außen und innen/Tag. Jessica läuft durch die Straßen: Gehetzt, wirr, im Ausnahmezustand, wie in Trance. Von der Ludwigkirch-

Knallhart.

Ein Angebot, das Sie nicht ablehnen können...

kommt sie in die Uhlandstraße und hastet in Richtung Kurfürstendamm, macht aber, als sie die Lietzenburger Straße bei Rot überquert hat, einen abrupten Schlenker nach links und rennt ins Kudamm-Karree, das heißt, in ein Passagen-System mit Restaurants, Boutiquen, Spielsalons, Shops und Pinten. Es ist ein ziemlicher Zickzackkurs, und es gibt auch schon zu dieser Tageszeit eine Menge Passanten. Sie quetscht sich am Fahrstuhltrakt durch eine Schar wartender Studenten hindurch, erreicht den Eingang eines Bekleidungsmarktes, prallt gegen eine schwer wahrnehmbare gläserne Tür, stößt sich den Kopf, reibt sich die schmerzende Stirn, eilt weiter, kommt zu einem Zeitungsstand mit langgestreckten Regalen, ist erschöpft, bleibt stehen, mustert die zur Schau gestellten Illustrierten, geht dann auf die Kasse zu, um den Verkäufer etwas zu fragen.

331.
Schräg von vorn.
JESSICA: Sagen Sie bitte... Wo ist 'n hier die nächste Polizei...

332.
Nah, schräg von hinten, mit Kasse im Bildausschnitt.
ZEITUNGSHÄNDLER: In 'er Lietzenburger hinten, Olivaer Platz...

333.
Schräg von hinten, schon im Davoneilen.
JESSICA: Danke, ja...!

XI. Auf dem Polizeirevier

334.
Karges Büro. Innen/Tag. Der Beamte hinterm Schreibtisch steht kurz vor der Pensionierung und ist ganz offensichtlich magenkrank.
BEAMTER: Sie meinen also, daß Ihr Baby entführt worden ist...?

335.
Groß. Jessica von vorn, zieht an ihrer Zigarette, wirkt fast so elend wie eine Rauschgiftsüchtige im Endstadium.
JESSICA: Ja. Und ich weiß, daß reiche Amerikanerinnen vierzigtausend Mark und mehr für so ein Baby zahlen. Auch wenn man die Unkosten abrechnet – für gefälschte Papiere, Flug und Hotel –, dann läßt sich damit immer noch 'ne Menge Geld verdienen.

336.
Nah, von vorn. Malt mit seinem Kugelschreiber Männchen auf ein weißes Blatt Papier.
BEAMTER: Lassen Sie doch diese Ausflüchte, Frau Criens! Für uns steht fest, daß Ihr Kind von Ihnen selber um... also, beiseite geschafft worden ist. Sie haben doch vorhin ganz offen zugegeben, daß Sie lange Zeit an eine Abtreibung gedacht hatten, um die Karriere Ihres Geliebten nicht in Gefahr zu bringen. Nun...! Jetzt haben Sie das nachgeholt. Auch deswegen, um mehr Zeit zu haben für sich selber und ihre Filme, diesen Klotz am Bein wieder loszuwerden.
337.
Groß. Ein maskenhaftes Gesicht mit einer Andeutung von Tränen, eine schwache Stimme.
JESSICA: ...ich habe es öfter gedacht, ja, aber nicht getan...
338.
Der Polizist erhebt sich. Ein massiger Mensch. Staatsmacht, vor der es kein Entrinnen gibt.
BEAMTER: Sie sind festgenommen!

Jessica stand an eine Backsteinwand gelehnt, deren Farbe sie lebhaft an Saharasand erinnerte, war matt und abgeschlagen wie in der ersten Fieberphase einer schweren Grippe, wußte nicht mehr, wer sie war und wo sie war, konnte nicht mehr unterscheiden zwischen Wirklichkeit und Film. War sie Jessica als solche, oder spielte sie sich selbst, war sie nur die Rolle Jessica?

Es war ein Platz, der sie sekundenlang an Arsenal/London denken ließ, an dieses eng umbaute Fußballstadion. Mit Schmachtenhagen war sie im ersten Jahr ihrer Ehe dagewesen. Wenn er nur hinterher im Bett halb soviel Emotionen an den Tag gelegt hätte wie dort.

Ein Platz wie eine große Bratenschüssel, im Süden von Brücken und S-Bahn-Bögen begrenzt, sich nach Norden hin in strahlenförmig abgehenden Straßen verlierend, von einer breiten Trasse in der Mitte durchschnitten. Exotisch bunte Blumenbeete auf den beiden Inselhälften, Bänke, Wege und ein Pissoir. Rechts von ihr in drei, vier S-Bahn-Bögen bergeweise Hochglanzbücher für Maler, Architekten und dergleichen, jenseits der Brücke Lampen und Leuchten.

So krampfhaft sie auch suchte, der Name des Platzes fiel ihr nicht ein, und vor ihren Augen war ein derartiges Flimmern, daß sie die schwarz-weißen Straßenschilder drüben nicht erkennen konnte. Junge Leute huschten vorüber, ganz offenbar Studenten. Also mußte eine Uni in der Nähe sein. Dahlem und FU? Unmöglich. Das war kein Villenvorort hier, und die Strecke sicherlich zu weit. Blieben also nur, so weit konnte sie sich wieder konzentrieren, TU und HdK…

Savignyplatz!

Es war eine unheimliche Erlösung für sie, dies gefunden zu haben. Aber trotz der euphorischen Welle, die sie nun trug, hatte sie Mühe, auf die grüne Mittelinsel zu laufen, und die zehn Meter ebener Straße kamen ihr wie eine steile Rampe im Gebirge vor.

Ja, Savignyplatz, das stimmte; da hinten standen immer die Nutten und warteten auf ihre Freier.

Rentner saßen hier und ließen ihre Hunde kacken, Penner schnarchten mit ihren leeren Wermutflaschen unter der Bank, Yuppies lasen esoterische Journale, Turnschuhfreaks *zitty* und *tip*. Sie hatte Mühe, einen freien Platz zu finden.

Als sie sich endlich hinhocken konnte, schloß sie die Augen und kämpfte darum, Halluzinationen und Wirklichkeit wieder voneinander zu trennen, doch das war anfangs so schwer, dies ihr Bild, wie bei einer Wiener Melange den Kaffee und die Milch.

Es stimmte schon, daß Corzelius die Telefonschnur auf dem Flur herausgerissen hatte, um sie am Telefonieren zu hindern, und ebenso war ihr die Flucht aus ihrer Wohnung gelungen; beide Wächter hatten sich nicht wachhalten können. Aber das mit der Polizei… War sie nun dortgewesen oder nicht…? Die Großfahndung nach Yemayá in Gang setzen lassen, die Berliner alle Ausschau halten lassen nach einem Baby, das ganz plötzlich angekommen war, ohne Schwangerschaft und dicken Bauch der Mutter.

Sie sah sich ganz deutlich vor dem Schild der Meldestelle stehen, die Klinke in der Hand. Und dann? War sie drin gewesen?

Nein… Sie war wieder gegangen. Aus Angst, selber verdächtigt zu werden. Insofern stimmte das, was ihr als Drehbuchszene durch den Kopf gegangen war.

Sie hatte in ihrem ersten Film eine Schizophrene gespielt, und sie fragte sich nun, bei diesem Gedanken vor Entsetzen steil hochfahrend, fast schreiend, ob sie nicht eventuell doch ... Nein, wie denn! Der Wagen mit Yemayá hat doch vor der Boutique draußen gestanden! Aber wenn du das Kind nun vorher ... und dann alles verdrängt hast ...!?

Sie sprang auf, rannte über den Damm und dann die Kantstraße hinunter. Bewegung hatte etwas Dämpfendes. Sicherlich, es war alles furchtbar widersprüchlich gewesen. Sie hatte Yemayá ebenso geliebt und vergöttert wie auch als etwas verflucht, das ihr Leben kaputtzumachen drohte.

Wo und wie hatte sie ihr Kind getötet? Im Neuen See ertränkt? Mit einem Kissen erstickt und den kleinen Körper dann unten im Müllcontainer versteckt?

Sie sah sich am Wasserklops sitzen, unter der Gedächtniskirche. War sie also vorher im Tiergarten gewesen, hatte eine einsame Stelle am Wasser gefunden. Dann mit dem leeren Kinderwagen nach Hause – und die Szene vor der Boutique nur für sich selber inszeniert ...?

Es schien ihr völlig ausgeschlossen und Sekunden später wieder wahr.

Schuld und Angst und Schmerz erschütterten sie, bauten in ihr derart starke Spannungsfelder auf, daß sie das Gefühl hatte, im nächsten Augenblick in tausend Stücke zerrissen zu werden, und sie stöhnte auf wie in der letzten Phase eines schrecklichen Traums, wenn sich die Hände des Mörders fest um den Hals krampften, wenn beim Auftauchen aus dem Wasser die Luft nicht mehr reichte und das rettende Licht ganz oben immer schwächer wurde, wenn das abstürzende, wenn das brennende Flugzeug haargenau auf einen zugeschossen kam.

Bilder aus Science-fiction-Filmen schossen in ihr auf, und sie sah sich selbst als einen Roboter, sehr menschengleich, der immer mehr außer Kontrolle geriet, dessen Drähte schon glühten und aus dessen Augen Feuerschlangen traten, der jeden Moment durchbrennen mußte.

Da sah sie vor einem kleinen Laden einen Kinderwagen stehen und blickte natürlich hinein.

Yemayá ... Mein Gott! Yemayá!

Sie war es, und Jessica griff sich den Wagen, schob ihn vor sich her, rannte mit ihm die Straße entlang. Nach Hause, schnell in die eigene Höhle zurück. Mein Kind; ich hab es wiedergefunden!

Schreie hinter ihr und Autohupen.

Egal. Sie lief und lief.

Bis sie mit dem Kinderwagen das Fahrrad eines jungen Mannes streifte und ihn loslassen mußte, um nicht aufs Pflaster geschleudert zu werden.

Als der Kinderwagen gegen einen Laternenmast prallte und nach einigen Sekunden unentschiedenen Schwankens doch noch umkippte, rollte ein Kind von gut anderthalb Jahren heraus und war ganz offenbar ein Knabe.

Jessica fühlte sich allein auf einer riesengroßen Bühne, soeben vom Bannstrahl eines Zauberers getroffen, wie eingeschmolzen in schwereloses Glas, unfähig zu jeder Bewegung, entsetzt über ihre Tat wie vor allem darüber, daß es ein Junge war, fett wie eine Made, nicht aber ihre Tochter, sah, wie die Verfolger, mehrere Männer und Frauen, immer näherkamen, sie packen wollten, *lynchen*!

Mit diesem Gedanken raffte sie sich wieder auf, fast schon in Griffweite des Schnellsten, blickte in ein tumbes Teiggesicht mit platzeroten Pickeln, schien bereits verloren, konnte sich aber noch einmal einen kleinen Vorsprung verschaffen, indem sie – nun ist ja doch alles egal! – mitten auf den Fahrdamm lief, die auf vier Spuren heranrasenden Autos nicht achtend, ihre Geschoßbahnen kreuzte, daß die Reifen quietschten und die Hupen dröhnten, sie an Gesäß und Hacken zweimal harte Stöße spürte. Doch sie schaffte es, ohne in die Luft geschleudert, ohne wie ein Hase oder Igel plattgewalzt zu werden.

Es war die Schlüterstraße, die sie dann hinaufrannte, und als sie die S-Bahn-Brücke erreicht hatte, schlug sie einen scharfen Haken nach links, lief die Treppe zum Bahnhof hinauf, hoffte, auf einen gerade abfahrenden Zug springen zu können.

Vom Zoo her nahte auch einer, und sie nutzte ihre letzten Kraftreserven, um ans hintere Ende des Bahnsteigs zu kommen, sah, registrierte, wie sich das breite Nietengesicht des angejahrten Triebwagens um die kleine Kurve an der Einfahrt schlängelte, rubinrot unten, sandgelb darüber, las überm runden Mund der Kupplung ganz genau die Wagennummer 003.

Bremsluft zischte auf, doch noch immer fuhr er schnell, viele Dutzend Tonnen waren nicht so rasch zum Halten zu bringen.

Spring ihm entgegen! Yemayá ist tot, und alles ist aus.

Nein, sie lebt, sie wird dich brauchen!

Da sind doch andere Menschen dafür da...! Ich halt das alles nicht mehr aus, ich will nur Ruhe, Ruhe, nochmals Ruhe...!

Sie setzte an zum Sprung.

13.

Tatjana lag schwitzend auf ihm und ließ ihr Becken kreisen, wippen, schaukeln und vibrieren, hatte schon den ersten echten Orgasmus zu verzeichnen gehabt und wild gewimmert und gekeucht und simulierte nun den zweiten, so kunstvoll wie in ihren besten Pornofilmen; doch das alles wollte nichts fruchten: Es kam ihm einfach nicht.

Corzelius hatte sich seit seiner Ankunft in Berlin nichts so sehr gewünscht als eine Nacht in diesem Bett; nun fand er alles schmutzig, widerlich, sie und sich. Sein Pint war lang und hart, doch trotz all ihrer Mühen nichts weiter als ein gefühlloser Stab, dem sich kein Fünkchen Lust entlocken ließ. Bilder jagten unter seinen Augenlidern vorbei, Gedankenfetzen fegten aus seinen Sinnen alles hinweg, was Tatjana auslösen wollte.

...S-Bahnhof Savignyplatz – Jessica will gerade auf die Gleise springen, als sie den Bahnsteig erreichen – Mannhardts Schrei hält sie zurück.

...das Krematorium – Grobi tot mit einer Frau im Sarg – Und Fotos dieser Frau, Chantal genannt, hier in Tatjanas Alben – «Wir sind eng befreundet gewesen...»

...Tatjana beim Vorspiel: «Ich brauch mindestens dreißigtausend Mark, sonst...!»

Corzelius stemmte sich noch weiter nach oben und begann, ihre wundervollen Arschbacken wütend-aggressiv zu kneten, trieb sie damit zur Ekstase an, doch noch immer fühlte er den großen Schub nicht kommen. Ein Bild aus seinen Kindertagen zuckte auf: Da hatten sie sich immer einen *Pump-Fix* an die Bäuche gepreßt und waren damit durch die Räume marschiert; am Körper also den roten Saugnapf aus Gummi, zum Reinigen verstopfter Rohre gedacht, den hölzernen Stil wie einen Phallus weit in die Gegend gestreckt.

Tatjana keuchte, war nahezu am Ende. «Ich hab ja schon viele

Freunde gehabt, aber so was, das...!» Sie nahm die Männer mehr als Instrumente, fand sie ärgerlich in ihrem Macho-Stolz, genoß es jedesmal, wenn der Grund ihrer jahrtausendlangen Überhebung nach dem Akt klein und stinkend auf den blassen Affenbeinen lag, einfach lächerlich.

Und bei diesem spacken Jüngelchen hier, diesem Tintenpisser, diesem halben Hahn sollte alle ihre Kunst versagen? Sie fuhr ihm mit der Zunge in den Mund und wälzte sich im selben Augenblick zur Seite, so daß sie seinen herausflutschenden Stengel bequem pakken und mit der Hand bearbeiten konnte; eine kleine Schaftmassage wirkte öfters wunder. Trotz des glitschigen Kondoms fühlte sich das Ding so steinern an, als gehörte es zu einer Statue. Der Kerl mußte furchtbar durcheinander sein!

«Denkste immer noch an deine Frau...?» fragte sie.

«Ja», antwortete er, obwohl er es nicht getan hatte.

«Wollen wir lieber aufhören...?» Er tat ihr leid, und irgendwie mochte sie ihn.

«Nein...»

Und der Gedanke an Gunhild war es dann, der ihn richtig spitz werden ließ. Er mußte sich und ihr beweisen, daß es auch ohne sie, auch mit einer anderen ging. Doch das war es eigentlich nicht, was ihn wieder aufleben ließ, entscheidend war, daß er in Tatjana jetzt nur noch Gunni sah. Er packte sie so ungestüm wie ein Achtzehnjähriger, drehte sie auf den Rücken herum und fuhr mit seiner Zunge zu ihren Brustwarzen hinauf, saugte sie in sich hinein, kroch mit seinem Kopf in ihren Schoß, fand mit der Zungenspitze ihre Klitoris, drang dann erobernd in sie ein...

...und endlich löste sich der Schuß.

Ein Wahnsinnskick! Alles explodierte, knallte, krachte, splitterte und spritzte weg; Tatjana schrie und schrie; das kleine rote Lämpchen auf dem Bord erlosch.

Tatjana stieß ihn weg.

«Ins Bad! Sie schießen auf uns!»

Corzelius kam wieder zur Besinnung, sah, da sie eine Straßenlaterne auf gleicher Höher stehen hatten, die zwei Löcher in der Jalousie und die Fensterscheibe mit ihrer sternenförmigen, schwarzstumpfen Fläche fehlenden Glases.

Wider alle Vernunft, getrieben vielleicht von einem Beschützerinstinkt archaischer Art, möglicherweise auch in blindem Journalisteneifer, schlüpfte er in seine zufällig griffbereite Badehose, sprang, die Tür auffetzend, zum Balkon, schwang sich über die Brüstung und prallte unten auf den sommerharten Boden, ohne aber Schaden zu nehmen.

Er lauschte.

Wieder krachte es, und er warf sich hinter einen Müllcontainer.

Dann merkte er, daß sie lediglich auf einem der Grundstücke unten an der Havel ein Gartenfeuerwerk gestartet hatten. Das zweite sicherlich, und die Täter hatten die Knallerei für ihre Zwecke genutzt.

Wo waren sie geblieben? In den nahen Wald gelaufen, mit dem Wagen entkommen, die Havelchaussee hinauf?

Wem hatten die beiden Schüsse gegolten: Tatjana oder ihm?

Wahrscheinlich ihnen beiden.

Tatjana erschien jetzt oben am Fenster und fragte leise, ob er schon etwas entdeckt hätte.

«Nein. Aber wirfst du mir bitte mal die Autoschlüssel...»

«Vorsicht, Mensch, die...! Moment!»

Die zehn Sekunden, die Tatjana brauchte, ihm die Schlüssel nach unten zu werfen, hätten an sich reichen müssen, ihn wieder zur Besinnung zu bringen («Bleib hier, ruf die Polizei!»), doch es war soviel an Irrationalem und Archaischem in seiner Psyche eingelagert, daß er nur noch eines wollte: die Männer, die auf ihn geschossen hatten, jagen, fangen und zur Strecke bringen; eigenhändig. An sich eher ein schmächtiges Männchen, hatten die Ereignisse einen Recken aus ihm werden lassen; Tarzankräfte erfüllten ihn in dieser Minute.

Die Schlüssel flogen herab. Er fing sie auf und lief zu seinem Wagen...

...und damit in die Falle.

Zwei Burschen kamen hinter einem falsch geparkten Reisebus hervor, schwarz gekleidet und beide mit Mützen vermummt, schnitten ihm den Weg zum Haus hin ab, wollten ihn in Richtung Havel treiben, hielten aufgeklappte Messer in der Hand.

«Du schnüffelst nicht mehr rum!»

Westside Story. Unwirklich alles, Film. Ein Blick hin zum Balkon. Tatjana war verschwunden. Er fror. Und mit Entsetzen merkte er, daß er vergessen hatte, den vollen Präser abzustreifen. Er schämte sich, und der Gedanke war ihm furchtbar peinlich, daß die Polizisten und die Ärzte, wenn man ihn bewußtlos finden würde, tot womöglich, diesen Tatbestand im Protokoll vermerken würden.

Lauf, Mensch, lauf, sie stechen dich ab!

Bilder zuckten in ihm auf, trafen ihn wie Laserblitze in der Disco: Bramme, Markt, wie er in allem Frieden dort hockte – Mondschein überm See, dem Brammer Meer, und er mit Gunhild im Boot – Berlin, er mit Jessi und der Kleinen im Wagen auf dem rummelbunten Kudamm beim Bier.

Er hatte viel geschrieben über eine Welt, in der alles bis ins letzte Detail hinein geregelt und gesteuert wurde; Gott, da durfte es eine Szene wie diese einfach nicht geben! Angstneurosen, Alpträume; Schluß damit, aufwachen!

Dabei rannte er wie seit Abiturszeiten nicht mehr, jagte von der Angerburger Allee her durch einen verluderten märkischen Wald zur Havelchaussee, zum Stößensee hinunter, verlor jede Gewißheit, hier noch immer in Berlin zu sein, glaubte sich in einem Niemandsland irgendwo zwischen Dänemark und Bramme, hetzte weiter, trat sich Splitter ein, stieß sich an Steinen und Wurzeln seine Zehen wund, hielt aber durch, war zähe und bei gar nicht mal so schlechter Kondition.

Endlich hatte er Asphalt unter den Füßen, sah hoch über sich auf einem Damm Autos flitzen, die roten Schlußlichter wie bei einem lange belichteten Foto zu endlosen Schlangen gezogen, weit über die Brücke hinweg, deren Konstruktion ihn an den Eiffelturm erinnerte. Stand er erst da oben, war er geretett. Doch vorher ging es in einer Art Burg, in einem Turm Hunderte von Stufen nach oben; und seine Verfolger hatten zwar eher ein wenig an Boden verloren, hingen aber noch immer keine zwanzig Meter hinter ihm, und mit einigem Schrecken hörte er bei einem von ihnen ein Walkie-talkie quaken.

Fast war er versucht, anzuhalten und in aller Ruhe mit ihnen zu reden: Jungs, laßt mich zufrieden, ich schwör euch, daß ich nichts weiß! Ja, sicher, durch mich isses rausgekommen, daß euer Grobi da bei der Nutte im Sarg dringesteckt hat; aber das ist nichts weiter als reiner Zufall gewesen! Weiter weiß ich wirklich nichts! Und das interessiert mich jetzt auch gar nicht! Das einzige, was mich jetzt interessiert, ist die kleine Yemayá, sonst nichts!

Doch er wußte auch, daß es ihm verdammt wenig genutzt hätte.

Also weiter, sich nicht mißhandeln und womöglich gar abstechen lassen.

Aber seine Angst war nur das eine, auf der anderen Seite war er

Vollbutjournalist und fragte sich natürlich auch, wie denn diese wunderbare Chance zu nutzen sei, Grobis Mörder dingfest zu machen. Denn daß er sie oder wenigstens zwei Männer aus derselben Gang und mit demselben Strippenzieher hinter sich hatte, daran konnte ja kein Zweifel sein.

Unmöglich aber wohl, daß ein Hase seine Jäger ins Gefängnis brachte.

Ein Auto kam ihm entgegen, unten noch auf der Havelchaussee, die Scheinwerfer aufgeblendet wie eine zur Landung ansetzende Boeing. Sollte er ihm vor den Kühler springen und winken? Ja. Nein. Dazu hätte er abstoppen müssen, und die beiden Jungs hinter ihm hätten ihn gehabt, wenn der Fahrer nicht... Außerdem: sein Kondom, gefühlsecht, in der Hose, noch immer nicht hinausgerutscht, und damit auf der Polizei... Es war absurd: lieber ließ er sich erstechen, als mit solchem Ding erwischt zu werden. Es war dasselbe wie vor zwanzig Jahren, wo sie als pubertierende Knaben...

Die Treppenstufen, Achtung, bloß nicht stolpern, bloß nicht stürzen! Da wären sie über ihm gewesen wie die Wölfe, hätten ihn zerfleischt.

Wie ein Hase, im Zickzack, immer wieder Haken schlagend, lief er nun die Treppen hoch. Keuchte, hätte sich am liebsten seine Lungen aus dem Hals gekotzt, so schmerzten sie, glaubte, jeden Augenblick mit einem Wadenkrampf niederzustürzen, hatte die Bilder erschöpfter Fußballer deutlich vor Augen; Verlängerung, hundertzehnte Minute.

Nach Grünspan schmeckte seine Zunge, in seinen Ohren rauschte es, als hielte er sich eine große Muschel dagegen, und in seiner Nase hing ein Geruch von frisch verströmendem Blut; doch er peitschte sich immer weiter voran, wollte nicht auf diese elende Weise sein Leben beschließen: hier von zwei stinkenden Kretins abgestochen zu werden; für nichts und wieder nichts. Faschistisches kam hoch in ihm, er registrierte es trotz allem ganz genau: abknallen beide, mit der Todesstrafe wieder her.

Er schaffte es auf die Heerstraße hinauf, bis an den Rand der großen Brücke, stürzte mit den Armen rudernd – «Hilfe!» – zum Straßenrand vor; alle dreißig Meter ein Auto. Mußte aber dabei weiterlaufen, stadtauswärts, Richtung Spandau, also auf die Brücke hinauf, um seinen Vorsprung so in etwa zu halten.

Doch keiner der Fahrer dachte ans Bremsen, und sehr schmerzhaft wurde ihm bewußt, daß es in Berlin zu viele Irre, Ausgeflippte und Exoten gab, um als nackter Mann mit Badehose nachts um elf auch nur eine kleine Chance zu haben, die Aufmerksamkeit anderer zu wecken.

Jetzt kamen auch die beiden Vermummten die Treppe herauf, und er fragte sich, ob sie bei der arroganten Trägheit dieser Autofahrberliner wirklich etwas hemmen würde, ihn hier auf offner Bühne umzubringen.

Es war nicht damit zu rechnen, und so rannte er weiter, Sekunde für Sekunde hoffend, daß im Strom der Wagen endlich auch ein Polizeigefährt aufscheinen würde, sehnte sich mit aller Kraft die grün-weißen Bullenfarben herbei; er, der er nie verabsäumt hatte, den Polizeibeamten Böses nachzusagen, siehe Wackersdorf und Gorleben, Startbahn West und Kreuzberg im Mai.

Doch, was Wunder, kein Streifenwagen erschien und rettete ihn, und schlimmer noch, statt des erhofften Polizeibeamten kam ihm auf seiner Brückenseite ein junger Mann entgegen, der offenbar von seinen beiden Verfolgern per Walki-talkie alarmiert worden war; jedenfalls tauschten die drei Handzeichen aus, die nichts anderes vermuten ließen.

Saß er also in der Falle.

Blieb ihm nur zweierlei: Entweder er lief ein paar Schritte auf den Fahrdamm hinauf und suchte die Aufmerksamkeit aller auf sich zu lenken, schaffte es, die Leute mit ein paar Auffahrunfällen zum Rausspringen zu bringen, oder er schwang sich übers Brückengeländer und versuchte, guter Turner, der er war, die stählernen Streben und Pfeiler hinunterzuklettern und seinen Killern schwimmend zu entkommen.

Er hatte höchstens fünf Sekunden Zeit für seine Entscheidung.

Sein Zustand gab den Ausschlag, seine Nacktheit, seine Badehose.

So schutzlos, wie er war, hatte er eine Wahninnsangst davor, von einem Kotflügel erfaßt und zu Boden geschleudert zu werden, dann im Krankenhaus zu landen, mit der Schande des vollen Präsers dazu...

Badehose, Wasser, Schwimmen; das alles ließ ihn fast automatisch den zweiten Weg wählen.

Doch er verfluchte ihn sofort, denn als er sich nun über das Geländer beugte und zum Hinüberklettern ansetzte, lag das dunkel aufschimmernde See so unerwartet tief da unten, daß es ihn lähmte, ihn an eine Führung durch die Nürnberger Burg erinnerte: der Brunnenschacht, aus einem Eimer hineingeschüttetes Wasser, eine endlose Zeit, bis man es unten aufschlagen hörte.

Was blieb ihm aber anderes übrig, er mußte es wagen, schwang sich auf das eiserne Brückengeländer hinauf, ritt einen Augenblick auf ihm, sagte sich, daß er es schaffte, einen Bergsteigerkurs in Oberstdorf erfolgreich abgeschlossen hatte, ein guter Schwimmer war und lange tauchen konnte, rief sich ins Gedächtnis, daß es immer wieder Männer gab, die sich von sechzig Meter hohen Felsen ins Meer hinunterstürzten, setzte seine Füße außen wieder auf, schloß beide Fäuste um die Gitterstäbe und ließ sich langsam in die Hocke hinunter.

Tief unten zog ein Boot mit grünen, roten, weißen Lichtern vom Stößensee auf die offene Havel hinaus, und es war ihm, als säße er vorn in einem Flugzeug, die Stirn fest an die Scheibe gepreßt, und verfolgte gebannt, wie sie zur Landung in Tegel ansetzten, dicht über Spandau und die Havelinseln hinweg.

Oben waren seine Verfolger zusammengetroffen.

«Packt ihn!» schrie der eine. «Sonst gibt's wieder kein Kurant!»

Kurant, merkwürdig, nicht Geld, Knete, Kohle oder Mäuse...!

«Tritt der Sau doch die Finger zu Brei!»

Corzelius mußte sich beeilen, daß er die Strebe zu fassen bekam, die ihn zum Längsträger führte; meterweit hing ja der Bürgersteig über.

Allein die Finger hatten nun über ewig lange Sekunden hinweg seine mehr als siebzig Kilo zu tragen, die Fingerspitzen, und waren doch nur aufs Maschineschreiben trainiert. Schmerzten qualvoll, und der Sog der Tiefe war der Wunsch nach Erlösung; die Todesangst war so immens, daß alles in ihm schrie: Laß los, und du hast für immer deine Ruhe!

Doch mit einiger Wahrscheinlichkeit hätte er es dennoch geschafft, sich ins rettende Strebengewirr unter der Brücke zu hangeln, wenn ihm nicht einer seiner Verfolger, sich weit übers Geländer beugend, sein Walkie-talkie an den Hinterkopf geworfen hätte.

So aber stürzte er schreiend in den schwarzen Schlund hinunter.

14.

Am Morgen des dritten Tages, an dem sie nach Yemayá suchten, saß Mannhardt in einem schnell an seiner Tankstelle angemieteten riadgelben Passat, um an der Grenze Invalidenstraße auf den Genossen Wuthenow zu warten, das heißt, wohl weniger auf ihn als auf seinen mysteriösen Schatten, dieses John F. Kennedy-Double, das ihn ja leider Gottes vorgestern an der Wilmersdorfer Straße ohne große Mühe abgehängt hatte. Den hätte er auf seine alten Tage doch gerne mal gesprochen, denn irgendwie war er zu naiv, zu überzeugt vom Guten im Menschen und der Ordnung der Welt, um an die Existenz solcher Leute wirklich zu glauben; Kundschafter, Geheimdienstler, Doppelagenten. Sein Intellekt sagte ihm natürlich, daß es stimmte, doch sein Gefühl verbot es ihm, dies alles als Wahrheit zu buchen, und da es nun so gar nicht in sein Beamtenweltbild paßte, hatte er es zu verdrängen. Da war er ganz von seiner Großmutter und deren Maxime geprägt: *Ich glaube immer nur das, was ich mit meinen eigenen Augen sehe.* Bester Schutz gegen alles Manipuliertwerden, aber wie denn ohne Vertrauen in andere überhaupt leben? Auf einer schmalen Bühne spielen sie uns etwas vor, dachte er, das große *glasnost*-Stück, wie doch alles voll durchschaubar und öffentlich sei, das Eigentliche aber vollzieht sich hinter der Bühne, wo alles nur ein schwarzer Kasten ist. Und daher kamen sicher auch John F. und Wuthenow, zogen kurz einmal an ihm vorüber und verschwanden dann wieder im Dunkel, ganz so wie die hölzernen Figuren einer Weltenuhr in einem Rathaus- oder Kirchturm oben.

In einem alten SPIEGEL las er etwas über CSS, einen berlintypischen Anwalt, Christoph Schmidt-Salzmann, Dr. und 40, der in Kreuzberg Altbauten aufgekauft und, nachdem es zufälligerweise einige Male gebrannt hatte, viele Millionen am Bau hochsubventionierter Sozialwohnungen verdient hatte. Champagnerpartys gefeiert, mit der Überschall-Concorde eben mal nach Caracas geflogen, hochkarätige Kontakte zur Berliner Unterwelt, aber auch zur sonstigen Führungselite der Stadt, sprich: Politikern, Rechtsanwälten, Architekten und Bauunternehmern. Bis dann am 2. Oktober 1985 der Immobilienmakler Günter Schmidt gegen ein Uhr nachts in einer Tiefgarage angeschossen wird und der Polizei eröffnet, daß da sein ehemaliger Geschäftspartner CSS dahinterstecke.

Mannhardt war sich ziemlich sicher, daß auch die Schüsse auf

Corzelius nur aus einer Ecke kommen konnten, die so ähnlich war: Baulöwen und Sanierungsmafiosi, die bei ihren riesigen Gewinnspannen schon einmal hunderttausend Mark und mehr aufwenden konnten, um einen gefahrbringenden Schnüffler abzuschrecken oder auszuschalten.

Die entscheidende Frage war aber einzig und allein, ob sie auch Yemayá entführt hatten, um Corzelius, den sie ja für ihren Vater halten mußten, noch mehr unter Druck zu setzen. Und ob C.C. über ganz bestimmte Berliner Affären nicht doch wesentlich mehr Erkenntnisse hatte, als er ihm gegenüber zugeben wollte?

Er legte den SPIEGEL zur Seite, um sich dem *Tagesspiegel* zu widmen, wußte zwar genau, daß sie vom frühen Redaktionsschluß her noch gar nichts über Corzelius berichten konnten, suchte aber dennoch danach, fand nicht viel Bewegendes:

80 Fahrräder gestohlen und 60 Grabsteine umgestürzt

Termingerechte Fertigstellung des Kammermusiksaals weiter fraglich

Volksschwimmen in Plötzensee im Zeichen der 750-Jahr-Feier

FDP-Landesausschuß für den Tiergarten-Tunnel

Mannhardt feixte klammheimlich: Wieder Hoffnung für die, deren Bestechungsgeldkonten bislang noch leer geblieben waren.

Boxstaffel der USA kommt ohne die Weltmeister...

Er ließ die Zeitung auf den Rücksitz flattern, fragte sich, ob er in Bramme *seinem* «Tagesspiegel» (RERUM COGNOSCERE CAUSAS) übermäßig nachtrauern würde. Nein. Höchstens zwei Tränen waren zu erwarten: eine für die edel-demokratischen Sentenzen des Rubrikenschreibers -thes, eine für die Fernsehkommentare Michael Stones. Gut der Sport, gut die berlinischen Seiten, alles andere schien ihm furchtbar dröge, nicht mundgerecht genug für ihn.

Wie ein seniler alter Knacker begann er, vor sich hinzubrabbeln: «Hier Detektiv zu spielen ist ja auch die letzte Scheiße!» Aus der amerikanischen SVT-Schule (Saufen-Vögeln-Töten) kam er sicher nicht. Pech für ihn, wo doch dieser Typ von Detektiv wieder sehr in Mode war, von den Kritikern, die selber gerne rülpsten und den Bauch vor alles stellten, mächtig hochgejubelt wurde. Von uns Deutschen so geliebt, so C.C. im *s-f-beat*, weil's halt von unserer Sch(m)utzmacht kommt, geheiligt werde ihr Name, und legitim faschistisch ist.

Mannhardt, denk an den § 53 des Bundesbeamtengesetzes: «Der Beamte hat bei politischer Betätigung diejenige Mäßigung und Zurückhaltung zu wahren, die sich aus seiner Stellung gegenüber der Gesamtheit und aus der Rücksicht auf die Pflichten seines Amtes ergeben.»

War Denken schon Betätigung?

Hör auf zu denken!

Mannhardt, ACTION!

Wie denn, wo er hier auf Wuthenow zu warten hatte?

Er sah der S-Bahn hinterher, einem Züglein aus vier Wagen, sandgelb und rubin, das aus dem Lehrter Stadtbahnhof kam und auf einer schön geschwungenen stählernen Brücke fast tastend langsam gen Osten kroch, über die trüben Wasser des Humboldt-Hafens hinweg, eine aufgelassene Straße, die Mauer, hart an der altersbraunen Charité vorbei, und er mußte unwillkürlich schmunzeln, als ihm wieder einfiel, daß die DDR den Westberliner Zug das kurze Stück zum Ostberliner Bahnhof Friedrichstraße nur mit eignem Eisenbahner fahren ließ; ein jedesmal hatten die Führerstandsmänner auf dem ersten beziehungsweise letzten Bahnhof im Westen zu wechseln.

«Hallo! Was machst du denn hier...?»

Mannhardt fuhr herum, bemerkte Horst und Stefanie in ihrem Passat, wußte vorerst keine Antwort, stotterte nur. «Ich...? Ich...»

«Sag bloß, du hast hier 'n Rendezvous mit Wuthenows Genossin Ehefrau?» spottete Horst. «Ja, ja: Eine neue Liebe ist wie ein neues Leben...»

«Nein, nein...» Endlich war ihm etwas eingefallen. «Ich warte hier auf meinen Sohn; der fährt doch Taxe und soll selbige hier abstellen, damit dann sein Kollege... Der kommt hier mit der S-Bahn an... Und ihr?»

«Wir wollen zur Ausstellung hier...» Stefanie zeigte zum alten Hamburger Bahnhof hinüber, zur *Reise nach Berlin*.

Sie sprachen noch ein paar Minuten über dieses und jenes: das Wetter, die *Tour de France* in Berlin, Steffi Grafs 6:0, 6:2 über Pam Shriver und die Unwetter in Österreich.

«Und wir wollen übermorgen dahin in Urlaub fahren!»

«Wohin denn?»

«Nach Kärnten, an den Klopeiner See.»

«Furchtbarer Massenbetrieb!» rief Mannhardt. «Sind wir mal

mit den Kindern dagewesen. Abends auf der Seepromenade schlimmer als Weihnachten auf'm Kudamm. Und das Hotel, in dem wir waren: hektisch, unpersönlich, nur aufs Geldverdienen aus, Schimmelpilze an den Wänden und der Badesteg so, daß man sich pro Tag mindestens zwei Splitter eingerissen hat – sofern man bei der allgemeinen Überfüllung überhaupt noch raufgekommen ist...!»

Mannhardt tat es leid, ihnen die Vorfreude derart verdorben zu haben.

Die beiden verabschiedeten sich schnell, wollten das Glück einer Parklücke drüben am alten Hamburger Bahnhof mit schnellem Hineinstoßen nutzen, und Mannhardt hatte Mühe, diese Begegnung als wirklich geschehen zu werten: Das konnte doch nicht sein, daß andere ganz normal-alltäglich weiterlebten, während sie – Jessica, Wuthenow, Corzelius und er – seit zweieinhalb Tagen auf einer völlig anderen Lebensbühne spielten, ganz andere Menschen waren: völlig überreizt und dadurch ständig von Stimmen und sich jagenden Bildern erfüllt, nicht mehr Herr ihrer Sinne, sondern von kleinsten Impulsen wie Apparate angeknipst...

...die S-Bahn oben, heimkehrend aus dem Hauptstadtteil Berlins. Vier Stationen später war sie am Savignyplatz, rollte die silbern aufblitzenden Gleise entlang, auf die sich Jessica geworfen hätte, wäre nicht sein Schrei gewesen.

Da kam Wuthenow, kurvte sein schwarzer Volvo an den letzten Betonquadern vorbei, passierte die Westberliner Zoll- und Polizeibaracken, ohne daß das einen kümmerte.

Mannhardt duckte sich leicht, tat so, als suchte er in seinem Handschuhfach nach wichtigen Dingen, und wartete, bis der Genosse Kronprinz, wenn dem denn wirklich so war, die erste große Ampelkreuzung passiert hatte, folgte ihm dann in sicherer Entfernung die Invalidenstraße westwärts entlang, war anderthalb Minuten später alles andere als erstaunt, als knapp vor der Untersuchungshaftanstalt Moabit ein grauer Kadett aus einer Parklücke schoß und dem Staatskarossen-Volvo folgte; John F., wer sonst.

Mannhardt kannte ja das Ziel der beiden: Jessicas Haus, und konnte sich somit die Verfolgung ersparen, tat nun endlich das, was er vorgestern («Idiot, ich!») glatt vergessen hatte, sich nämlich John F.s Wagennummer zu merken.

Diese im Kopf, hielt er in der Nähe des Hansa-Theaters, um von einer Zelle aus den Kollegen Koch telefonisch nach dem sehr verehrten Halter des Wagens zu fragen. «... der hat mir eben beim Einparken die halbe Tür eingedrückt...!»

Es dauerte ein Weilchen, dann stellte sich heraus, daß John F. ein Westberliner Bürger war, im Wedding wohnte, in der Türkenstraße, als Beruf Versicherungsvertreter angegeben hatte und mit dem Namen Tietz, Claus-Peter, im Register stand.

Mannhardt dankte heiß und innig und machte sich dann auf zum Wedding.

Er kam die endlos lange Müllerstraße, den «Boulevard des Nordens», von Fenn- und Sellerstraße herauf, dem Schering-Areal, und erreichte das sogenannte «Türkenkriegs-Viertel» gleich hinter der großen BVG-Werkstätte, wo sie U-Bahn-Wagen reparierten (sein beliebtestes Ziel beim «Tag der offenen Tür»).

Türkenkrieg... Das meinte nicht die gewesenen Scharmützel zwischen Berlinern und Türken, sondern sollte an die Türkenkriege Österreichs erinnern, an denen, wie Mannhardt als Fontane-Kenner wußte, auch achttausend Brandenburger teilgenommen hatten; unter ihren Generalen Hans Adam von Schöning, Hans Albrecht von Barfus und einem der vielen von der Marwitz dabeigewesen waren, als die christlichen Truppen am 2.9.1686 die Festung Ofen (später Buda) erobert hatten. Damals, so wußte sich Mannhardt einer der vielen Episoden in Fontanes *Oderland* noch lebhaft zu erinnern, hatte Barfus zwei besonders tapfere Türken mit nach Berlin gebracht, als Geschenk für seinen Kurfürsten, während Schöning seinen mordenden Soldaten zwei türkische Mädchen gerade noch entreißen konnte, von denen die eine, Fatime, von ihm erzogen und zur blendenden Schönheit herangereift, fast dem stürmischen Werben Augusts des Starken nachgegeben hätte, also der Sachsen Königin geworden wäre. Mit einem anderen verheiratet, hatte es ihr Sohn dann immerhin zum Feldmarschall in sächsischen Diensten gebracht.

Mannhardt grinste: Ja, das waren so Karrieren. Aber wenn Türkiyemspor erst einmal Berliner Fußballmeister war und dann Spitzenreiter in der 2. Bundesliga...

Er warf einen schnellen Blick auf die neben ihm ausgebreitete Karte. Da waren sie wieder, die Straßen mit den altbekannten Namen: Schöning, Ofener, Barfus. Und davor die Türkenstraße.

Das Mietshaus, in dem John F. alias Tietz wohnen sollte, war von Mannhardt ohne Mühe einzuordnen: Gründerzeit, viel klassizistischer Stuck, gute Altbausubstanz, Beamte des mittleren Dienstes, Facharbeiter, Busfahrer vielleicht, wenig Türken. An einigen Balkonen war der Putz noch immer von schönsten Weltkriegs-Einschußlöchern aufgelockert. Wer John F. Tietz auch immer löhnte – sehr viel konnte es nicht sein. Oder der Gute sparte erst mal.

Mannhardt mußte den Häuserblock dreimal umrunden, ehe er seinen Leihwagen am Schillerpark abstellen konnte. Wäre dies ein Fernsehfilm gewesen, hätten Kollegenschaft wie Kritiker lauthals gejubelt, machten sie doch ihre Schelte immer daran fest, daß die Herren Fahnder ständig und sofort einen freien Parkplatz fanden.

Er schloß die Augen und hoffte, den Regisseur mit seinen Kommandos zu hören: Du steigst jetzt aus, Hans-Jürgen, schlägst die Wagentür zu, schließt ab und gehst dann ganz langsam auf das Mietshaus zu, so ein bißchen Humphrey Bogart, aber doch auch wieder mit einem etwas bangen Blick nach oben; sitzt da nicht einer und schießt auf dich...? So, alles fertig!? Ruhe, Aufnahme! Die Klappe, vierhundertzehn, die Erste!

Mannhardt gehorchte, verdrängte für Sekunden seine, ihrer aller Wirklichkeit, flüchtete sich in die Vorstellung, daß dies nichts anderes sei als der große Film über Yemayás Entführung, Jessicas größte Rolle, und er dabei, aus Dankbarkeit von ihr geholt.

Aus!

Er war in einen Doggenschiß getreten, einen Hundehaufen von der Größe eines Maulwurfhügels, und wie auf Glatteis über die Straße geschlittert, stank bestialisch, hatte viel zu tun, den ockerbraunen Matsch an der Rinnsteinkante so halbwegs wieder abzustreifen, glaubte dabei, den hymnenhaften *Insulaner*-Song im Ohr zu haben: «Sehn Se: das ist Berlin...

Dann stand er im Hausflur und fand Claus-Peter Tietz auch prompt auf dem Tableau des stillen Portiers, Vorderhaus, 3 Treppen, links, stiefelte nach oben und sah ein schönes Messingschild dicht neben einer kaffeebraunen Tür, deren dickes, reich verziertes Holz wahrhaft elefantenfest wirkte.

Irgendwo pingelte ein Telefon. Eine Katze miaute hinter einer Bodentür. Ein Stockwerk unter ihm hustete jemand, als übte er, um Frührentner zu werden, für eine satte Tbc. Ein Mädchen kicherte in einer Art und Weise wie früher Lilo immer, wenn sie wollte, daß aus seinem Grapschen was Echtes werden sollte. Eine Stereoanlage schickte ihr Negertrommeln-Bumbum durch mehrere Wände und Decken zu ihm hinüber. Es roch nach Bohnerwachs und ausgekippter Milch. Eine Fliege suchte auf seinem Kopf nach ranzigem Talg.

Er verspürte den Impuls, sich hier auf die Treppe zu setzen und so lange zu dösen… bis seine Mutter kam und ihm die Wohnungstür aufschloß. Junge, du hast ja schon wieder deine Schlüssel vergessen!

Er legte sein rechtes Ohr an die Tür und lauschte. Drinnen war offenbar keiner. Sollte er klingeln und warten? Wenn doch einer öffnete, fragen, ob denn der Herr Tietz nicht zugegen sei, er habe eine Hausratsversicherung abschließen wollen…?

Er tat es, obwohl es in der Nachbarwohnung eben irgendwie geklirrt hatte.

Nichts, in der Tat niemand da.

Einbrechen konnte er ja schwerlich. Zum einen hatte er kein passendes Werkzeug dabei, und zum anderen war er viel zu sehr Beamter, als daß er das gewagt hätte. Aber dem Glücke ein wenig nachhelfen, das mochte schon angehen…

Er besann sich auf die Tricks, von denen er in seinem langen Berufsleben schon einmal zumindest gehört hatte. Er konnte sein Taschenmesser nehmen und das Glas des Türspions zertrümmern, dann mit Hilfe einer Gummischlaufe oder eines festen Drahts versuchen, die Klinke innen nach unten zu ziehen beziehungsweise zu drücken. Das hätte aber Lärm gemacht, und außerdem stürmten unten gerade Kinder ins Haus, polterten nach oben, sahen ihn und stutzten.

Er drückte auf den Klingelknopf und bemühte sich, sie gar nicht wahrzunehmen.

«Herr Tietz is nich da!» rief ein knapp zehnjähriges Mädchen. «Der is vorhin mit sein Auto wegjefahrn…»

Mannhardt nutzte die Chance und sagte, daß er in der Wohnung eben noch Stimmen gehört habe und ein Baby schreien.

«Der hat keen Baby!» Die Kinder stürmten weiter.

Er tat so, als ginge er wieder, machte aber, als sie oben von ihrer Mutter eingelassen worden waren, auf dem nächsten Treppenabsatz kehrt, hätte zu gerne gewußt, wer denn seinen Freund John F. bezahlte. Und wenn wirklich die Leute von drüben, was hatten sie mit Yemayás Verschwinden zu tun? Denkbar war ja schon, daß sie Wuthenow mit Hilfe seines ideologisch anrüchigen Babys ganz einfach zwingen wollten, von seiner Gorbatschow-Verehrung zu lassen.

Mannhardt, halt dich raus aus diesem Spiel, das ist für dich 'ne Nummer zu groß!

Er überhörte es, hatte Jessica vor Augen und ihr Elend, beugte sich nach unten, um mit Hilfe seines Kugelschreibers die innere Klappe des Briefschlitzes ein wenig anzuheben; die äußere hielt er mit der freien Hand. Der Hundedreck an seinem Schuh verströmte einen solchen Gestank, daß er sich fast erbrechen mußte.

Als er sich jetzt hinkniete, konnte er den Flur meterweit nach hinten blicken; die Zimmertüren standen alle offen und ließen jede Menge Licht herein.

Viel zu sehen gab es nicht. Schuhschrank und Schirmständer, Spiegel, Flurgarderobe, zwei Latschenpaare und ein Karton mit einer großen Aufschrift: *Pampers*.

Es dauerte lange, bis er begriff, daß dieses *Windeln* hieß; bei den eigenen Kindern lag das schon ewig lange zurück.

Also doch!

Da hörte er eine Männerstimme, böse-aggressiv, eine halbe Körperlänge hinter sich.

«Was machen Sie denn hier...!?»

15.

Wuthenow stand am Fenster und sah auf Jessicas zillehaften Hinterhof hinunter, hielt eine unscharf-schwärzliche Fotokopie in den Händen und dozierte, ohne sie indessen anzusehen, wie vom Katheder herab.

«Dies hier stammt aus einem unserer Standardwerke, ist sozusagen offiziell. Ich zitiere: Fünf Monate vor dem Überfall auf die Sowjetunion ließ der Admiral Canaris die Stäbe ‹Walli I›, ‹Walli II› und ‹Walli III› bilden. Mit Hilfe des ‹Walli III›-Stabes wurden später unzählige Verbrechen gegen die Menschlichkeit organisiert und Tausende sowjetische und polnische Patrioten und Partisanen umgebracht. Mitunter bedeutete ein Federstrich in ‹Walli III› das gnadenlose Hinschlachten einer ganzen Partisanengruppe. Fleißig wurden in ‹Walli III› auch jene namenlosen sowjetischen, polnischen und antifaschistischen deutschen Helden kartiert, die als ‹spionageverdächtig› in die Hände der Wehrmachts-‹Abwehr›-Offiziere geraten, erschossen oder aufgehängt und verscharrt worden waren. Und dazu gehörten nicht wenige von den erfaßten 80 000 ermordeten polnischen Partisanen, von denen 4 500 000 allein in der Ukraine und 1 409 000 in Belorußland gemeuchelten Widerstandskämpfern und Zivilisten. Im Hinblick auf die ‹Agentenfestnahmen› hat sich dabei insbesondere der Hauptmann Norbert Criens hervorgetan, der als brutaler Partisanenjäger Anfang 1944 mit dem Ritterkreuz ausgezeichnet worden ist...»

Jessica sprang aus dem Sessel, riß ihm das Blatt aus der Hand, zerknüllte es und warf es aus dem Fenster.

«Hör doch endlich auf mit diesem Scheiß! Ich hab meinen Vater nie bewußt gesehen; nicht mal zwei Jahre bin ich alt gewesen, als meine Mutter mit mir aus Paraguay weg ist...! Acht Jahre haben wir zwar noch nebenan in Buenos Aires gewohnt, aber ich kann mich nicht erinnern, daß er uns da mal besucht hätte. Was kann ich für diesen Vater; ist das etwa meine Schuld!?» Sie hatte ihren Kopf an seinen Rücken gepreßt, spürte mit Nase und Stirn seine Wirbel unter dem dünnen Stoff seines grauen Jacketts, hieb ihm mit beiden Fäusten auf die Schulterblätter. «Begreif das doch endlich!»

Er drehte sich herum, drückte sie an sich, küßte sie aufs indianerschwarze Haar, Erbe ihrer Mutter, Sproß eines deutschen Siedlers und einer Kreolin, dachte: Gott, ist das alles ‹Dallas› und ‹Denver›, sagte aber, daß die Realität halt so sei. «... und wenn ich persönlich auch zehnmal was gegen jede Sippenhaft habe, man wird mir doch immer vorwerfen, daß ich das nötige Fingerspitzengefühl hätte vermissen lassen, daß es mir am ‹Faktor Fortüne› ganz entscheidend mangele!»

Sie stieß sich von ihm ab, floh wieder in die warme Höhlung ihres Sessels zurück. «Mann, hör doch auf mit deinem akademischen Gelabere!»

«Wie oft soll ich denn noch wiederholen, daß dies das absolute Ende für mich wäre!?» Er warf die Fensterflügel zu, daß der lockere Kitt herabrieselte.

Sie lachte auf, nutzte all ihre Kunst dazu, es ausgesprochen höhnisch klingen zu lassen. «Da soll ich dich immer bewundern wegen deiner Macht, die du über Menschen hast, und jetzt machst du dir vor Angst in die Hosen!»

Wuthenow schaffte es diesmal, die Contenance zu wahren, ging zu ihren, beziehungsweise Corzelius', Büchern hinüber, suchte einen kleinen Augenblick und zupfte dann einen alten rot-schwarzen Band heraus, hatte keine Mühe, die gesuchte Passage zu finden. «Hier, Willibald Alexis, Der Roland von Berlin, Halle/Saale 1840, Seite 302: ‹... und wie mancher hohe Herr, der gerecht ist und gern seinen eigenen Weg ginge, muß gehen wie sein Anhang will, sonst verliert er ihn. Ist es mit aller Macht in der Welt ein schlimm Ding. Die so scheinen vor den Leuten, es müßte der Berg eben werden, worauf sie treten, und die Uhr müßte so viel Stunden schlagen, als sie wollten, gerade die Herren sind oftmalen am wenigsten frei...›»

«Du bist in dem Moment völlig frei, wo du auf eine Karriere drüben verzichtest!» rief Jessica.

«Verzichte du darauf zu essen, zu trinken, zu schlafen...»

«Zu lieben..., das hast du sinnvollerweise vergessen!»

Das traf Wuthenow, verletzte ihn, und so schrie er, um ihr weh zu tun, gegen seinen Willen heraus, was er die ganze Zeit über noch zurückgehalten hatte: «Das hätt'st du mir mit deinem Vater auch eher sagen können!»

Sie nahm eine griechische Amphora, Mitbringsel aus Nauplia, und warf sie nach ihm. «Du bist ja so ein Schwein, Wuthenow!»

Das Tongefäß zerschellte, ohne ihn zu treffen, an der Wand, lockte aber Corzelius herbei, der noch geschlafen hatte.

«Is was...!?»

«Hau ab, wir reden hier!» Sie scheuchte ihn wieder in sein Schlafzimmer zurück.

«Entschuldige...» sagte Wuthenow und machte einen Schritt auf sie zu.

«Bleib mir vom Leibe!»

«Du weißt doch, daß ich süchtig bin nach dir...»

«Aber wenn du das mit meinem Nazi-Vater vorher gewußt hättest, auf Kuba, dann...?» Sie sah ihn an.

Er senkte den Blick, wollte ehrlich sein, fürchtete sich aber vor den beiden Worten, die nun zu sprechen waren.

«... dann nicht...»

Sie sprang wiederum auf und flüchtete sich in eine einstudierte Rolle, die der Natalie aus dem «Prinzen von Homburg»: «O Erde, nimm in deinen Schoß mich auf! Wozu das Licht der Sonne länger schaun?»

«Es sollte nie eine Lüge zwischen uns sein...» Auch er sprach jetzt so, als stünde er auf einer Bühne.

Da lachte sie auf, weinte zugleich, fiel ihm um den Hals, küßte ihn mit wilder Zärtlichkeit.

«Es ist schon alles irre, Wuthenow, aber das gerade ist das Schönste am Leben!»

«Wen spielst du nun...?»

«Mich! Dein Vorwurf trifft mich nicht, denn lange schon hatte ich meinen Vater verdrängt!» Sie kam nun nicht mehr los von ihrer theaterhaften Sprache.

«Komm, sei vernünftig!» mahnte er in väterlichem Tone, wußte um ihre Empfänglichkeit dafür.

«Na schön...» Sie setzte sich aufs Fensterbrett, verfiel in den Ton einer kühl-emanzenhaften Fernsehfrau, konnte einfach nicht sie selber sein, weil sie dann zusammengeklappt wäre, total ausgeflippt, wie es in ihrem Denken hieß. «Jetzt gibt es doch nur eins, was zählt: Unsere Tochter zu retten! Koste es, was es wolle! Oder sind Sie da anderer Meinung, Genosse Wuthenow...?!»

Er zögerte. «Nein...»

«Na also! Und da wir es mit unseren eigenen Mitteln nicht schaffen, sie zu finden, bleibt uns nun nichts weiter übrig, als doch zur Polizei zu gehen.»

«Polizei, da ist doch nichts vertraulich hier! So wie ich die Presse bei euch kenne, steht dann morgen überall drin, daß ich Yemayás Vater bin.»

«Na und!»

Er goß sich einen Klaren ein und stürzte ihn hinunter. «Ich wiederholte zum x-ten Male, daß das mein Ende ist!»

«Bei euch drüben ja, aber nicht bei uns im Westen. Kommst du eben rüber!»

«Du bist wohl...! Meinst du denn, ich verrate da alles!? Die DDR ist ein gewaltiges Experiment, für ganz Deutschland unbedingt nötig. Ich muß da weitermachen, sie brauchen mich!»

Jetzt war er es, der mit seinen Emotionen die Szene beherrschte, während sie sehr leise wurde, kühl und intellektuell.

«Du kannst auch von hier aus sehr viel drüben bewirken, wenn sie dir 'n Lehrstuhl geben, und das werden sie, wenn du publizistisch tätig bist.»

Jessica genoß es fast, jetzt die Überlegene zu sein, ihn einmal wanken zu sehen, ohne aber dabei auch nur einen Augenblick nicht an Yemayá zu denken.

Wuthenow lief auf und ab, machte schließlich vor der alten Standuhr halt, die keine Feder und keine Scheiben mehr hatte, hob den Perpendikel an, so daß er wieder schwang, wartete auf sein langsames Ersterben. «Ich liebe dich, und ich liebe unsere Tochter, ich liebe aber auch meine alte Wendekate in Dolgenbrodt draußen und mein Leben in der DDR, und nicht einmal meine Frau kann ich verlassen, denn der verdanke ich alles, ohne die wäre ich der kleine Kaderaktenführer in meinem VEB geblieben...»

«Wenn du alles willst, wirst du alles verlieren.»

«Laß mir Zeit!»

«Es ist schon der dritte Tag, daß Yemayá weg ist!»

«Ich hab zwei Termine heute; ohne die könnt ich dich doch gar nicht besuchen. In einer halben Stunde muß ich in der Senatskanzlei sein, anschließend geht's zum Arbeitsessen mit diesem Etzel von der UCB. Ich dürft dir das gar nicht sagen, aber...»

«Jetzt gibt es nur noch eins: Yemayá! Verstehst du denn das nicht!?» Wieder war sie aufgesprungen, bereit, ihm an die Kehle zu gehen.

Er wich fast auf den Flur zurück. «Aber was soll ich denn machen!?»

Sie quetschte sich an ihm vorbei, lief den Flur entlang und riß die Tür zum Treppenhaus auf. «Raus hier, deine Taxe hupt unten! Und wenn du abends um sechs nicht wieder hier bist und dich endlich klar entscheidest, dann geh ich alleine zu den Bullen hin und laß Corzelius exklusiv was schreiben!»

Damit stieß sie ihn hinaus, warf die Tür hinter ihm zu, erreichte noch ihr Bett und stürzte dann in ein schwarzes Loch hinab, verlor sich in einem Nichts von Fruchtwasserwärme.

Corzelius fand sie später schluchzend, von immer neuen Weinkrämpfen geschüttelt, und kein Streicheln half dagegen. Laß mich! Hilf- und ratlos stand er da, klein in seinem Elend, und war froh, als das Telefon schrillte und er von ihrem Bett fortlaufen konnte.

Es war Heike Hunholz vom *Brammer Tageblatt*, eine frühere Volontärin von ihm, die eben von Schüssen auf ihn erfahren hatte und nun begierig war, alles als O-Ton zu haben. «Erzähl doch mal!»

Was blieb ihm weiter übrig. «...ja, und dann haben mich zweie mit'm Motorboot gerettet: Gerhard und Gitti, aus'm Wasser gezogen. Die handeln beide mit Büromöbeln, und aus Dankbarkeit hab ich ihnen gleich 'n Schreibtisch abgekauft.»

«Und warum haben die auf dich...?»

«...geschossen, meinst du? Ja, wahrscheinlich, weil sie annehmen, daß ich mehr über diesen Grobi weiß, als wirklich der Fall ist.»

«Habt ihr denn 'ne Spur?»

«Nur daß der eine von *Kurant* gesprochen hat statt von Piepen oder so.»

«Das ist ja nicht viel.»

«Du sagst es!» Corzelius gähnte, war müde und zerschlagen von den Untersuchungen im Krankenhaus und den Gesprächen bei der Polizei, vom Schock und Tatjanas langem Ritt auf seinen Lenden. «Was gibt's denn Neues in Bramme?»

«Dein Ex-Weib schickt sich an, Bürgermeisterin zu werden.»

«Jetzt, wo sie *mich* nicht mehr beherrschen kann, versucht sie's mit der ganzen Stadt, ah so!»

So plätscherte ihr Dialog noch ein Weilchen dahin, und er hatte immer weniger Freude daran, zumal er mit jeder Sekunde mehr an Jessica und Yemayá denken mußte, und was Mannhardt machte, war ihm auch nicht klar. Doch als Heike Hunholz endlich aufgelegt hatte, war er unerwartet traurig darüber, merkte plötzlich, wie er sie eigentlich als Frau, als Partnerin begehrte. Scheißwort, doch es stimmte irgendwie. Kaum war er weg aus Bramme, froh darüber, den Frauen da entkommen zu sein, einmal ohne die berühmten festen Bindungen, welch Glück, da...

Er hatte die Hand noch auf dem aufgelegten Hörer liegenlassen, und als das Telefon nun erneut zu lärmen begann, zuckte er zusammen, als hätte er einen Stormschlag erlitten. Und wieder war es eine Frauenstimme, ebenso sicher-selbstbewußt und dennoch erotisch wie die der Brammer Kollegin.

«...und darum hätten wir Jessica gerne morgens im RIAS.»

Gott, ja, ihr Film kam ja nächsten Dienstag! Corzelius hatte es vergessen. Wenn sie Yemayá bis dahin nicht gesund und unverletzt... Das überlebte sie nicht... Ich muß auf alle Fälle nachher noch mal mit ihr zum Arzt.

«Hören Sie mich noch...!?»

«Ja, natürlich, ja! Ich hab nur eben mal... Aber sie fühlt sich nicht, sie schläft noch, sie ruft nachher zurück, ja?»

«Okay, meine Nummer habt ihr ja.»

Corzelius schwitzte, wollte das Telefon schon, indem er einfach eine 8 wählte und dann den Hörer liegen ließ, für einige Zeit außer Betrieb setzen, ließ es aber wieder: Vielleicht versuchten die Entführer, wenn es denn welche gab, doch noch Kontakt mit ihnen aufzunehmen.

Klaustrophobie erfaßte ihn: Nur raus aus dieser Wohnung hier, wo ihn alles quälte und ihm die Luft abschnürte, Brötchen und Zeitungen kaufen, die Straße entlanggehen. Aber er wußte auch, daß er Jessica nicht alleine lassen durfte. Und wenn sie nun schlief? Er lauschte, nichts, ging leise zu ihr hin. Tatsächlich, ruhig atmend lag sie da, erschöpft von allem. Er konnte es wagen, für fünf Minuten zumindest.

So nahm er schnell die Brötchentasche vom Haken, steckte sich einen Zwanzigmarkschein in die Hosentasche und schlich sich aus der Wohnung.

Doch kaum hatte er die Tür ins Schloß gedrückt, hörte er Schritte auf der Treppe, vertraute Klänge, das Stakkato-Klacken hochhackiger Pumps; dieselben, so schien es, aus denen er wenige Stunden zuvor Sekt getrunken hatte, getragen von Füßen, an Beinen, auf denen er Kuß um Kuß hinaufgeglitten war. Tatjana... Und heute kam ihm alles furchtbar peinlich vor, schmutzig und verworfen, reagierte er wie damals vor zwanzig Jahren in Bramme, als sie ihn beim Onanieren erwischt hatten, genau im Abspritzaugenblick, wo nicht mehr aufzuhören war, schämte sich, mit einer wie Tatjana *so was* gemacht zu haben, floh vor ihr die Treppen hinauf, wartete oben, bis sie geklingelt hatte, vier-, fünfmal, und dann von Jessica hereingelassen worden war.

«Gut drauf biste ja nicht gerade», sagte Tatjana, als sich die beiden alten Freundinnen bei einer schnell aufgebrühten Tasse Tee in der Küche gegenübersaßen.

«Kein Wunder...» Jessica hatte Mühe, nun nicht hinauszuschreien, warum es ihr so dreckig ging, ersehnte diesen Dammbruch und fürchtete ihn, fügte hastig hinzu, daß es an ihrem Fernsehfilm läge, nächsten Dienstag ja, von dem so unendlich viel abhinge.

Tatjana zündete sich eine selbstgedrehte Zigarette an. «Gib doch zu, daß es was anderes ist...»

Jessica starrte sie an, konnte ein gestammeltes «Woher weißt du denn...?» nicht mehr verhindern.

«Mensch, Jessi!» Tatjana sprang auf, umarmte Jessica so spontan und göttlich, wie nur sie es konnte. «Du, ich bin unheimlich betroffen von allem! Das muß dich ja wahnsinnig verletzt haben alles, aber du weißt ja: manchmal überkommt es mich halt, und da ist dann nichts mehr zu machen! Jessi, du Ärmste...!» Sie versetzte ihr, ganz Ufa-Star in diesem Augenblick, einen süßen Schmatz nach dem anderen auf Wangen und Stirn, setzte sich dann wieder, nicht ohne vorher noch nach Art Abbitte leistender Kinder ausgerufen zu haben: «Ich will's auch ganz bestimmt nicht wieder tun!»

Jessica war wie betäubt, brauchte viele Schlucke Tee, um diesen Gefühlsausbruch, diese Szene zu begreifen, schaffte es erst, nachdem sie vorsichtig gefragt hatte, ob sie wohl Carsten meinte, Corzelius, und dies durch Tatjanas schuldbewußtes Nicken auch bestätigt fand. Natürlich, ja: Tatjana mußte ja davon ausgehen, daß Corzelius ihr Geliebter, ihr intimer Partner war, Yemayás Vater. Und mit dem Quasi-Ehemann einer guten Freundin geschlafen zu haben mußte sogar einer in libidinösen Dingen nicht eben pingelig-ehrpusseligen Dame wie Tatjana einen erheblichen moralischen Kater bescheren.

Obwohl ihr eigentlich immer nur zum Heulen war, konnte Jessica ein gewisses Schmunzeln doch nicht unterdrücken, war sich aber auch im klaren, daß sie nun eifersüchtig und verletzt zu wirken hatte, fragte sich, Profi der sie war, ganz automatisch, wie das wohl darzustellen wäre, stünde sie jetzt vor der Kamera, blockierte sich jedoch in allem, saß nur versteinert da, unfähig, mit ihren Widersprüchen und Impulsen fertig zu werden.

«Was ist 'n mit dir...?» fragte Tatjana.

«Ach, nichts!» Jessica sprang auf und warf ihre Teetasse ins Waschbecken, daß es explosionsartig knallte. «Ich kann bald nicht mehr!» Sie trat ans Fenster und sah, wie unten auf dem Hof eine junge Nachbarsfrau volle Windeln in den Müllcontainer warf. «Das ist alles zuviel für mich...»

Tajana wollte ihr Mut machen, etwas sagen, was neue Kräfte in ihr weckte. «Du darfst jetzt nicht schlappmachen, das Kind braucht dich doch!»

«Hör auf!» schrie Jessica.

«Wieso, ist es denn krank...?» Fuhr dann, als nicht sofort die Antwort kam, mit der Frage fort, wo Yemayá denn sei. «...ich hab sie ja noch gar nicht schreien gehört...?»

Jessica brauchte einige Sekunden, um auf eine vernünftige Antwort zu kommen. Hätte sie gesagt, Yemayá läge nebenan im Zimmer und schliefe, wäre Tatjana womöglich hingelaufen, die Kleine zu sehen. Was blieb denn noch? Mit Corzelius spazierengegangen? Nein, der Kinderwagen stand ja unten. Im Christopherus-Krankenhaus? Nein, da wäre sie als Mutter ja dabeigewesen. Tatjana hätte das womöglich gewußt, das mit dem Rooming-in.

Der Druck, etwas Plausibles sagen zu müssen, schnürte ihr nun immer mehr den Atem ab, ließ die Ränder ihres Herzens derart verkrampfen, daß sie den Infarkt schon kommen sah. Und dabei Tatjanas verwirrt-erstaunter Blick.

«...bei meiner Großmutter ist sie!» stieß sie endlich hervor. «In Stuttgart unten, in Fellbach... Bei ihrer Uroma...»

«Ich denke, ihr sprecht nicht mehr miteinander, seit du Yemayá...?»

«Doch, wir haben uns neulich lange ausgesprochen, und jetzt ist alles wieder gut. Sie war vorgestern hier und hat das Baby für 'ne Woche mitgenommen...» Der Kloß war aus dem Hals, die Lungen hatten wieder Luft, sie war euphorisch erleichtert. «Damit Carsten und ich mal wieder Zeit für uns alleine haben. Du hast ja gestern selbst erlebt, wie nötig das ist...» Fast war sie stolz auf diese Wendung, diese Spitze.

Tatjana nickte. «Nimm's als ein Stück Therapie, was er bei mir...» Sie stockte, denn in diesem Augenblick wurde an der Tür geschlossen. «Ah, wenn man vom Teufel spricht...»

Corzelius kam herein und überspielte seine Angst vor Tatjana damit, daß er einen Stapel Post auf den Küchentisch warf.

«Gott zum Gruße allerseits! Die Post! Wieder mal 'n Brief von deiner Großmutter bei; die läßt nicht ab von ihren Wiederversöhnungsversuchen! Soll ich ihn gleich zerreißen, oder willst du ihn vorher noch lesen?»

«Witzbold du!» Sie funkelte ihn an. «Ich hab Tatjana eben erzählt, daß Yemayá bei der Uroma ist.»

«Sie schreibt ja auch, daß es ihr prächtig geht. Man wird ja wirklich noch mal 'n kleinen Scherz machen dürfen!»

16.

Mannhardt stand in Jessicas Küche und briet sich Spiegeleier. Von Brat- und Pellkartoffeln einmal abgesehen, gab es in seiner ganzen Single-Zeit kaum ein Gericht, in dessen Zubereitung er sich derart perfektioniert hätte wie beim Spiegelei, ja, später sollte er diesen Abschnitt seines Lebens als «meine Spiegelei-Phase» bezeichnen.

Während die drei gelben Dotteraugen von ihm in der Pfanne langsam ihre Konsistenz veränderten, philosophierte er über ihr bisheriges Versagen Yemayá betreffend. Zu viele Mögichkeiten, zu viele Varianten waren da im Spiel, und sie waren da im selben Maße überfordert wie sein neuer Schachcomputer, wenn Kasparow ihn getestet hätte. Zu viele Spuren – und kein Team, keine Sonderkommission, jeder einzelnen zu folgen, das war ihr Dilemma. Drei Tage und Nächte hindurch hatten sie es mit all ihren Kräften allein versucht; und waren offenbar gescheitert: mehr *man power* mußte her, die Kollegen waren einzuschalten. Das aber hieß, daß man Wuthenow sehr bald im Visier haben würde, denn es gab Bilder von der Kuba-Reise, auch im Westen hier, auf denen er an Jessis Seite abgelichtet worden war, Arm in Arm. Ob er dann, kam alles heraus, wirklich Selbstmord beging, um sich so allen Folgen zu entziehen? Der Schach von Wuthenow hatte es getan, um dem Spotte seines Standes zu entgehen; konnte der Genosse Wuthenow denn anders handeln?

Im Klartext hieß das wohl, daß sie Wuthenow opfern mußten, um Yemayá zu retten.

Entscheiden mußten sie das alle, alleine konnte er es nicht. Doch die beiden anderen, Jessi und Corzelius, waren schnell zum Arzt gegangen, neue Tranquilizer fassen. Blieb ihm also nichts anderes, als weiter zu warten.

Er drehte das Gas auf die kleinste Flamme herunter und sah sich nochmals jene bunten Zettel an, die sie in der ersten Nacht beschrieben hatten. Was hatte sich da jeweils ergeben?

1. Der *türkisfarbene Zettel:* Martin Schmachtenhagen, Jessicas geschiedener Mann. Trotz bundesweiter Fahndung nach ihm noch immer keine Spur. Wahrscheinlich in einen der vielen Bauskandale verwickelt. Hatte er seine Tochter mit ins Ausland genommen? Keine Antwort möglich.

2. Der *scharlachrote Zettel:* Eine «ganz normale» Entführung,

angeregt dadurch, daß in einigen Programmzeitschriften Jessica mit ihrem Kind abgebildet worden war. Aber warum hatten der oder die Entführer noch nicht angerufen? Keine Antwort möglich.

3. Der *ziegelrote Zettel:* Ein Triebtäter, der Mann, der Jessi angesprochen hatte. Keine neuen Erkenntnisse darüber.

4. Der *karminrote Zettel:* Leute, die unfruchtbaren, aber reichen und kindsüchtigen Müttern für viel Geld Babies beschafften. Keine neuen Erkenntnisse darüber.

5. Der *ockerfarbene Zettel:* Die Staatssicherheit drüben, das MfS, um Wuthenows Ende einzuläuten. Wenn er an sein finsteres Weib und John F., die Türkenstraße, dachte, mußte er dem eine Wahrscheinlichkeit von gut und gerne 45 % einräumen. Er fragte sich auch immer wieder, ob er wirklich glauben sollte, was Wuthenow Jessica auf deren Frage hin erklärt hatte: Ja, seine Frau sei in West-Berlin gewesen, hätte mit einer sowjetischen Diplomatenfrau zusammen verschiedene Einkäufe getätigt, wie öfter wohl schon, aber nichts davon verlauten lassen, daß da ein Baby mitgewesen sei. Aber ausgeschlossen werden könnte dies nicht. Auch in einem schwarzen Volvo, sicher, aber nicht in seinem. Die Nummern zum Verwechseln ähnlich, ja. Daß aber seine eigene Frau Yemayá...? Ausgeschlossen! Doch was war auf dieser Welt schon gänzlich auszuschließen...?

6. Der *zitronengelbe Zettel:* Die Ehrenmänner, die Grobi aus dem Verkehr gezogen und dann auf Corzelius geschossen hatten, um zu verhindern, daß irgendein Super-Saustall ruchbar wurde. Ob sie, um Corzelius, um ihn zu stoppen, auch Yemayá...? 45 % schrieb er auch hier mit dem Bleistift dahinter. Was auch erklärt hätte, warum man sie so lange schmoren ließ.

7. Der *lindgrüne Zettel:* Jessica selber. Sie hatte die Psyche dazu, ihre Tat völlig zu verdrängen, und die darstellerischen Gaben, ihnen die vom Schicksal arg gebeutelte Mutter überzeugend vorzuspielen; vom PR-Effekt, wenn nun doch die Presse Wind von allem kriegte, einmal ganz zu schweigen. Hohe Restwahrscheinlichkeit, knappe zehn Prozent.

Das Resümee war deprimierend: Zweimal eine Wahrscheinlichkeit von 45, einmal von zehn Prozent, so schien es, aber diese Rechnung war natürlich Quatsch, weil sich die Quoten, was die anderen vier Varianten anging, einfach nicht berechnen ließen.

Mannhardt warf die bunten Zettel in den Obstkorb zurück.

«Da hilft nur noch beten!» wiederholte er – oder alle Apparate waren einzuschalten, im doppelten Sinne. Die Staatsmaschinerie war in Bewegung zu setzen, siehe Raster-, siehe Schleppnetzfahndung, aber auch mit Hilfe millionenfach eingeschalteter TV-Geräte nach Yemayá zu suchen.

Vorne im Berliner Zimmer klingelte das Telefon; er stürzte hin. Vor dem Abheben setzte er noch das kleine Tonbandgerät in Gang, das Corzelius nun endlich vom Sender mitgebracht und mittels eines speziellen Adapters angeschlossen hatte.

Es war Koch, sein alter Freund und Spezi.

«Du, gut, daß du mich da angerufen hast, noch mal, vorhin... Der Staatsschutz möchte dich mal sprechen wegen dieser Sache da. Die sind gleich hellhörig geworden. Sag mal, hat der Nachbar dich denn echt bedroht...?»

«Ja, nein. Als ich bei... bei dem Tietz durch'n Briefschlitz geguckt habe, da steht er plötzlich hinter mir, und ich hatte so den Eindruck, so das Gefühl, weißte, daß er gerade zuschlagen wollte... Mit dem Kantholz, das er in der Hand hatte. Kann aber auch Zufall gewesen sein, weil er gerade beim Basteln war...»

«Du sollst jedenfalls mal vorbeikommen, weil sie da gewisse Erkenntnisse vorliegen haben...»

Mannhardt hatte aufgehorcht. «Was 'n für welche...?»

«Ham se mir auch nich auf de Nase gebunden, aber nach allem, was sie so angedeutet haben, kannste getrost einen drauf lassen, daß der Tietz und sein Gegenüber für die ‹Firma› drüben arbeiten.»

«Oh...!» Mannhardts Ausruf bezog sich sowohl auf den Inhalt dieser Mitteilung wie auf den Brandgeruch, der ihn jetzt schwallartig von der Küche her erreichte. «Mensch, mir sind die Eier angebrannt!»

«O Süßer!» flötete Koch. «Daß dich die kleine Plauderei mit mir so heiß gemacht hat...!»

Mannhardt warf den Hörer auf die Gabel und lief zur Küche zurück, kämpfte sich nach Art unerschrockener Feuerwehrmänner durch Rauch und Qualm zum Brandherd vor, riß die Pfanne vom Gas, trug sie zur Spüle, ließ kaltes Wasser auf die verkohlten Eiweißreste laufen und sprang dann hustend zum Fenster, riß es auf und ließ seinen «Scheiße»-Ruf durch den Innenhof schallen.

Die Spiegelei-Phase... War sie damit zu Ende gegangen, war das alles als gutes Omen zu nehmen?

Erneutes Telefongeklingele brachte ihn um das Glück, dies mittels weiterer Reflexionen zu klären.

Band ein, ganz automatisch. «Bei Criens, ja bitte...!?»

Und sofort war auch er voll eingeschaltet, denn Stimmen dieser Art kannte er aus Dutzenden von realen wie Schulungsfällen: Da war ein Deutscher, der alles daransetzte, wie ein Italiener, wie ein Araber zu klingen.

«Wir haben das Kind... Yemayá, so heißt er doch?»

«Sie! Ja...»

«Für fünfzigtausend Mark können ihr haben es zurück, du verstehen?»

«Soviel haben wir nicht.»

«Mutter große Schauspielerin, hat genug, kriegt von Bank!»

Der Mann schien sich auszukennen, und Mannhardt brauchte Sekunden, die nächste Frage in Worte zu fassen, denn von irgendwoher schien er diese Stimme zu kennen. «Ja, sagen Sie...?»

«Ich kenne deine Tricks! Aber wenn du Polizei, dann alles aus!»

«Nein, nein, keine Polizei!» Mannhardt schluckte, hatte Mühe, diesen an sich ja außerordentlich albernen Dialog als das zu nehmen, was er war: ein Stück Realität, bei dem es um das Leben eines kleinen Kindes ging, aber auch um das Schicksal, das Lebensglück, einiger anderer Menschen. «Sagen Sie... Beweise! Wir brauchen natürlich Beweise dafür, daß Yemayá noch lebt und daß Sie sie haben...!»

«Habe ich gefertigt Film von Baby mit hinten Fernseher drauf.»

«Und wie sollen wir wissen, von wann das ist...?»

«Ist Fernsehen on, an, Nachrichten, *Heute*, mittags, 13 Uhr...»

«Ah, ja...» Mannhardt sah auf seine Quarzuhr, die 13:48 zeigte. «Und wie bekommen wir Ihren Film?»

«Ist noch nicht entwickelt, ist Super-8. Kodak/Stuttgart zu weit, zu lange...»

«Wo liegt er denn?»

«Mußt du nachsehen in deine Briefkasten, Ludwigkirchstraße!»

17.

Knappe zwei Stunden später saßen sie in einem kleinen Vorführraum und warteten, bis Corzelius den sehr bemühten Techniker hinauskomplimentiert hatte. «Danke, den Rest schaffen wir schon selber. Es ist sehr vertrauliches Material, und ich hab dem... versprochen, daß außer uns keiner weiter...»

Mannhardt hatte das Gefühl, dem ersten Herzinfarkt nie so nahe gewesen zu sein wie an diesem frühen Nachmittag. Nachdem er die Filmkassette, wie vom Anrufer angekündigt, im Briefkasten unten gefunden hatte, war er im immer noch geliehenen Wagen zur Arztpraxis gerast, doch Corzelius und Jessica waren schon im Behandlungszimmer gewesen und hatten in den umliegenden Straßen gesucht werden müssen. Was hätte er allein mit dem unentwickelten Film anfangen sollen? Zu seinen Kollegen von der Kriminaltechnischen Untersuchungsstelle fahren und es dort versuchen? a) wußte er nicht, ob sie das in der Eile konnten, b) zweifelte er daran, ob sie es durften, und c) war zu vermuten, daß man ihn vorher geradezu Verhören unterzog. Das schied also aus. Das große Kopierwerk in Neukölln fiel ihm noch ein, Geyer oder so, in der Harzer Straße. Aber da fuhr er eine halbe Stunde hin und kannte dort auch niemanden, der sich der Sache angenommen hätte. In den ganz normalen Fotoläden war ganz sicher nichts zu machen, die ließen ja alle nur noch entwickeln, und wie die Fotofreaks finden, die in ihren Dunkelkammern die chemischen Substanzen hatten, die für seinen Film die richtigen waren?

Blieb nur Corzelius mit seinen Kontakten zum Sender.

Endlich fand er ihn mit Jessica auf einer Bank am Olivaer Platz. Gleichsam mit Blaulicht waren sie dann zum Kaiserdamm-Ende gerast, und beim SFB hatte sich in der Tat jemand gefunden, Corzelius den kleinen Gefallen zu tun und ihren Film in aller Eile vorführfertig zu machen.

Es war ein fensterloser Raum, in dem sie nun saßen, klein und vollgestellt wie eine Besenkammer. Vorn die Leinwand, die ätzend chemisch roch, hinten, auf einem wackligen Gestell, der Projektor, der wegen seines ungeölten Ventilators derart vibrierend dröhnte, daß es sie unwillkürlich an eine Turbopropmaschine denken ließ. In der Mitte drei ausrangierte Stühle beziehungsweise Teile einer alten Sendesaalbestuhlung. Links außen hatte Mannhardt Platz genommen, neben ihm hatte sich Jessica hingekauert, und auf den freien Sitz am rechten Rand ließ sich nun, nachdem er den Projektor auf Filmvorlauf geschaltet hatte, Corzelius fallen.

Weiße Blitze, schwarze Zacken, vorbeigerissene Perforierungen, dann schmutziggelbe Flatschen und endlich das Bild.

In der linken Ecke auf einem Stummen Diener ein angejahrter Fernsehapparat, die Mitte und der rechte Rand vollkommen ausgefüllt von einem goldbraunen Vorhang und davor ein runder Tisch mit einem Baby darauf, das aber sein Gesichtchen noch von der Kamera weggedreht hatte.

Beginn der 13-Uhr-Nachrichten im ZDF-Programm, die zweite *Heute*-Sendung. Und obwohl sie den Originalton nicht mithören konnten, sagten ihnen die eingeblendete Schrift und die stehenden wie laufenden Bilder sehr deutlich, daß es aktuelle Themen waren.

...Lyon, Prozeß gegen Barbie, den früheren Gestapochef – Erhoffter Rückgang der Arbeitslosenzahl ausgeblieben – Die Hanauer Uranfabrik sollte wegen erheblicher Sicherheitsmängel stillgelegt werden – Ausschreitungen bei Straßenfest in Hamburg...

«Das ist wirklich von heute!» rief denn auch Corzelius.

Die Kamera wurde aufgezogen, und zugleich mit der Fernsehsprecherin erschien nun auch das Baby vor ihnen auf dem schreibtischgroßen Leinwandstück. Es reckte sich und strampelte, krähte offenbar, wurde dann von einer Hand, die mit einer Windel fest umwickelt war (vermummt, wie Mannhardt dachte), so zur Seite gedreht, daß man nun, als die Kamera wieder zur Großaufnahme überging, ganz deutlich sein Gesichtchen sehen konnte.

«Das ist sie!»

Jessica sprang zur Leinwand hin und streckte ihre Arme vor, stieß ihre Hände fast hinein in das perlig-rauhe Tuch, um das Kind herauszureißen und wieder an sich zu pressen, doch da sie mit dem Rücken in den Lichtstrahl geriet, war es schon verschwunden, ehe sie recht zupacken konnte.

«Setz dich doch!» Corzelius zog sie auf den Stuhl zurück, und auch Mannhardt war zu sehr auf die Frage fixiert, wo das alles aufgenommen worden sein könnte, als daß er jetzt ihre Gefühle voll und ganz nachvollzogen hätte.

Schnitt. Und in den Sekunden oder Minuten nach der ersten Einstellung mußten sie die Kleine aufgerichtet haben, denn nun saß sie frontal zur Kamera und sabberte ganz hingegeben am Griff ihrer

Rassel. Unverwechselbar Yemayá mit ihren dunklen kreolischen Augen und dem schmal-ovalen, fast eulenhaften Köpfchen aus den Genen ihrer Großmutter mütterlicherseits, gleichzeitig aber inmitten dieses Rahmens breit-wendische Backenknochen und ein Stups-, ein Himmelfahrtsnäschen, wie es typisch für die Wuthenows war.

Hinten vor dem goldbraunen Vorhang erschien nun, als die Kamera sich etwas weiter öffnete, ein aktendeckelgroßes Stück Papier, schnell abgefetzte Küchenrolle wohl, mit Buchstaben, die aus der *BZ* ausgeschnitten schienen:

ICH MICH MELDEN ABENTS WIDER

Ende, nur noch leeres Schwarz.

Corzelius stand auf, den Projektor abzuschalten, und Jessica fiel mit ihrem Kopf auf Mannhardts Schulter, schluchzte auf.

«Sie lebt doch», sagte Mannhardt und fuhr ihr mit der Hand, sie tröstend und wärmend, den Rücken entlang. «Und alles wird ja wieder gut...»

Corzelius sagte, daß sie sich jetzt alle zusammenreißen und schnell handeln müssen.

«Was gibt's denn jetzt zu handeln?» fragte Mannhardt. «Was bleibt uns denn weiter übrig, als das Geld zu beschaffen und dann zu Hause zu warten, bis der Mann sich abends wieder bei uns meldet!?»

Das hatte barsch und aggressiv geklungen, und auch Corzelius, mit ebenso verbrauchen Kräften und auch am Ende mit den Nerven, schnauzte nur noch: «Wer ist denn hier der große Kripo-Mann: Du doch! Da laß dir gefälligst mal was einfallen! Warten, warten, das ist doch schwachsinnig, das kann doch jeder! Selber das Gesetz des Handelns bestimmen, das Tempo! Mit den weißen Steinen die Partie bestimmen, wie beim Schach, das müssen wir!»

«Das ist 'ne Wohnung, wie sie Hunderttausende haben, wo soll ich 'n da herwissen, wo's is!?» schrie Mannhardt ihn an.

Jessica hatte sich wieder ein wenig gefangen, löste sich von Mannhardt und drehte sich nach hinten um. «Ich will den Film noch einmal sehen, bitte, zweimal, dreimal, viermal!» Sie verlangte es nicht, weil sie auf irgendwelche Hinweise hoffte, sondern nur, um ihre Tochter wieder und wieder vor Augen zu haben.

Corzelius spulte alles zurück und schaffte es auch ohne fremde Hilfe, den Film ein zweites Mal durchlaufen zu lassen.

«Mach mal Zeitlupe!» sagte Mannhardt.

«Okay!»

«Und achten wir mal nicht so sehr auf das Kind, sondern auf alles drumherum...»

Sie taten es, und kurz vor Ende des Films war es Mannhardt, der plötzlich schrie: «Da, anhalten!»

«Ich seh nichts!» brummte Corzelius.

«Ich auch nicht...» sagte Jessica.

«Laß mal 'n paar Zentimeter zurücklaufen...» Mannhardt wartete, bis das geschehen war. «Da, siehste...! Das Fenster muß 'n bißchen auf gewesen sein, und 'n Windstoß draußen hat dann... Siehste, wie sich der Vorhang da bauscht und wie er in 'er Mitte aufgeht...?»

«Ja... und...?» Jessica hatte es zwar auch entdeckt, wußte aber nicht, warum das so wichtig sein sollte.

Auch Corzelius fand nicht, daß der Spalt im Vorhang für sie sehr hilfreich war. «...war's eben windig. Aber wo war's das nicht in Berlin...?»

Mannhardt genoß es ein wenig, auch mal der Überlegene zu sein. «Das ist es nicht. Aber wenn ihr ganz genau hinseht: Da huscht doch draußen vor dem Fenster was Gelbes vorbei...»

«Stimmt...!» mußte Corzelius zugeben. «...'n Auto...»

«Quatsch! Doch keins von fast hundert Metern Länge!»

«Wieso?» Jessica, in ihrem Schmerz und ihrem Fieber von einer Schönheit, die ihn an Sophia Loren in «Hausboot» denken ließ, sah ihn so an, voller Erwartung, voller Hoffnung auf Erlösung, daß er sich unwillkürlich als Guru fühlen mußte.

«Weil das 'ne Hochbahn ist!» verkündete er. «...'n Hochbahnzug, der da fährt!»

«Unsinn!» rief Corzelius. «Das ist reines Wunschdenken bei dir!»

«Schneid das Stückchen raus aus'm Film und laß es dir vergrößern, so weit wie möglich!»

«Meinetwegen: Spiel'n wir 'n bißchen ‹Blow up›!»

Während er verschwand, um das von seinen Freunden in der Technik besorgen zu lassen, fragte Jessica, ob ihnen Mannhardts Entdeckung, wenn das mit der Hochbahn stimmen sollte, wirklich was brachte.

«Solche Strecken gibt's nur dreimal in Berlin: einmal im Osten, Schönhauser Allee, und zweimal im Westen. Da ist das Stückchen auf der Linie 1 zwischen Ruhleben und Olympiastadion, vor allem aber die Strecke zwischen, sagen wir, Möckernbrücke und Schlesischem Tor.»

«Das ist doch aussichtslos!»

«Ja, aber wenn wir Ost-Berlin mal ausschließen und auch das Stück in Ruhleben mal draußen vor lassen, dann... Gott, ja, das ist immer noch 'n ewiges Ende, aber wenn wir da alle oben mit der Hochbahn langfahren und in die Fenster reinsehen, dann... Besser als dasitzen und warten!»

Jessica nickte, obwohl sie sich wenig davon versprach. «Soll ich nicht aber trotzdem sehen, daß ich das Geld irgendwie zusammenkriege?»

«Ja, auf alle Fälle, ruf an, heb alles ab, was du hast, laß dir schnell 'n Kredit geben. Fünfzigtausend ist ja vergleichsweise wenig. Mach, beeil dich, such dir draußen auf'm Theodor-Heuss-Platz 'ne Telefonzelle und... Sag, daß du das Geld bis Geschäftsschluß haben mußt, bis achtzehn Uhr am besten. Ach, ich komm mit! Leg Carsten 'n Zettel hin, daß wir gleich wieder da sind. Das wird ja auch noch dauern bei ihm, mit der Vergrößerung!» Mannhardt sprach immer schneller und schneller, war ganz kurz davor, völlig durchzudrehen. «Und an Wuthenow mußte auch noch denken, wenn der zurückkommt. Ruf die Kudernatsch an, daß die aufpaßt. Die hat doch deine Wohnungsschlüssel, das zweite Paar, nich, daß die ihn dann reinläßt, wenn er da ist. Ich weiß ja nicht, wie lange wir brauchen, im Zug oben. Also, Tempo jetzt!»

Sie hinterließen die besagte kurze Nachricht für Corzelius, dann jagten sie los, fanden erst im nahen Busbahnhof eine freie Zelle, und es brauchte geraume Zeit, ehe Jessica in der Bank zum richtigen Menschen durchgestellt wurde.

In einem Maße konzentriert, das Mannhardt größte Bewunderung abnötigte, erledigte sie nun alles.

«...ja, ich will da in ein Filmprojekt einsteigen, bei dem es sofort auf Bargeld ankommt. Genaueres darf ich Ihnen heute noch nicht sagen, nur daß ich eben bis achtzehn Uhr fünfzigtausend Mark haben muß. Ja, kratzen Sie von meinen Konten alles zusammen, was sich da in den letzten Jahren angesammelt hat, und wenn's nicht reichen sollte, lassen Sie mir 'n Kreditantrag fertig machen.»

Auch Frau Kudernatsch war ein Problem, vor allem, weil sie andauernd nach dem Baby fragte, ob es denn im Krankenhaus sei und wie es ihm denn ginge.

«Nein, bei meiner Großmutter ist es, und wir holen es heute abend oder spätestens morgen früh wieder ab. Und wenn mein Onkel aus der DDR kommt, der Professor Wuthenow, dann lassen Sie ihn bitte rein. Wir kämen gleich zurück, und er möchte auf uns warten. Danke, ja!»

Sie hängte ein und stöhnte. «Gott, sind die alle tranig heute!»

«Sind sie nicht, das kommt uns nur so vor, weil wir uns alle überschlagen. Zeit und Tempo, das ist doch alles relativ.»

«Mannhardt philosophus est, o nein, komm zum Sender zurück!»

Dort brauchten sie nur noch ein paar Minuten zu warten, dann war Corzelius mit einer Vergrößerung zurück, die fast schon Plakatformat hatte, und trotz der nun außerordentlich groben Körnung konnte man hinreichend sicher erkennen, daß und wie sehr Mannhardt recht gehabt hatte: Im Spalt zwischen der linken und der rechten Vorhanghälfte, kaum einen Zentimeter breit, war vor grauem und erdbraun ungewissem Hintergrund ein Streifen anderer Farbe auszumachen, irgendwo in der Mitte zwischen Orangerot und Eidottergelb, wie aus der Dose hingesprüht, aber doch mit scharfen Rändern oben wie unten, schien auf den ersten Blick nur Teil eines Blumenbretts zu sein, erwies sich aber doch, sah man genauer hin, wegen einer gerade eben noch erratbaren Fensterecke als U-Bahn-Wagen. Und was sie zuerst für ein Gitter angesehen hatten, angebracht, um das Herabfallen von Geranientöpfen zu verhindern, das gehörte zweifellos zum Stahlskelett der aufgeständerten Bahn beziehungsweise war an dieses festgeschraubt. Weit hinten ließen sich Mietskasernen erahnen, alte Gründerzeitfassaden, doch es konnte auch smogschmutziger Berliner Himmel sein; die Tiefenschärfe war nicht eben berauschend.

Und doch war da noch etwas, das Mannhardt aufmerken ließ.

«Was is'n das für'n grüner Fleck da...?»

«Wo 'n?»

«Da – direkt überm Zug.»

«Das wird 'n Fehler im Film sein», vermutete Corzelius. «Oder auf'm Papier hier...»

«Ich halt das eher für 'ne Reklame auf der andern Seite von 'er Hochbahn», sagte Jessica.

«Da sollten wir auf alle Fälle drauf achten.» Mannhardt wendete die Vergrößerung immer wieder hin und her. «Fest steht jedenfalls, daß sie deine Tochter in einem Raum gefilmt haben, der direkt an der U-Bahn-Linie 1 gelegen ist... Fast auf gleicher Höhe mit dem Bahnkörper, im ersten Stockwerk wahrscheinlich oder aber Hochparterre.»

«Da werden Hunderte von Wohnungen liegen!» fiel Corzelius ein. «Wie willsten da 'ne Chance haben!?»

«Trotzdem müssen wir's probieren: agieren statt reagieren!»

18.

Mannhardt sprang am Schlesischen Tor aus der Taxe, die ihn im Eiltempo hergebracht hatte, und lief in den Bahnhof hinein, der ihn mit seinen vielen Backsteinmauern, Erkern und Türmchen, zumal in einer Kurve gelegen, seit Kindheitstagen immer wie eine kleine Festung erschien, Burg Hohenkreuzberg, deutsche Renaissance für eine schnelle Stadt, die ihre schnellen Verbindungen brauchte, 1902 erbaut, kam in einen Rittersaal mit Fahrscheinautomaten, hastete in einer Horde jeansblauer Jugendlicher nach oben, fand bei vielen seinen eigenen Haarschnitt von 1951 wieder, scheußlich: die Hitlerschen Pimpfköpfe auferstanden zu sehen, dachte an die erste und die letzte Klassenfahrt, wie sie die Wehrgänge von Rothenburg hinaufgestürmt waren, hörte das herrisch-böse «Zu-rück-bleiben!» des Bahnsteigbefehlshabers oben, sah die orangegelbe Wagenschlange westwärts gleiten und mußte wieder aufs Straßenniveau hinunter, furchtbar knurrend, denn der nächste Zug, gerade eingelaufen, fuhr vom andern Seitenbahnsteig ab. Früher war es weitergegangen, über Spree und Oberbaumbrücke hinweg, zu den Stationen Osthafen und Warschauer Brücke, nach der Mauer aber hatte hier die Linie 1, der lange grüne Strich, den Äquator Berlins markierend, End- und Wendepunkt. Ruhleben hieß der andere, und da ihr Ausgangspunkt, der SFB am Theodor-Heuss-Platz, genau an dieser Strecke lag, hatten sie beschlossen, sich zu trennen und mit ihrer Suchaktion sowohl am Schlesischen Tor wie auch am Gleisdreieck zu beginnen.

Mannhardt ließ sich auf die dunkelgrünen Plastikpolster des bereitgestellten nächsten Zuges fallen und rechnete. Wie lange würden Corzelius und Jessica vom Theodor-Heuss-Platz bis zu ihrem

Ausgangspunkt gebraucht haben? Kaiserdamm, Sophie-Charlotte-Platz, Bismarckstraße, Deutsche Oper, Ernst-Reuter-Platz und Zoo – es war sein ganzer Stolz, alle Bahnhöfe der Berliner U- und S-Bahn-Linien fehlerfrei in der richtigen Folge hersagen zu können... Also: Zoo, Wittenberg- und Nollendorfplatz, Kurfürstenstraße und dann Gleisdreieck, ja. Rechnete man etwa 1 ½ Minuten pro Station, so war das kaum mehr als eine Viertelstunde; zwanzig Minuten, wenn man den Weg auf den Bahnsteig hinunter, das Lösen der Billetts und das Warten auf den Zug noch hinzurechnete.

Ärgerlich das Ganze, daß er sich nicht mehr gewehrt hatte, als er von Corzelius an der Pforte des Senders in die viel zur vorzeitig alarmierte Taxe hineingestoßen war. «Fahr du mal mit der Taxe zum Schlesischen Tor und komm uns von da entgegen!» Hatte er sich doch von diesem ahnungslosen Provinztrottel ins Bockshorn jagen lassen, diesem Autofetischisten! Wäre er mit der U-Bahn hergekommen, hätte er es in dreißig Minuten für 2,30 DM geschafft; die Taxe, aufgehalten von roten Ampeln, Baustellen und Demo-geschockten Polizeifahrzeugen, hatte einunddreißig Minuten gebraucht, dafür aber an die dreiundzwanzig Mark gekostet. So was wurmte ihn.

Ruhig, entspann dich doch mal. *Ich bin ruhig, fest und frei. Mein Herz schlägt ruhig, kräftig und gleichmäßig. Ich bin ganz ruhig, die Ruhe wird immer tiefer*... Autogenes Training, Mitbringsel aus der Klinik in Bad Brammermoor.

Von einem geheimen Mechanismus ausgelöst, stiegen Kindheitsbilder in ihm auf. Mit der Hochbahn zu Oma und Opa. Vorn beim Zugbegleiter stehen und auf die Strecke raussehen. Mit Mühe an dessen breitem Körper vorbei. Welch Glück, wenn der dann schon vor Einfahrt in den nächsten Bahnhof zur Tür hinging und das ganze Fenster freigab. Die gruselig-dunkle Röhre des Tunnels. Die silbern aufblitzenden Gleise. Die todbringende Stromschiene daneben. Dann wie ein einsamer Stern am nachtdunklen Himmel, aber mit jedem Atemzug gewaltig wachsend, die Lichter der nächsten Station. Und nur der eine Wunsch: selber einmal solch ein Zugbegleiter werden. Wie der dann auf den Bahnsteig trat, das Ein- und Aussteigen überwachte, sich als letzter in den Türrahmen schwang und rechts über sich ein kleines Knöpfchen drückte, das in der Fahrerkabine nebenan für einen hellen Summton sorgte. Fuhr der Zug nun an, stand das Objekt seiner vollen kindlichen Bewunderung mutig-männlich bis weit in den Tunnel hinein in seiner schmalen

Schiebetür, um bei drohendem Unheil sofort zur Notbremse zu greifen. Was allerdings, obwohl von ihm ein jedesmal sehnsüchtigst herbeigewünscht, niemals vorgekommen war.

Das größte U-Bahn-Glück aber war es, im letzten Wagen des Zuges auf dem kleinen weinrot bezogenen Klappsitz des Zugbegleiters sitzen zu dürfen und über kleine Ewigkeiten hinweg durch eine Kaleidoskopröhre gezogen zu werden. Hatte er später als Mann Weltraumfilme gesehen, Stanley Kubriks 2001-Odyssee als Beispiel, war er wenig fasziniert gewesen; das alles hatte er live und ganz direkt in der Berliner U-Bahn schon lange erlebt.

Mit der Hochbahn war das immer ein wenig anders gewesen, da hatte die Angst davor, in die Tiefe zu stürzen und unten auf dem Straßenpflaster grausam zu zerschellen, die angenehmen Gefühle weitgehend verjagt. Da war es besser gewesen, sich mit dem Teddy im Arm an die Mutter zu drücken und die Augen zu schließen.

Der Zug fuhr an, war von modernster Bauart und holperte dennoch schlimmer, vergleichsweise, als der «Adler» von 1835 aufs rechte Richtungsgleis hinüber, katapultierte Mannhardt in die Gegenwart zurück, zur Tür, von der aus stehend die Häuser an der Strecke am besten abzuchecken waren.

Auf seiner Seite gab es auf dem ersten halben Kilometer nichts, was des Aufmerkens oder gar -schreckens wert gewesen wäre, fast schläfrig starrte er hinaus, und wenn's ein Fernsehfilm gewesen wäre, hätte er, Weltmeister im *flipping*, längst auf einen anderen Kanal hinübergedrückt, dachte lediglich an seinen Onkel Otto, der hier im Klinkersteinmuseum des SO-36-Hauptpostamtes als Technischer Fernmeldehauptsekretär unter Zuhilfenahme seiner sogenannten Störungssucher die Reparatur kaputter Telefone mit Eifer, aber stets auch mit Frust betrieben hatte; schien ein superbürokratischer Haufen gewesen zu sein.

Einen armen Teufel namens Andy hatten sie am Schlesischen Tor auch mal gejagt; er in seiner Wahnsinnzeit im Reinkarnations-Zentrum Berlin, als er von Friedrich dem Großen, vermittelt über seinen Ahnen, den Kammerherrn Joachim Ernst v. Mannhardt, gerettet worden war – was heißt gerettet –, zwar den Mordfall klären konnte, aber auch seinen Vorgesetzten fast erschlagen hatte. Mit der Endstation Psychiatrie.

Mann, paß auf!

Die Emmaus-Kirche stand im Cañon des Lausitzer Platzes wie ein

Felsmassiv aus härtestem Granit, der allen Wassern standgehalten hatte, und während sie vorüberrollten, hörte er eine feine Stimme in sich flüstern: ... *laß mich die Wohnung mit Yemayá finden*!

Gegen seinen Willen war das geschehen, und er kämpfte auch dagegen an, konnte aber nichts mehr daran ändern, höchstens froh darüber sein, nicht auch noch das *Lieber Gott* oder *Herr* mitgedacht zu haben. Nicht er hatte hier gebetet, sondern: es hatte in ihm gebetet.

Vorerst aber half es nicht; wie denn auch, dachte er.

Sie liefen in die Station Görlitzer Bahnhof ein, die noch immer so hieß, obwohl ihr Namensgeber im Berliner Modernisierungs- und Verdrängungswahn der sechziger Jahre längst geschleift worden war. Seine Tante Emma war hier angekommen, aus Landsberg/Warthe wohl, kurz nach der Jahrhundertwende, um bei einer Arztfamilie, siehe «Nesthäkchen», Dienstmädchen zu werden, das heißt, *in Stellung* zu gehen. Eine alte Wendung, die ihn schon als pubertierenden Jüngling stets ein wenig erregt hatte, denn wußte er doch aus Alt-Berliner Romanen wie den «Koblanks» etwa, daß jeder Hausherr, der ein wenig auf sich hielt, mit seinem Dienstmädchen schlief (oder dieses wenigstens in treuer Rollenerfüllung versucht haben mußte); und in welcher Stellung wohl, der Missionars- wahrscheinlich.

Mannhardt, konzentrier dich!

Wenn ich das Wort Konzentration schon höre...! Ich kann das nicht hören! Sein Kommunistenonkel hatte lange dort gesessen.

Reiß dich zusammen, sonst bist du wieder in Bad Brammermoor! Bei *den* Verrückten da war's wenigstens sichtbar geworden.

Der Bahnhof selber hatte ihn als Kind immer zweifeln lassen, ob das nicht doch eher eine Markt- oder Fabrikhalle sein sollte; heute sah er mehr nach Eislauf- oder Tennishalle aus, hatte aber schöne Arkaden an den Seiten, ins Blech gestanzte Bögen wie bei einer Spielzeugbahn. Die beiden Gleise lagen in der Mitte dicht an dicht, und die Richtungsbahnsteige hingen außen an der Konstruktion, waren so schmal, daß er als kleiner Pöks immer voller hosenvoller Angst gewesen war, vom herandröhnenden Zug mitgerissen und wie eine Blutwurst in Scheiben zerstückelt zu werden, litt noch heute nächtens unter dieser Angst, war froh, hier nicht aussteigen zu müssen.

Scheiße, daß er kein Ein-Tages-Mensch war, sondern seine, er überschlug es schnell, bislang gelebten fast zwanzigtausend Tage immer mit sich herumschleppen mußte.

Als sie über die fast platzbreite Kreuzung der Skalitzer, der Wiener, der Manteuffel- und der Oranienstraße hinwegglitten, sah er, als er den Kopf zur andern Seite drehte, unten links einen ausgebrannten Supermarkt liegen («Bolle bietet Bestes!»), von Kreuzberger Krawallos in der ersten Maiennacht in Brand gesteckt, Feuer und Flamme für Berlin, um dem Senat glaubhaft mitzuteilen, daß von den vielen, vielen Millionen der B 750-Jubelfeier ein paar Märker doch bitteschön auch für sie abzuzweigen wären.

Wie wahrscheinlich war es, daß der Yemayá-Entführer aus einer solchen Gruppe kam? Nicht sehr, fand er, diese Typen interessierten sich kaum für Filme, wie Jessi sie drehte, waren auch zu wenig geübt im Umgang mit Babys, mochten auch ideologisch-moralische Hemmungen haben, eine solche fiese Tat zu begehen.

Bis zum Kottbusser (neuerdings wegen seiner Verwahrlosung auch: Kotzbusser) Tor fuhr er nun vorwiegend an Uraltbauten vorüber, und obwohl er seine Sinne wie ein Wünschelrutengänger schärfte, gab es nirgendwo ein feines Prickeln, den elektrisierenden Impuls: Steig aus, da ist es! Wie denn auch? Von Psi-Phänomenen hielt er wenig bis nichts. Nur das eine schälte sich in seiner Vorstellung immer stärker heraus: daß Yemayá in einer Neubauwohnung gefilmt worden war. Aber diese Erkenntnis entsprang auch weniger hellseherischen Gaben und einer besonderen Intuition als vielmehr der Rückerinnerung an den abgespielten Film, an die Perspektiven wie die Höhe des Raumes, bestenfalls zweisechzig. Und Neubauten kamen, wie er wußte, massiert erst zwischen Kottbusser und Halleschem Tor; da hieß es also warten.

Kottbusser Tor war keine der schon vor fast neunzig Jahren erbauten Stationen, noch mit Stahl und Eisen, die geschmiedet und geformt worden waren wie fünftausend Jahre lang der Stein, sondern ein kantig-gradliniger Neubau vom Ende der zwanziger Jahre, funktionalistisch und streng, und vom breiten Mittelbahnsteig konnte man über lange, sprungschanzensteile Treppen von der Hochbahn zu einer echten Untergrund-Linie hinuntergelangen, dem dunkelblauen stadtdurchkreuzenden Strich, der 8, zwischen den Endzielen Neukölln und Reinickendorf wählen, wobei man, was ihn als Jungen immer überaus fasziniert hatte, beim Abstieg ein Stückchen auf der Straße gehen mußte, auf deren Niveau von Gittern eingezwängt wie in einem Käfig steckte, damals noch von vorbeipolternden Straßenbahnen geschreckt.

An der Rolltreppe standen schon, absolut verabredungsgemäß,

die beiden anderen und hatten, als er ausgestiegen und zu ihnen hingegangen war, ebensowenig Positives zu melden wie er.

«Das hat doch alles keinen Sinn!» sagte Corzelius mit aggressivem Unterton. «Die werden doch kaum so dußlig sein und sich mit dem Baby im Arm direkt am offnen Fenster sehen lassen!»

«Eben!» rief auch Jessica. «Es ist besser, wir fahren nach Hause, holen das Geld von der Bank und warten dann auf'n nächsten Anruf von ihnen.»

«Ich fahr lieber noch mal rum hier!» beharrte Mannhardt aber.

«Bitte! Wir nehmen uns jedenfalls 'ne Taxe – und dann ab hier!» Corzelius faßte Jessicas Arm und dirigierte sie zum Ausgang hin. «Kommst du eben nach.»

«Ja, sicher!»

Mannhardt war ein wenig eingeschnappt darüber, daß sie sich nun seinem Kommando entzogen, beschloß aber, alles protestlos hinzunehmen, denn vielleicht war es mit seiner Kompetenz und seiner Fortüne doch nicht ganz so weit her, wie er geglaubt hatte.

Die beiden winkten nicht einmal, als sie nun die Treppe hinunterstiegen.

Er brauchte keine drei Minuten zu warten, da kam der nächste Zug in Richtung Innenstadt, und er stieg wieder ein.

Es gelang ihm, auch in diesem Wagen den immer begehrten Platz an der Tür einzunehmen, in Fahrtrichtung sogar, und als sich der Zug in Bewegung setzte, war er hellwach, nun gerade!

Doch bis zur Prinzenstraße wieder nichts als Fehlanzeige: keine Windel, kein Baby, kein Vorhang von halbwegs goldbrauner Farbe, nichts, was im ersten Stock, vielleicht auch noch im zweiten, zugezogen war und irgendwie Verdacht erregte.

Prinzenstraße wurde erneut auf seiner Seite ausgestiegen, also in Fahrtrichtung rechts, und er erinnerte sich an seine Tante Leska, Valeska eigentlich, die hier gewohnt und die er immer nur ungern aufgesucht hatte, weil sie, kinderlos geblieben und nie über diesen Tatbestand hinweggekommen, in ihrem Schmerz auf die Idee gekommen war, sich ihre letzte Fehlgeburt, einen weißwurstgroßen Fötus, in einem Glas voll Spiritus oben auf ihr Vertiko zu stellen; war Krankenschwester gewesen und hatte dies wohl arrangieren können. Bei dieser Hochbahnstation führten überdachte Fußgängerbrücken von den Seitenbahnsteigen auf die Bürgersteige hinüber und hinunter, und schon beim Entlangschreiten dieser Stege hatten ihm die Knie gezittert, war ihm doch von seinem Vater eingeredet worden, dieser Fötus, Siegfried mit Namen, würde eines Tages aus dem Spiritus herausgeklettert kommen und mit ihm spielen wollen: als der kleine Däumling, den kenne er doch.

«Zurückbleiben!»

Auf dem Wege zum Halleschen Tor war wenig zu erwarten, zog an seiner Seite die ewig lange Patentamtsfassade vorüber, kam ihm vor wie die Kaiserpfalz zu Goslar, nur ein wenig flacher, folgte dann die Lücke an der Lindenstraße, schneller Blick auf das alte Amtsgericht, jetzt Berlin-Museum, preußisch prächtig-prächtig, bis sich die hohen Neubauringe des Mehring- oder, wie er ihn von früher her kannte, Belle-Alliance-Platzes ein wenig schmerzend in sein Blickfeld schoben.

Ah, Achtung...!

Nein, viel zu weit vom Gleiskörper entfernt, um interessant zu werden. Von Yemayás Versteck aus gefilmt, hätte ein Zug wie seiner auf der Leinwand viel kleiner wirken müssen.

Nach Verlassen des Bahnhofs Hallesches Tor, hinter der breit in die Uferregion ausmündenden Stresemannstraße, zogen einige durchaus in Frage kommende Mietshäuser vorbei, doch Mannhardt reagierte nicht, wurde das ebenso vage wie auch gewisse Gefühl nicht mehr los, auf der falschen Wagenseite zu stehen, daß es hier nicht sein konnte, obwohl sein kreisendes Radar jedes Fenster, das sich in etwaiger Hochbahnhöhe befand, noch immer mit seinem Suchstrahl bestrich.

Folgte bald ein AWO-Bau, Marke Pappkarton mit Fenstern, aber die Wiege einer legendären Truppe gewesen, der berlinischen *Schaubühne*, am Kudamm längst von linker Welterkenntnis zum L'art pour l'art-Gehabe umgestiegen, wie Mannhardt mitbekommen hatte, dann das neue Postscheckamt, das wie ein hochkant gestellter und mit schnell hineingekratzten Rechteckrastern versehener Bleibarren in den Wim Wendersschen Himmel über Berlin hineinragte, ohne daß die Engel Bruno Ganz und Otto Sander auf den Antennen oben saßen und dafür gesorgt hätten, daß die Zeiger seiner Meßgeräte ein wenig hin und her gewandert wären, ihm Yemayás Nähe anzuzeigen.

Scheiße, verdammte!

Verließ er also an der Möckernbrücke seinen Zug, fuhr gar nicht bis Gleisdreieck weiter, unterquerte die Gleise und erwartete auf dem südlich gelegenen Bahnsteig den sozusagen Gegenzug, der aus Ruhleben kam und ihn zumindest bis zum Kotti, zum Kottbusser Tor, zurückbringen sollte; dazu mußte die Zeit allemal reichen.

...*he is my destiny*, hörte er Jennifer Rush aus dem locker sitzenden Walkman eines einsamen Jungtürken singen und glaubte sekundenlang, Jessica zu hören, wie sie oben auf der Bühne stand und Wuthenow zuwinkte, der in einer Ehrenloge saß.

«Beim Einsteigen beeilen, bitte. Zu-rück-blei-bään...!»

Hochbahn zum dritten.

Nun aber ging es scharf am Kanalufer entlang, und die Pfeiler des Viaduktes stiegen so unmittelbar hoch aus Wasser und schräg gemauerter Böschung, daß er, wie er da an der Scheibe der Wagentür lehnte, von einem Anfall aus Herzrasen, Atemnot und Kreislaufschwindel derart heftig gepackt wurde wie noch nie in seinem Leben, höchstens bei einem Bäderflug nach Helgoland in einer winzig kleinen Maschine, immer auf und ab in fürchterlichen Turbulenzen. Setzen mußte er sich, an Haltegriff und -stange zum letzten freien Platz hinüberhangeln und dann die Augen starr auf das Reklameband im Wagen oben richten: *Bringt der Verkehr auch manchmal Frust, mit Paech-Brot kriegste wieder Lust.* Verdrängtes war da urgewaltig wieder hochgeschossen, die Wahnsinnsangst aus Kindheitstagen, daß die Tür sich öffnen und er in den Kanal hinunterstürzen würde, elendiglich ertrinken dort, den Gassenhauer der Erwachsenen, bei jedem Geburtstag gesungen, deutlich im Ohr: *Es schwimmt eine Leiche im Landwehrkanal.*

Yemayá! Wenn sie nun das Kind getötet hatten und es hier in einem Pappkarton...!?

In seinen langen Jahren bei der Mordkommission hatten sie etliche Male zerstückelte Leichen aus Berlins Kanälen herausfischen müssen.

Für seine eigenen Kinder war er wertlos geworden wie eine Monatskartenmarke vom vergangenen Jahr, und wenn er einen Menschen bei seiner Ankunft lächeln sehen wollte, mußte er sich schon Yemayá zuwenden.

Dennoch schaffte er es nicht, wieder aufzustehen und an die Tür zu treten, weiter nach dem Baby zu forschen, konnte einfach nicht anders, mußte warten, bis sie wieder in einer sicheren Bahnhofshalle angelangt waren, am Kottbusser Tor, weitab vom Landwehrkanal. Suchen konnte er, obwohl die Perspektive schlechter war, schließlich auch zu Fuß von der Straße unten. Nur nicht wieder auf die Horrorstrecke am Kanal zurück! Vielleicht gar mit dem ganzen Zug abstürzen...

Mit Schaudern dachte er, während er dieselben Treppen benutzte wie keine Viertelstunde früher Jessi und Corzelius, an einen Todesfall vor Jahren, als sich Jugendliche, auf besondere Mutproben versessen, hinterm Bahnhof Möckernbrücke mit einer Rolle aus dem Innern auf die Wagendächer hochgestemmt und aufgeschwungen hatten, auf den Hochbahnzügen western-like umhergeritten waren, tief unter sich die Straßen und das Landwehrwasser... Bis dann einer von ihnen hier am Bahnhof Kottbusser Tor den Raum zwischen Wagendach und Hallendecke, dem quergestellten Träger einer knappen Konstruktion, erheblich überschätzt hatte und geköpft worden war.

Er kam ins NKZ, ins Neue Kreuzberger Zentrum, jenes Stückchen Stadt, wo Berlin Bronx- und Brooklyn-Züge angenommen hatte, den Touristen für ihr Geld viel Tristesse darbot, Hundescheiße, Dreck und Pißgestank, schlenderte an saufend hingestreckten Punkertrupps vorbei, las Aufgesprühtes noch und nöcher: *Bulle deine Angst ist begründet* (wie passend!), *destroy, Abschiebehaft ist Mord, Türkische + deutsche Frauen gemeinsam kämpfen gegen PATRIARCHAT*, hatte ungemeine Lust, sich auch aus allem fallenzulassen, aus Zeit und Mannhardt-Rolle. Minuten vergingen, Ewigkeiten, bis er sich wieder in den Griff bekommen hatte.

Film weiter!

Mannhardt ging nun ein Stückchen unter der Hochbahn entlang, fand die Fachwerkkonstruktion aus den vielen genieteten stählernen Trägern, ehemals als zu nüchtern verschrieen, ausgesprochen schön, wußte, daß sie von alten Kreuzbergern mit dem Namen *Magistratsschirm* bedacht worden war, und nutzte diese Eigenschaft nun auch, als es kurz und kräftig zu regnen begann, es, berlinisch gesprochen, wieder mal 'ne Husche gab.

Westwärts, die Skalitzer Straße hinauf, wo gleich der Erkelenz mit dem parallelen Segitzdamm vom breiten Hochbahnschwert zerschnitten wurde. Am Wassertorplatz, alles auf einen ehemals vorhandenen Verbindungsgraben zur Spree hinweisend, gab es diverse Hochhausblöcke, von wieder einigen Graffiti bunter gemacht: *Amis raus!* las Mannhardt, *Nie wieder Arbeit* und *Solidarität mit der PLO*.

Ja... Er atmete durch. In vergleichsweise riesigen Wohnmaschinen wie diesen ließ sich jedes Baby ohne Mühe verstecken, anonym wie alles war. Aber er konnte doch nicht auf Hunderte von Klingelknöpfen drücken und erwarten, daß ihm jemand sagte: «Ja, wir haben es hier!», wenn er unten durch die Sprechanlage nach dem Baby fragte.

So blieb er unten und dachte an Stefan, einen entfernten Bekannten, einen Geologen, in aller Welt auf der Suche nach Uran, Kohle und Öl: der konnte auch direkt über riesigen Rohstofflagern stehen, ohne daß ihm seine groben Menschensinne Sicherheit gaben; höchstens eine Fifty-fifty-Ahnung war da möglich, daß man fündig werden könnte.

Mannhardt sah sich suchend um.

Wasser...

Wasser...

Die eigene Kindheit war nicht nur Schrecken, sie war auch eine Höhle, in die er immer wieder flüchten konnte.

Kohle...

Kohle!

Eine weitere Drehung um die eigene Achse herum und...

...Feuer!

In ihm rief es immer wieder: Feuer!

«Aber wo denn!?» fragte er leise. «Wo?»

Du bist ja nicht mehr dicht! Du hast ja 'n Loch in der Wanne!

Er ging weiter, schoß seinen Laserblick in Hunderte von Neubaufenstern; doch umsonst.

Natürlich.

Er merkte, wie sich Zunge, Lippen und Gaumen mit übler Schmiere überzogen hatten, das schwere Atmen, die Erregung, so als hätte er die ganze Nacht mit verstopfter Nase dagelegen, suchte lange nach irgendeinem Lutschbonbon, doch die Taschen seines blauen Blazers gaben trotz allen Wühlens nichts weiter her als einen kleinen Streifen verhärteter Kaugummimasse. Er schob ihn dennoch in den Mund, bemühte sich, ihn langsam aufzuweichen, und wußte nicht, wohin mit dem inneren, dem silbernen, wie dem äußeren Einwickelpapier, nachdem doch die Aufschrift deutlich mahnte: *Keep your country tidy. Haltet die Umwelt sauber. Håll naturen ren. Gardez votre ville propre.* Letzteres mit zwei weißen Wölkchen und einer lachenden Sonne auf grünem Papier.

Grün...!

Mensch! Der geheimnisvoll grüne Fleck, Flecken auf C. C.s Vergrößerung! Irgendwo gegenüber der Wohnung, in der sie ihre Yemayá versteckt hielten, auf Hochbahnkörperhöhe, direkt gegenüber.

Deutlich im Fieber begann er nun, die Altbauten auf der anderen Seite der Straße systematisch nach diesem grünen Flecken abzusuchen.

Erst die Reklame an und über den Läden, die Plakate, die Neonröhren und Transparentkästen.

Nichts.

Dann aber sah er es: Über einer Imbißstube, einem Lokal mit der stolzen rot-schwarz-grünen Fahne Libyens, Halbmond und Sternchen weiß in ihrer Mitte, war eines der unproportional hohen Altbaufenster fast zur Gänze mit einem Poster gefüllt, das für Gaddafis *Grünes Buch* Werbung betrieb.

Mannhardt hörte Jessica Yemayá ihr Lieblingsliedchen vorsingen: Grün, grün, grün sind alle meine Kleider, weil mein Schatz ein Jägermeister ist... Und Corzelius dazwischen: ...trinkt!

Am letzten Montag erst, aber scheinbar Ewigkeiten her.

Der grüne Fleck, das *Grüne Buch*... Der entscheidende Fingerzeig war also nicht von den alten Yoruba-Göttern gekommen, wie sie es ihrer Yemayá an sich recht eigentlich ja schuldig waren, auch nicht vom alten Platzhirsch Christengott aufgrund seines, Mannhardts, vielleicht ungewollten, aber immerhin ja gedachten Gebetes eben in der Hochbahn oben, sondern von Allahs Seite.

Mannhardt feixte innerlich.

Er stürzte zur anderen Straßen-, zur Neubauseite hinüber, im Slalom durch die Fahrzeugsalven hindurch, von Kugeln der Kaliber Audi, Mercedes, BMW und Volvo mehrfach gestreift, schaffte es aber, ohne zu fallen, postierte sich nun vor jenen Hochhauseingängen, die vom Winkel her am meisten versprachen, prüfte alles mit Geometer-Akribie.

Wenn ihn nicht alles täuschte, kamen nur zwei Häuser in Frage; wo aber anfangen?

Er ging nach links hinüber, an einer braunen Wand vorbei, die allerfeinst nach Hundepisse stank, warf einen schnellen Blick auf die vielen aufgereihten Namen und resignierte leicht. Selbst wenn er unterstellte, daß die Schildchen alle irgendwie geordnet waren, nach Stockwerken wahrscheinlich, dann machte es kaum Sinn, überall in der ersten und zweiten Etage zu klingeln und höflich zu fragen, ob hier das entführte Baby vielleicht versteckt worden sei.

Er fuhr unwillkürlich herum, als schräg über ihm ein Hochbahnzug röhrte, dröhnte, donnerte und mit jenem fürchterlichen Geräusch die Schienen abschliff, das er sonst nur vom Zahnarzt her kannte.

Ein Trupp schlammschmutziger Knaben kam fröhlich vom Fußball zurück, mit fünf Türken und zwei deutschen Minikickern voll der Kreuzberger Statistik entsprechend, und Mannhardt fragte sie, wo denn hier im Haus ein Baby wohne, schreie; er sei der Kinderarzt und wisse nur, daß es irgendwo im ersten oder zweiten Stockwerk sein müsse.

«Weeß ick nich!» rief eins der beiden deutschen Kinder.

«Sie haben ja gar keinen Arztkoffer dabei...!» wunderte sich einer der türkischen Jungen.

Mannhardt staunte über den IQ von Hassan, Achmed oder Mustafa und behalf sich mit der Ausrede, daß er den noch im Auto liegen hätte.

Die Jungen klingelten und verschwanden im Haus, ohne ihm noch einen Tip geben zu können.

So ging er zum anderen Eingang hinüber, nicht ohne vorher noch einmal dem apfelsinengelben Lindwurm nachzusehen, der oben auf den stählernen Bögen Richtung Ruhleben zog.

Wieder stand er vor einem sogenannten Klingelklavier, hatte die Auswahl zwischen, so überschlug er schnell, 4 × 15 Namen. Altdeutsch wie Böttcher, Schumacher, Gerber und Vogt; berlinisch wie Krause, Lemke, Buchholz und Schönbier; polnisch wie Kubicki, Orlowsky, Grabowski und Orczechowicz; türkisch wie Külcü, Küksar, Tasyürek, Tascioglu oder Sükriye.

Sollte er irgendwo klingeln und sagen, er sei Vertreter von Sicherheitsschlössern (da verstand er etwas von – «Sei schlauer als der Klauer!») und bitte, eingelassen zu werden? Sollte er versuchen, die Tür mit Hilfe seines Taschenmessers gewaltsam zu öffnen?

Eine ältere Dame, voll amerikanisiert und flott gemacht, kam mit dem Fahrstuhl herunter und trat auf die Straße hinaus.

«Entschuldigen Sie bitte...!» Mannhardt verbeugte sich knapp und war bemüht, Amtsautorität in Haltung und Stimme zu legen. «Hartmann mein Name, vom Jugendamt hier. Uns liegen da Beschwerden vor, daß hier in diesem Hause...» Er sah nach oben, nannte Nummer und Straße. «...daß hier ein Baby so häufig und so schrecklich schreien würde, daß...» *Daß, daß, daß!* hörte er seine alte Deutschlehrerin jammern. «...wir nachsehen müssen, ob es sich um einen Fall von Kindesmißhandlung oder Kindesvernachlässigung handeln könnte...!» Gott sei Dank, das war endlich heraus.

«Schrecklich, ja! Aber ich habe nichts...! Kinder brauchen auch mal Dresche! Was meinen Sie, was ich als Kind alles abbekommen habe!?»

Mannhardt, an sich erbitterter Gegner aller Gewalt gegen Kinder, fand das in diesem Falle nicht mal schlecht.

«Wo finde ich denn hier überhaupt Babys?»

«Meines Wissens nur im zweiten Stock... Bei Urbanske wohl. Gehen Sie ruhig mal rauf da...» Sie hielt ihm noch die Tür auf, bevor sie davoneilte, um in ihre telefonisch herbeigerufene Taxe zu steigen.

Mannhardt mied den Lift, stieg zu Fuß nach oben, hörte sein Herz härter schlagen als nach der wenigen Bewegung notgetan hätte.

Eine Waffe hatte er nicht mehr, und wenn das wirklich die Behausung der Entführer war, würde ihn sicher anderes erwarten als Kaffee und Kuchen.

Er lauschte erst einmal, preßte ein Ohr gegen die dünne, himmelblau gefärbte Sperrholztür und hoffte, dieselbe Stimme zu hören wie bei Jessica am Telefon, zumindest aber Babygeschrei, ließ seinen Blick dabei auf dem messingblanken Namensschild ruhen. *V. URBANSKE.* Nie gehört.

Nichts, absolute Stille in der Wohnung drinnen.

Egal, was er tat, tat er für Jessica, und so drückte er den weißen Klingelknopf nach unten, ohne sich noch länger zu besinnen, trat lediglich, wie tausendmal geübt, einen Schritt zurück, um im Falle einer Attacke auf ihn schneller nach oben in Deckung springen zu können.

Leichte Schritte, dann wurde die Tür langsam und vorsichtig nach innen gezogen.

Vera!

Laut sprach er den Namen nicht aus, dazu hatte er sie vor Monaten bei Jessicas Fete viel zu flüchtig gesehen, doch er hatte sie deutlich im Gedächtnis behalten, weil Corzelius tagelang nichts anderes getan hatte, als lauthals über sie zu schimpfen: Wenn diese Scheiß-Vera, diese stinkend-häßliche Pute, nicht dazwischengekommen wäre, hätte ich bei Tatjana alles abladen können, was...

Dieser Gedanke, wie allein die Tatsache, daß nun ausgerechnet diese Vera vor ihm stand, diese graue Maus, dieses Mauerblümchen, ließ ihn völlig sprachlos werden.

Unmöglich doch, daß dieses arme Menschenkind, dieses hilflose Würstchen Yemayá entführt haben könnte und nun die fünfzigtausend Mark von ihnen haben wollte. Alle, doch nicht die!

Er suchte nach Worten, den Rückzug anzutreten, sich glaubhaft zu entschuldigen, brauchte aber Zeit dazu, war in einem Maße verwirrt, daß er nicht mal etwas stammeln konnte.

Vera war es dann, die die ersten Sätze sprach.

«Sie wohnen bei Jessica, ich weiß... Möchten Sie nähertreten?»

«Ja... Nein... Ich komme nur wegen des Babys...»

«Ja, natürlich. Das war ja zu erwarten gewesen, obwohl mir versichert worden ist... Aber, bitte...» Sie zog die Tür nun vollends auf und trat gleichzeitig einen Schritt zurück, Mannhardt den Weg freigebend. «Geradeaus, dann links, ins Wohnzimmer bitte...»

Eigensicherung beachten!

Instinktiv drückte er sich an der Wand des Korridors entlang, immer alle Türen und Vorhänge im Auge, obwohl ihn alles hier, Farben, Formen und Gerüche, ans Ambiente eines Altenheims erinnerte, Haus Friedenshöhe. Aber – Achtung! – Babyutensilien lagen herum: abgestreifte Windeln, Tuben mit Creme, eine Rassel, ein Strümpfchen.

Wo war ihr Komplize? Konnte sie ihre Stimme wirklich so verstellen, daß sie am Telefon wie ein Mann geklungen hatte? Hm, sehr softig und ein wenig feminin war ihm die Stimme des Erpressers wirklich vorgekommen, und Vera machte ja durchaus einen etwas männlichen Eindruck.

Aber...! Er konnte es nicht glauben.

Doch! Als er jetzt ins Zimmer trat, war er sich völlig sicher: das war original dieser komisch-braune Vorhang, den sie im Film gesehen hatten. Und die Hochbahn draußen, gerade wieder kam eine vorbei: genau die gesuchte Perspektive.

Mannhardt riß das Fenster auf, um sich einmal frische Luft und zum andern den Fluchtweg zu sichern. Besser von hier in den Vorgarten hinunter zu springen, als eine Kugel in den Kopf zu kriegen.

Wer aber sollte schon schießen?

Doch wo war das Baby geblieben? Schlief es drüben im anderen Zimmer? Hatte sie doch einen Komplizen gehabt? Aber sehr schwer vorstellbar, daß sich ein noch halbwegs funktionsfähiger Mann echt für diese Frau interessiert haben könnte, für diese Mischung von Toilettenfrau und total durchgeistigtem Wesen, das ständig Harfe oder Flöte spielte.

Das war inhuman gedacht und chauvinistisch, und er verpaßte sich sofort einen dicken Tadel dafür, konnte sich aber, auch wenn er dieser Vera ein herzensgutes Wesen unterstellte, noch immer nicht vorstellen, wie die selber zu einem Kind gekommen sein sollte. So besoffen konnte doch keiner...

Und so fragte er denn, als sich Vera ihm gegenüber auf einen Stuhl gesetzt hatte, leichthin, ob sie wohl ein Nachbarkind beaufsichtigt habe.

«Nein, nein...» Sie steckte ihr Gesicht in die Schale ihrer Hände. «Ich habe mir schon immer ein Kind gewünscht, ein kleines Wesen zum Streicheln und Knuddeln... Ich habe es schließlich gebraucht wie ein Süchtiger sein Heroin. Da habe ich dann Stimmen gehört, und diese Stimmen haben mir gesagt: ‹Nimm doch Jessicas Baby, sie selber will es ja nicht, haßt es, weil es sie behindert; sie will ja nur Karriere machen. Rette das Kind!› Ja, und als ich dann mein Lithium abgesetzt hatte...» Sie fiel für Sekunden in einen Zustand der Erstarrung, der Mannhardt nach seiner langen Zeit in der Klinik sofort an das Stichwort «Stupor» denken ließ, jenen Zustand, wo sich der Kranke nicht mehr bewegte, durch keinen äußeren Reiz mehr «einzuschalten» war.

Lithium und Stupor, das ließ ihn sofort an eines denken, an Schizophrenie. In einem ihrer Schübe hatte sie also Yemayá aus dem Wagen genommen, sich wahrscheinlich ganz als deren wahre Mutter gefühlt und sich den Vater und alles andere dann hinzugedichtet, hier zu Hause glückliche Mutter/trautes Heim gespielt. Ähnliche Fälle kannte er von Bad Brammermoor her.

«Es wird schon alles wieder in Ordnung kommen», sagte er und überlegte schon, welche der Berliner Kliniken für einen solchen Fall in Frage kamen, wo man ihr am besten helfen würde.

Da sprach sie weiter, stimmlos-mechanisch, als wäre in ihr ein Tonband angeschaltet worden.

«Ich werde mich bei Jessica noch entschuldigen... Es tut mir alles furchtbar leid... Aber meine Krankheit, die... Wie geht es denn dem Kind? Wie geht es Jessica? Haben beide alles überstanden, ohne daß sie...»

Mannhardt war mehr als verblüfft. «Ich muß doch die Kleine erst noch mitnehmen...!»

«Sie muß doch schon längst wieder da sein!»

«Wieso denn das...!?»

«Na, weil Jessica doch hier gewesen ist und Yemayá mitgenommen hat...»

«Jessica!?» Mannhardt war unwillkürlich aufgesprungen.

«Ja, Jessica! Sie muß mit diesem Corzelius hier gewesen sein, als ich mittags einkaufen war. Bei mir eingebrochen sind sie... Am Schloß ist der Zylinder rausgebrochen; ich hab das nur notdürftig... bis der Schlosser nachher kommt, und da haben sie das Baby wieder mitgenommen.»

Sie sagte das, wie Mannhardt fand, so uninteressiert-abwesend, als würde sie vom Verlust eines Markstückes sprechen, erinnerte ihn beinahe an ein autistisches Kind.

«Nun, das...» Er war derart durcheinander, daß er das Gefühl hatte, jeder weitere Gedanke müßte seinen Kopf zerreißen, und über die Fensterscheiben huschten kolonnenweise rote Zahlen hinweg: 8888888888888888888... Wie bei seinem alten Taschenrechner, wenn die Batterien leer geworden waren und der Speicher nichts mehr fassen konnte.

Wie war Jessica auf Vera gekommen?

Warum hatten sie ihm, ausgerechnet ihm, nichts davon gesagt?

Wozu das ganze Theater mit dem Anruf, mit dem Film, mit der Suche von der Hochbahn aus?

War denn Jessica auch *verrückt* geworden im wahrsten Sinne des Wortes, von der realen in eine Scheinwelt hinüber, in zwei Wesen zerbrochen, wie Vera hier, von dem das eine nicht mehr wußte, was das andere tat?

Oder alles nur der großen Publicity wegen, alles selbstinszeniert?

Nein und abermals nein! Und dennoch war das «Unmöglich...!», das er schließlich hervorzubringen vermochte, eher schwach, denn zugleich erfüllte ihn mit einer Art Hintergrundsrauschen der stereotype Spruch *Unmöglich ist nichts!*

«Jessica hat mir auch noch einen kleinen Brief geschrieben...» sagte Vera, kaum noch zu verstehen mit ihrer leisen und synthetischen Stimme, und reichte ihm mit ersterbender Motorik ein geriffeltes Büttenkärtchen herüber, geschmückt mit einem osterbunten Blumenstrauß.

«Danke...»

Der Text war kurz:

Liebe Vera, wir waren uns heute sicher, daß nur Du – so wie Du bei Deinem letzten Besuch das Kind immer angestarrt hast! – Yemayá aus dem Kinderwagen gestohlen haben konntest. Nun haben wir uns unser Kind ebenso geräuschlos zurückgeholt. Wir wissen, wie krank Du bist, und werden aus Mitleid mit Dir kein Wort über alles verlieren. Schweige auch Du. Jessica

«Nun, ist das ihre Handschrift oder nicht?»

Was sollte Mannhardt anderes antworten als: «Ja, das ist sie wohl...»

19.

Tatjana stand auf der schmalen Damentoilette des *Matscho*, rauchte eine selbstgedrehte Zigarette und war um einen tiefergehenden Dialog mit jenem mysteriösen Wesen bemüht, das ihr aus einem ovalen Spiegelchen entgegenblickte.

Sag mir, wer ich bin!

Aus siehste wie diese kleine, herzerweichende Nutte aus «La Strada».

Quatsch! Um ein Haar hätt ich doch in Jessis nächstem Film 'ne Rolle als Mannequin gekriegt.

Für Totenhemden, ja.

Nicht mal die Schell früher hat das zu bieten gehabt: so 'ne Vergißmeinnicht-Augen wie ich.

Augen wie 'n kastrierter siamesischer Kater.

Ich kann ja meine Haare mal von weizenblond auf kupferrot umstellen.

Paß bloß auf, daß sie dich nicht mal als Mop zum Staubwischen nehmen!

Bin ich denn wirklich so fies?

Guck mal: deine wulstigen Lippen! Und diese harten Züge um den Mund, diese Cañons, die auf die Mundwinkel zulaufen!

Soll ich dir mal alle aufzähln, den' ich schon geholfen hab!? Gerettet, aus der Gosse geholt, aus 'm Sumpf gezogen.

'n Monster bist du!

Ich hab auch meine guten Seiten!

Klar, sieht man ja an deinen Pornofilmen!

Draußen am Tresen klingelte das Telefon, und da das *Matscho*, was bekannt war, erst viel später öffnete, konnte der Anruf kaum einem anderen gelten als Carlo oder ihr. Sie beeilte sich, durch die schmalen Pfade zwischen den vielen Stühlen und Tischen zu laufen, ohne sich blaue Flecken zu holen, und schaffte es gerade noch, den Hörer hochzureißen, ehe die letzte Lärmkaskade abrupt in sich zusammenbrach.

«Hallo...?» hauchte sie.

«Torro hier!»

Sie zuckte zusammen, verfluchte ihren Eifer. Wäre sie nicht an den Apparat gegangen, hätte er vielleicht für heute Ruhe gegeben.

«Du schon wieder...?»

«Kommt ihr nun rüber mit dem Kurant oder nicht!?»

«Es dauert noch 'n bißchen...»

«In spätestens 'ner Stunde bin ich da, und wenn da von euch wieder nichts kommt, wird alles plattgemacht, du, gnadenlos aber!»

Tatjana schluckte. Sie hatte alles immer nur als Spiel verstanden, hatte sich mit feinem roten Pulver den Körper bemalt, um auf der Bühne Leben zu tanzen, und hörte nun, daß es sich um hoch radioaktiven Staub gehandelt hatte, begriff jetzt endlich, daß für andere Menschen andere Regeln galten, und sie hatte wieder ihren Vater vor Augen, wie der einen wunderschönen Nachtfalter erschlug, nur weil der ihm beim Skatspiel mit Freunden einen Grand vermasselt hatte, weil ihm beim Wegwedeln der Herzbube aus der Hand geglitten und offen auf den Tisch gefallen war. Lache du über den Panzer, der dich bedroht: er zermalmt dich dennoch!

Die Ostsee, zwanzig Jahre zuvor. Plötzlich aufkommender ablandiger Wind, und sie treibt mit ihrer Luftmatratze auf das offene Meer hinaus, von keinem zu fassen, und die Küstenwacht weit weg. Nach fünf Stunden erst wird sie von Seglern gerettet.

Rettung, nicht aufgeben, kämpfen!

Und so sagte sie noch, bevor Torro wieder auflegen konnte, daß er und seine Auftraggeber sich das alles sehr sorgfältig überlegen sollten.

«Wozu 'n det!? Entweder ihr bezahlt eure Schulden, *cash* aber, oder ihr verschlechtert euch gesundheitsmäßig ganz entscheidend, wenn de weeßt, wat ick damit meine...!»

«Wir brauchen bloß zur Polizei zu gehen, als Zeugen, und aussagen, daß du Grobi umgebracht hast...»

«Wer mich verpfeifen will, der pfeift ooch bald, aber wie! Kennste doch: wenn einem die Kehle durchgeschnitten wird, wie der noch pfeift! Und außerdem: Für zwee Zeugen wie euch schaff ick zwanzich andere herbei, die genau det Gegenteil behaupten!»

Tatjana registrierte genau, wie er immer stärker zu berlinern anfing, wegkam vom Gehabe welterfahrener Gangster, sie also doch auch fürchtete. «Warum hast du mich denn immer wieder bedroht und schließlich auch auf mich geschossen, wenn du meinst, daß ich dir wegen Grobi nicht gefährlich werden kann.»

«Geschossen hab ich nur auf diesen Schnüffler von der Presse!»

«Paß auf: Ich halt 'n Mund wegen Grobi, und du gibst uns noch vierzehn Tage Zeit mit dem Geld...»

«Wegen Grobi, da lachen doch die Hühner! Nee, du: Wenn mein Kurant in 'ner knappen Stunde nich beisammen ist, dann hält die Feuerwehr bei euch im Schuppen mal 'ne kleene Übung ab! Mach's gut, meine Süße!»

Tatjana, ihren Dialog noch frisch im Ohr, glaubte einen Augenblick lang, in irgendeiner Kulisse zu stehen und in einem der Wegwerf-Krimis zu spielen, wie sie die *rating*-fixierten Fernsehmacher so liebten, hörte den Regisseur mit seinen Protagonisten das immer gleiche Klagelied singen, daß sie arm dran seien, weil sie mit so 'nem Scheiß ihr Geld verdienen müßten, alles Plastik sei, Kolportage und Klischee.

Alles menschliche Leben verlief nach ganz bestimmten Mustern, und wenn die Filmemacher diese wenigen Grundmuster auch dreist so lange wiederholten, bis alle über sie lachten, so blieb der Alltag für all die wirklichen Akteure doch immer noch eine essentielle Sache: ernst, blutig, eigentlich.

Sie hatte beträchtliche Mühe, diesen Zusammenhang in seiner Tragik richtig zu begreifen, hielt irgendwie noch immer an der Täuschung fest, nicht Tatjana zu sein, sondern die Rolle Tatjana zu spielen, zumal ja auch Carlo, wie er jetzt aus dem privaten Hinterzimmer kam, mehr Reißbrett-Type war als sozusagen natürlicher Mensch, Bud Spencer-Verschnitt, gescheiterter Kempinski-Koch, gescheiterter Rennstall-Besitzer, gescheiterter Ehemann und Vater, Kindskopf und Chaot, weich und mit vielen Phobien und Ängsten gesegnet, Plüschtier-softig in allem; das *Matscho* hier als Therapie, alles überkompensiert.

Sie erzählte ihm, daß Torro *ante portas* sei.

Er knöpfte sich Hemd und Hose zu, toll italienisch, und nickte. «...als ob's wirklich alles sein Geld ist! Dabei gibt's doch keinen Zweifel dran, daß er's von Etzel hat.»

«Beweisen kannstes nich!»

«Was ist denn die Upward Consult weiter als 'ne Tarnfirma, um krumme Sachen zu machen!? Klar, haben sie da auch 'ne ganze Latte legaler Geschäfte, aber nur, damit das andere nicht auffällt. Da werden Politikern und Beamten, deren Unterschrift man braucht, keine dicken Tüten mehr ins Jackett gesteckt, da hilft ihnen die Firma bei der Grundstücks- und Kreditbeschaffung, bei der Baubetreuung und so weiter... Für zehn, fünfzehn, zwanzig Prozent weniger, als sie auf dem freien Markt bezahlen müßten.»

«Sicher!» Tatjana sah es ebenso. «Und weil Grobi das wußte, das alles nachweisen konnte, deswegen ist er auch im Sarg gelandet, und deswegen haben sie auch Corzelius die Schüsse vor den Bug gesetzt.»

«Torro als Subunternehmer und Torro als Killer...»

«Dieses Schwein!»

Carlo stöhnte auf. «Wo leben wir...!?»

«Du hast es nötig!» Tatjana lachte ebenso anklagend wie zynisch. «Das war doch schließlich deine Idee...»

Carlo verstand nicht, was sie meinte. «Mit den fünfzigtausend Mark Kredit von Torro, mit dem *Matscho* hier...?»

«Quatsch! Mit Yemayá. Ich hab lediglich gesagt, daß Vera nicht mehr sauber tickt, daß sie schizophren ist. Von wegen meine Katharina und ihrem Mann irgendwo in Afrika: geklaut hatte sie das Kind!»

«Aber hundertprozentig ist es doch noch immer nicht, daß es wirklich Jessicas Baby ist...?»

«Gott, du hast doch selber angerufen da!» rief Tatjana. «Wie die reagiert haben! Diese Ähnlichkeit mit Jessi, das hab ich auf 'n ersten Blick gesehen. Und dann bin ich doch selbst bei Jessica gewesen: kein Baby da. Und die Ausrede, die sie da... Blödsinn alles!»

«Na bitte: *du* bist doch drauf gekommen; was schiebsten mir das alles in die Schuhe!?» Carlo, vor dreißig Jahren im Berliner Wedding als Karl Ogrowski eingeschult, goß sich an der Bar einen Calvados ein und stürzte ihn hinunter.

«Weil's deine Idee war, das mit dem Lösegeld. Ich hätt ihr das Baby so zurückgebracht.»

«Edel von dir! Und dich von Torro zermanschen lassen wie 'ne Zitrone!» Er zeigte ihr, was er meinte; es war ihm gerade eine Frucht vom Barfach auf den Boden gerollt. «Das ist auch keine Entführung, das ist kein Lösegeld, das ist nur der Finderlohn, der steht uns zu! Wenn du da nicht was geahnt hättest, dann... Vielleicht hätt Jessica ihr Kind nie wiedergesehen!»

Tatjana schluckte, brach dann in Tränen aus, zehnjähriges Schulkind, schluchzte. «Trotzdem... Jessi ist 'ne alte Freundin von mir... Ich komm mir furchtbar schäbig vor...»

«Meinst du denn, sie hätte dir auch nur eine müde Mark geliehen, wenn du sie drum gebeten hättest? Unter Garantie nicht, du!»

«Es ist irgendwie unmenschlich alles!»

Carlo sank auf einen seiner Barhocker, verlor in Sekunden alles Aufgeblasene. «Bitte, geb'n wa auf. Nimm das Kind und bring's ihr hin...»

Nun hing er da wie ein fetter Säugling, eine blasse Made, und genau diesen Anblick brauchte sie, um wieder zu ihrer alten Stärke zu finden.

«Du hast ja recht!» Sie schnellte hoch, zumal jetzt auch Yemayá im Hinterzimmer zu schreien begann. «Uns schenkt ja auch keiner was! Und fünfzigtausend Mark, die hat sie bald wieder im Kasten; es trifft ja keinen Armen! Ich wickle die Kleine noch mal, und du rufst dann den Mannhardt an!» Sie riß ihn hoch und stellte ihn wieder auf die Beine zurück. Der uralte Mechanismus ihrer Partnerschaft hatte sich auch diesmal bewährt.

Doch Carlo hatte noch Bedenken. «Und wenn nun Vera doch bei ihnen angerufen hat, bei Jessica...?»

«Hat sie nicht! Die hat meinen Brief garantiert für echt gehalten.»

«Der Mannhardt ist doch selber von der Polizei...»

«Na und!? Der weiß doch ganz genau, daß sich Wuthenow 'ne Kugel in 'n Kopf jagen kann, wenn überall in der Zeitung drinsteht, daß Yemayá seine Tochter ist!»

«Isse das denn wirklich...?»

«Ja!» schrie Tatjana ihn an.

Carlo grinste. «Indizien sind noch kein Geständnis...»

«Ich hab sie doch beide vor Wochen mal erwischt, Wuthenow und Jessica: so küßt kein Onkel seine Nichte und spielt ihr dabei an der Möse herum! In Kuba, auf Kuba damals, na klar, da hat's geschnackelt!»

«Aber Corzelius, der ist doch auch mit...!» Carlo war noch immer dabei, Angst vor der eigenen Courage zu haben, wollte den Moment, in dem sich alles entschied, noch lange hinauszögern.

«Corzelius mag ja in seinem Leben schon 'ne Menge getan haben, nur eines hat er nicht gemacht: mit Jessi geschlafen!» rief Tatjana mit aller Emphase.

«Woher willsten das wissen?»

«Als Frau weiß man das eben!»

«Als er mit dir im Bett war, da hat er dir das...?»

«Nein, das merkt man doch daran, wie die beiden miteinander umgehen: bestenfalls wie Bruder und Schwester. Nee, du, der ist nichts weiter als 'n Strohmann hier im Westen.»

Carlo glaubte ihr schließlich, war schon immer fasziniert gewesen von ihrer Mischung aus Chuzpe, Intellekt und Bauernschläue, ihrer Gabe, die Menschen zu durchschauen, zu wissen, was hinter den Fassaden und Kulissen passierte, ohne selber dort geredet, gegessen, geschlafen zu haben.

«Schön, gehe ich eben...»

«Ich kann ja nicht, mich kennt ja jeder, Mannhardt auch.»

«Ich denke, daß uns sowieso keiner was anhaben kann...?»

«Nein, aber dennoch, man weiß ja nie...» Carlo, mein großer Junge, mein tapsiger Bär, mein Kuscheltier, ich programmiere dich jetzt. «Komm mit nach hinten, dann besprechen wir alles noch mal.»

Und während sie hinter der Tür mit der Aufschrift *Privat* Yemayá säuberte und mit frischen Windeln versah, wurde ihr Plan in allen Einzelheiten durchgesprochen, und Carlo notierte sich auf einem kleinen Zettel all das, was er am Telefon durchgeben wollte.

Nur einen Einwand hatte er. «Schlüterstraße...? Sag mal, wenn das direkt hier bei uns vor der Haustür... ob sie da nicht sofort auf...?»

«Auf mich...?» Tatjana tauchte Yemayás Schnuller in eine Tasse mit Zucker und hoffte, die Kleine würde nun kein lautes Geschrei mehr beginnen. «Ja, und wenn...? Wie gesagt: Sie werden sich hüten, das Ganze irgendwie publik zu machen. Das ist doch die große Trumpfkarte, die wir haben.»

«Wenn Wuthenow wirklich...»

«Und wenn nicht, werden sie auch nicht viel riskieren wollen, um das Leben des Kindes nicht...» Sie riß Yemayá hoch und knuddelte sie. «Du Arme, tut mir ja so leid für dich! Aber bald bist du ja wieder zu Hause bei deiner Mami! Und wenn wir dich nicht gefunden hätten, wärst du vielleicht schon... Die Vera ist nämlich...» Sie kitzelte Stirn und Näschen der Kleinen mit der Zungenspitze, so daß Yemayá nun vor Freude kreischte. «Na bitte, du hast es doch gut gehabt bei uns. Gerettet haben wir dich! Und fünfzigtausend Mark sind für einen Schatz wie dich noch viel zu wenig. Hoffentlich kriegt deine Mami das nie heraus, daß ich... Aber wenn, dann macht dein Onkel Carsten bestimmt 'n Fernsehfilm draus, 'n *Tatort*, und wenn sie den zweimal wiederholen, dann haben sie all das Geld wieder raus, das sie uns heute übergeben. So hat alles seinen Sinn und seine Ordnung, meine Süße!»

«Ich geh dann telefonieren», sagte Carlo.

«Ja, tu das...»

Carlo setzte sich auf einen seiner Barhocker, wählte Jessicas Nummer, wartete, bis sich Mannhardt meldete, und verlas den vorbereiteten Text mit dem Versuch, es wieder möglichst ausländisch klingen zu lassen:

«Du tauschen Aktenkoffer mit Geld, fünfzigtausend, gegen Kinderwagen mit Baby drin. Gehen um sieben Uhr von Kurfürstendamm weg Schlüterstraße lang Richtung Kantstraße. Wenn dir Mann mit Kinderwagen entgegenkommt, mußt du gucken, welche Seite von die Straße. Dann gehst du auf ihn zu und fragst: ‹Entschuldigen Sie, ich suche ein Lokal mit Namen *Cuba libre*...› Wenn Mann sagt: ‹Nehmen Sie das hier aus Kuba...›, dann ist richtig, dann Tausch perfekt. Wenn nichts in Ihre Aktenkoffer und falsches Geld, dann habt ihr großes Skandal. Wir wissen, daß Wuthenow Vater von Baby ist. Wäre er ein toter Mann, wenn...! Du wissen Bescheid: Wenn ihr uns auffliegen laßt, dann wir euch auch. Du kommen allein, keine Polizei. Ende!»

20.

Vera preßte die geballten Fäuste gegen die Schläfen, hätte ihren Kopf am liebsten in einen richtigen Schraubstock gesteckt, um alles herauszupressen, was da ihr Hirn zerfraß, doch die Stimmen in ihr wurden immer schriller.

Deine Nachbarin hat dir gesagt, eine furchtbar blonde Frau hätte das Baby geholt; doch Jessica hat tiefschwarze Haare.

Ihr Begleiter soll groß wie ein Bär gewesen sein; doch Corzelius ist eher schmal und schmächtig.

Du, Vera, wenn es Jessica nicht war, dann war es auch nicht Jessicas Kind.

Dein eigenes Kind ist es gewesen, deine Katharina!

Kati, Katharinchen!

Sie schrie auf: «Mein Kind ist weg! Sie haben mir mein Baby gestohlen!»

Du bist ja so arm dran, Vera! Erst dein Mann weg nach Afrika, jetzt das Kind entführt!

Sie werden auch alles andere gestohlen haben.

Vera sprang auf, lief in die Küche und riß den größten ihrer Schränke auf, der vollgestellt, vollgepreßt war mit Hunderten von Dosen, alles Suppen, Leberknödel-, Broccoli-, Erbsen-Creme-, Ochsenschwanz- und Zwiebelsuppen.

Sie strahlte, alles noch da.

Aber dein Kind ist verschwunden!

Mit einem Weinkrampf warf sie sich aufs Bett, zuckte dabei immer wieder hoch wie von elektrischen Schlägen getroffen.

Sie werden dein Kind opfern, werden es schlachten wie bei den Inkas, um die Götter milder zu stimmen: AIDS und Tschernobyl, Hunger und Gewalt. Die Götter wollen ihre Opfer, damit die Menschheit überleben kann. Und dein Kind ist auserwählt dafür.

Vera lief ans Fenster, riß es auf und schrie mit aller Kraft ihr langgedehntes »Nei-ennn!» der sinkenden Sonne entgegen.

Mami, bitte, bitte, hol mich zurück, ich will nicht sterben!

Vera lehnte sich weit über die Brüstung: «Katharina, wo bist du!? Ton angeben...»

Die Leute sahen hoch zu ihr, schüttelten die Köpfe, erlebten aber zu viele Menschen dieser Art, als daß sie etwa stehengeblieben wären oder die Notarztzentrale angerufen hätten.

Wo ist Katharinchen jetzt, überleg doch mal!
Eine blonde Frau.
Sie muß dich und dein Kind genauer gekannt haben...
Wenn es nicht Jessica war, wer hat denn dann den Brief geschrieben...? Geh, such, sieh nach!
Vera gehorchte, fand das Kärtchen und versuchte krampfhaft, sich zu erinnern, wo und wann und unter welchen Umständen sie diese Handschrift schon mal gesehen hatte.
Liebe Vera, wir waren uns heute sicher... Schweige auch du. Jessica
...Yemayá ...Kinderwagen ...Mitleid ...kein Wort...
Wie ein eingesperrtes Tier, wenn draußen Schüsse fielen, durch den Käfig, so lief, hetzte, jagte sie in ihrer engen Wohnung umher, gequält, gefoltert.
Schließlich blieb sie am Telefon stehen: «Und wenn es doch Jessica gewesen ist...!? Ich ruf mal an!»
Warum soll dir denn Jessica dein Baby klauen; sie hat doch selber eins!
Ja, natürlich.
Also kann es nur eine Frau gewesen sein, die selber keine Kinder hat, aber sich sehnlichst welche wünscht.
Eine die hier gewesen ist, um sich das Katharinchen anzusehen.
Gucke mal, das K bei *Kind* und *Kinderwagen*...! Wer macht denn so 'n K...?
K wie Kohl, Kalbsbraten, *Kalte Speisen*...
...Speisekarte!
Ein Zittern ging durch ihren Körper, dann hatte sie's:
«Die Speisekarte im *Matscho*! Tatjana, Tatjanas Handschrift!»
Sie war hier, sie hat dein Kind gestohlen!
Vera stürzte zur Tür.

21.

Wo die Schlüterstraße den Boulevard kreuzte, staute sie sich ein wenig und bildete auf der rechten Seite des kurfürstlichen Dammes, bewegte man sich in Richtung Grunewald, eine kleine Insel mit Zeitungs- und Toilettenhäuschen, in den Karten hochtrabend als

George-Grosz-Platz oder -Plätzchen verzeichnet, den Mehrzahlberlinern ebensowenig vertraut wie der bissige Graphiker und Dadaist als solcher selber; und hier nun wartete Hans-Jürgen Mannhardt mit einem Aktenkoffer in der Hand, Wuthenows Statussymbol, schnell vom *Neuen Deutschland* und einigen esoterisch-sozialistischen Werken entleert, beispielsweise Juri Dawydows *Die sich selbst negierende Dialektik* oder Joachim (nicht Barbra) Streisands *Kritische Studien zum Erbe der deutschen Klassik*, stand unser Mannhardt da mit seinen fünfzigtausend Mark wie ein Schwimmer auf dem Startblock oben, bereit, seine Bahn nordwärts zu ziehen, aufgenommen vom Strome immer-hektischer Passanten, auf der Suche nach dem *Cuba libre*-Mann mit seinem Kinderwagen.

Und kam sich furchtbar albern vor, mußte sich immer wieder mühsam deutlich machen, daß es hier um das Leben eines Kindes ging, um das Schicksal eines hochbegabten, womöglich einmal großen Mannes, um Sein oder Nichtsein auch für eine junge Frau, sich Mal für Mal verklaren, daß alle klassische Tragik, drehte man die Sache nur ein wenig anders, leicht läppisch wurde: Sohn erkennt die Mutter nicht und nimmt sie sich zur Frau; Ödipus, welch Schwachsinn das! Und was für ein trivialer Plot denn dieses: Ein gewisser Laertes verwechselt die Waffen und wird, Schickimicki-Royal, von einem andern Machtelitenjüngling, Hamlet heeßta, mit einem vergifteten Degen erstochen, worauf sich der und dem Stück mit einem Schlucke Wein ein schnelles Ende bereitet: Tatort Hälsingborg, na ja... Oder: Aida hat sich heimlich in das Grabgewölbe geschlichen, um mit ihrem geliebten Radames gemeinsam zu sterben, vor allem aber, weil ihr «Leb wohl, o Erde, o du Tal der Tränen» allein gesungen nie ein Duett geworden wäre. Lächerlicher, dachte er an das reale Ende politisch oder sonstwie unbequemer Menschen, siehe *amnesty international*, ging's ja kaum.

So opern- und theaterfest war er nicht, daß ihm in diesen Sekunden noch anderes eingefallen wäre, doch schon das wenige half ihm beträchtlich, mit der Ambivalenz seines Handelns fertig zu werden.

Fünfzigtausend Deutsche Mark im Aktenkoffer, eine Summe, die ihm, gemessen an seinem eigenen Vermögen, unwahrscheinlich hoch vorkam wie gleichzeitig, als Lösegeld, auch lachhaft niedrig, las man doch in der Presse immer wieder von Millionen. Das, was sie von Jessica verlangten, war dagegen fast ein Freundschaftspreis; weswegen wohl?

Er sah auf die Uhr. *Du mußt...!*

Noch immer scheute er den ersten Schritt, mußte an die Aula seiner Schule denken, fast *forty years ago*, als sie hinter den Kulissen fürchterlich über ihre säuisch-pubertären Scherze gelacht hatten, nachfolgend einem Freudschen Versinger ihrer überaus attraktiven Klassenkameradin Jutta B. («Liebchen ade, Schei*de* tut weh...»), und er nun vor den Vorhang treten sollte, um vor allen versammelten Lehrern und Schülern die todernst-tragische Fontane-Ballade vom wackren *John Maynard* zum Vortrag zu bringen, die berühmten ...*noch zehn Minuten bis Buffalo*, wo der Steuermann sich opfert, die Passagiere seines Schiffes zu retten: *Das Schiff geborsten. Das Feuer verschwelt. / Gerettet alle. Nur EINER fehlt!* Auch die abschließenden Verse bekam er wieder zusammen, das Begräbnis John Maynards betreffend, und er sprach sie stimmlos vor sich her, von der Melodramatik ergriffen: *Zehntausend folgen oder mehr / Und kein Aug im Zug, das tränenleer.* Wie viele kamen wohl, wenn sie ihn zu Grabe trugen...? *Sie lassen den Sarg in Blumen hinab, / Mit Blumen schließen sie das Grab*... Aus dem Laden da drüben...? *Und mit goldner Schrift in den Marmorstein / Schreibt die Stadt ihren Dankspruch ein: Hier ruht Hans-Jürgen Mannhardt. In Qualm und Brand / Hielt er das Steuer fest in der Hand, / Er hat Yemayá gerettet, er trägt die Kron, / Er starb für* UNS, *unsre Liebe sein Lohn.*

Hans-Jürgen Mannhardt, so starb er für uns, ein Vorbild für alle. Der Regierende Bürgermeister auf dem Hermsdorfer Friedhof am offenen Grab. «...um das Leben eines kleinen, unschuldigen Wesens zu retten...»

Los, ab jetzt! Länger konnte er nicht warten, denn Wuthenow, Jessi und Corzelius, zwei Minuten nach ihm losgegangen, durften, um den Deal nicht zu gefährden, nicht auf Sichtweite zu ihm auflaufen.

Endlich ging er auf den rechten Bürgersteig hinüber, und das Umschalten von der spöttischen Distanz und Reflexion auf die Dimension des essentiellen Ernstes glückte auch in der Sekunde, als er hinten an der Mommsenstraße einen Mann mit einem Kinderwagen angefahren kommen sah.

Konzentration des Skispringers auf der Schanze oben, wenn das grüne Ampellicht aufflammte, das Bekreuzigen, in Gedanken jedenfalls: Helft mir, ihr höheren Mächte, wer auch immer ihr seid! Keine Schüsse, kein Blut und keine Gewalt, bitte!

Kam der Mann allein, flankierten Helfershelfer seinen Weg, lauerten irgendwo in den Fluren, tarnten sich als heimkehrende Angestellte und Beamte? Warum aber? Und bei dieser keineswegs Millionensumme...

Dennoch tasteten seine Augen, seine Sinne wie mit schnellen Radarstrahlen vor- und seitwärts alles ab, suchten in den empfangenen Echos nach alarmierenden Zeichen. Trittbrettfahrer waren immer zu befürchten, Leute, die Yemayá nicht hatten, aber von der Existenz des Geldes in seinem Aktenkoffer irgendwie erfahren hatten. Oder Yemayá war schon tot und...

Nein, so sah der Mann nicht aus, der jetzt an der Kreuzung Schlüter-/Mommsenstraße von der Ampel aufgehalten wurde: ein dünner Intellektueller mit verunglücktem Zangengeburtskopf und Brechtscher Nickelbrille, trotz des Körbchens unterm Kinderwagen mit roten Rucksackriemen auf den Schultern, fast so, als verfilmten sie gerade den Balduin Bählamm, Wilhelm Buschs verhinderten Dichter («Oh, wie beglückt ist doch ein Mann, / Wenn er Gedichte machen kann!»). Und dieser potentielle Stipendiat des renommierten Literarischen Colloquiums Berlin, ausgerechnet der sollte ein Kind gekidnappt haben; eine absurde Idee!

Aber, siehe Wolf im Schafspelz, gerade das... Und unter Geldnot schien er auch zu leiden, sah sehr nach *outlaw* aus. Hatte vielleicht die vergleichsweise kleine Summe mit Bedacht gewählt, um Großaktionen zu vermeiden.

Mannhardt blickte sich abermals nach allen Seiten um.

Auf der anderen Straßenseite knastenge Fenster in einem Nazizeit-Bürogebäude, lösten Unbehagen aus, Ableger der Komplexe vom Fehrbelliner Platz und Tempelhofer Flughafen, großdeutsch, die Eingänge mit kantigen Steinen gefaßt. Dann eine schiefergraue Fassade, düster mit brückenlangen Bögen über den Balkonen, und am Eingang, wie ein Schuppenpanzer, reihenweise Firmenschilder, das Messing golden funkelnd, silbern alles Aluminium, ganz im Stil der alten Leipziger, der Friedrichstraße, wie ihm jedenfalls schien, barg auch eine Unterkunft mit Namen Oliva. Olivaer Frieden, wußte Mannhardt noch, Schweden gegen Polen, und beim Lesen des Wortes Pension mußte er automatisch an die eigene denken; wann denn endlich, großer Gott: bloß nicht!

An der Hauswand dahinter mit schwarzer Farbe hingesprüht *Hurra, ich bin genormt!* Klang so, wie man es früher beim erhabenen Sterben den Leuten in den Mund gelegt hatte: Es ist vollbracht!

Nirgendwo etwas, das alarmierend gewirkt hätte.

Und auf seiner Bürgersteigseite…? Ein Laden: v. kloeden. bücher, spiele, spielzeug. Wohl zentrum der deutschen kleinschreibung, dachte er, assoziierte kloeden auch mit Zürich-Kloten, wo er mal mit Lilo abgeflogen war, und mit Klütern, dicken Klumpen in den Mehlsuppen aus Kriegs- und Blockadezeiten, und Klöten: Mann, tun mir die Klöten weh! Wenn man beim Fußballspielen auf der Straße den Ball mit voller Wucht in den Unterbauch gekriegt hatte. Folgte ein größerer Spirituosenhandel, auffällig durch einen dicken roten Punkt und ein frohes Mundartbekenntnis: *Ick koof bei Lehmann.* Schließlich, nach einer eher langweiligen Schnellreinigung, ganz in Weiß ein *coiffeur*, Bernd F.

Und vor diesem fast schon mondänen Figaro-Eck war der Mann mit dem Kinderwagen nun stehengeblieben, wartete ganz offensichtlich auf etwas oder wen.

Mannhardt ging («Augen zu und drauf!») mit mechanisch-steifen Schritten auf den Kinderwagen zu, warf einen schnellen Blick hinein («Baby: ja, Mädchen: wahrscheinlich…») und sah den blassen Mann («Drogen und Alk, langer Entzug!») mit bemühtem Lächeln an: «Entschuldigen Sie, ich suche ein Lokal mit Namen *Cuba libre…?*»

«Wie…?»

Mannhardt erschrak: Eiskalte Legionärsaugen starrten ihn an, draculalange Eckzähne schnitten sich in eine schorfbedeckte Unterlippe, Spinnenhände spielten auf dem Kinderwagengriff.

«Entschuldigen Sie, ich suche ein Lokal mit Namen *Cuba libre…?*» wiederholte Mannhardt, nachdem er einen Schritt zurückgewichen war, memorierte auch zugleich den zu erwartenden Erkennungssatz des anderen: Nehmen Sie das hier aus Kuba…

Doch der kam nicht, statt dessen ein herzhaftes Lachen des anderen und die herausgeprustete Frage, ob er ihn denn wirklich nicht kennte, kannte, wiedererkennen würde? Nein. Es war, stellte sich heraus, Dr. Meier-Vehlefanz, ehemaliger Berlin-Hermsdorfer Deutschlehrer seines Sohnes wie auch seiner Tochter, im hohen Alter von vierundvierzig Jahren noch einmal, wenn auch versehentlich Vater geworden, als guter, herzensguter Pädagoge von seinen Schülern verehrt, nur von der nächtens ewig schreienden Tochter augenblicklich geschafft.

«Herr Meier-Firlefanz», sagte Mannhardt, etwas durcheinander, und fügte schnell ein kursiv gesprochenes «Entschuldigung!» hinzu, damit allerdings ganz etwas anderes meinend als den Fauxpax, statt Vehlefanz, das Fontanisch war, ein von ihm besungener Ort des Havellands (*Siegesbotschaft* 1864: Tanz / Ist heut im Krug zu Vehlefanz), seinen schulinternen Spitznamen verwendet zu haben.

Menschenkenntnis, Mannhardt: Fünf...!

Gott, so viele Männer, die hier in dieser Stunde Kinderwagen schoben, gab's nun auch wieder nicht.

Fehlte nur, um die Komödie vollends abzurunden, daß ihm jetzt sein Koffer mit dem Geld aufsprang und Dr. Meier-Vehlefanz, einen Bankraub annehmend, 110 anrief.

Reiß dich zusammen, das ist kein Spiel, das ist 'n Einsatz hier, bei dem's um alles geht!

Während er mit dem Lehrer redete («Was machen denn die Kinder jetzt...?»), suchte er die Schlüterstraße bis zur S-Bahn-Brücke hin nach einem zweiten Mann mit Kinderwagen ab.

Nichts. Nur Kneipen, Pinten, Restaurants en masse. TATAVLA, las er an der Ecke Mommsenstraße, groß-größer-am größten, und TABERNA, letzteres mit Bier von *Engelhardt*, dabei die Stimmen seiner feiernden Vorfahren im Ohr: «Engelhardt macht Stengel hart» (so Onkel Oskar, frech wie...) oder (seine Oma etwa) «Wenn das Bier im Hintern knarrt, ist es bestimmt von Engelhardt!»; hatte er Corzelius bei dessen Versuch, sein Berlin mit der Seele zu suchen, alles beibringen müssen.

Aufzuckende Assoziationen alles, funkenschnell vorbei, nicht hinderlich.

Links vorn, eine Lücke in der Reihe schön geputzter Zähne, ein gänzlich unbebautes Grundstück, den Subventionsabschöpfern irgendwie entgangen, dann, mit Horrorfilmbuchstaben: *Die weisse Hoffnung* (was das wohl meinte: Südafrika vielleicht?), gefolgt vom *Knödel-Huber* mit seinem schönen Löwenbräu.

Hunger bekam er, mordsmäßigen, großen Appetit, trotz eines Magens, der ihm übervoll erschien, von bösen Säften, als Folge seiner Spannung und Erregung, langsam zerfressen, mit übler Galle gefüllt.

Noch immer nichts, doch die Schlüterstraße ging ja bis zum Schiller-Theater nach Norden hinauf, und vieles sprach dafür, daß sein «Partner» erst dort auf ihn wartete, wo es etwas stiller war, jenseits der Kantstraßen-Linie.

Weiter, nur noch einen schnellen Händedruck für Dr. Meier-Vehlefanz; Ariane hieß seine kleine Tochter im Wagen («...ich wünsch ihr mal 'n raketengleichen Start ins bürgerliche Heldenleben!»).

Die Mommsenstraße nahm er, noch bevor die Ampel umgesprungen war, erinnerte sich, hier in der Nähe einmal einen Psychologen aufgesucht zu haben, der ihnen aufgefallen war mit seinen Forschungsarbeiten über Bürokratie in Bundesdeutschland und der ihn angeworben hatte... für einen Vortrag vor SPD-verbundenen Kollegen über das berufliche Selbstverständnis deutscher Polizeibeamter; siehe die immer wieder publik werdende damals mal geleistete Amtshilfe für die braunen Mörderbanden der SA/SS. Berlin, erschreckend vernetzt: Jeder hing irgendwie mit jedem über Dritte, Vierte, Fünfte zusammen, typisch Dorf, typisch Kaff, andererseits, sagte er sich, siehe Hildegard Knef: *...hier bin ich zu Haus, hier kenn ich mich aus*.

Große Sandgevierte um die Bäume herum, mit Gras darauf, ökomodern das Berlin-Charlottenburger Gartenbauamt. Im Blickfeld vorne rechts das *Marjellchen*, gelb-braune Schilder, wir essen zum Gedenken an die wieder verlorene Beute, Ostpreußen mein; auf der Speisekarte sicherlich die Käinichsbarcher Klopse, und Herr Buttjeräit fragte das Marjellchen: Frollein, mögen Se jätz oder erst späiter...? (Das eine natürlich!)

Mannhardt, du bist der letzte Arsch, weeßte det!

Direkt an der Ecke, grün und weiß wie Werder Bremen (ob die wohl diesmal Meister werden?), *Wein & Spirituosen*, soffen viel die Leute hier, die Charlottenburger... Fiel ihm ein, was bei seinen Großeltern *'n Charlottenburger* genannt worden war: Wenn man die Nase voll von grünem Schmatter hatte und diesen dann, die Nase zwischen Daumen und Zeigefinger geklemmt und mit herausgepreßter Luft noch kräftig nachgeholfen, in flacher Kurve auf das Straßenpflaster klatschen ließ, auf daß sich dann halbblinde arme Männer danach bückten und Sekunden später kräftig fluchten: Gottverdammich die Leute, die da aulen wie 'ne Räichsmark!

Alt bist du geworden, daß du so ertrinkst im Meer deiner Bilder und Geschichten...!

Das Ende ist nahe bei einem, bei dem's soweit ist...

Todesahnungen. Wie bei Winnetou im dritten Band, wo er dann auch...

Bleib stehen, flüchte dich ins nächste Polizeirevier, laß die das machen, die ihr Geld dafür kriegen!

Du drehst schon wieder durch, du hältst das alles nicht aus, du landest wieder in der Psychiatrie!

Weiter, vorwärts.

...schau immer vorwärts und niemals zurück...! Konfirmation 1948, aus dem Gedicht seiner Großmutter. Beim Kaffeetrinken war sie aufgestanden.

Vorüber an der nächsten Trink- und Speisestätte, *Berliner Gasthaus* genannt, Schaukästen die Fülle, rührend-amateurhaft aufgemacht: *Seit 60 Jahren singt Irmchen für ihre Gäste.* Hatte also schon gesungen, bevor er selber an der Mutterbrust... O nein! Jennifer Rush im engen Lederrock mußte schnell her, die inzestuösen bösen und auch sonstwie perversen Bilder zu verscheuchen.

Mannhardt, du bist und bleibst ein selten blödes Schwein!

Er hatte die Augen für Sekunden geschlossen, um sich neu konzentrieren zu können, und als sich die Lider nun öffneten, aufsprangen wie die Klappen einer teuren Kamera, die Linsen auf eine kleine Fläche gerichtet, schrak er zusammen, starrte auf chinesische, auf japanische Zeichen, verlor auf Herzschlaglänge jegliches Bewußtsein und Gefühl für Zeit und Raum: Wo bin ich, wer bin ich? Was mach ich hier in Tokio...!?

War er schon wieder in der Klinik zurück? Kam die Schwester mit der Spritze? Bei einer *Panikstörung* am besten Alprazolam, anfangs 0,5 mg viermal pro Tag.

Nein! Ich bin doch in der Schlüterstraße hier!

Ja, biste; bleibste, weiter!

...das nächste Restaurant ließ seine Schilder weit in den Straßenraum ragen, horizontale Balken wie alte Eisenbahnsignale: Stop, tritt ein! *Matscho*, las er, Nobelschuppen, dachte erst an Matsch gleich Schlamm, dann englisch: *match*. Matchwinner, war er heute einer? Bekam erst spät den Sinn der Aufschrift mit, *machismo*, haßte jene hier gemeinte gockelhafte, aufgeputzte Männlichkeit, Goldkettchengeflimmer am behaarten Bullenkörper, großes Maul und kleines Hirn, wäre nicht mal gegen Honorar in einen solchen Laden essen gegangen, wollte seinen Weg fortsetzen...

...als ein zehnkämpferkräftiger Mann aus dem zum Greifen nahen Hausflur vor dem *Matscho* stürzte, ihn fast rammte.

Koch!

Beiderseitige Verwirrung.

Mannhardt: «Was machst du 'n hier...!?»

Koch: «Scheiße alles!»

Mannhardt: «Was is 'n passiert?»

Koch: «Ach, wir haben endlich 'n Haftbefehl gegen diesen Torro erwirkt und wollten ihn gerade... Na ja, jetzt hat er sich hier im *Matscho* verschanzt und die Besitzer als Geiseln genommen...!»

Ohne mich geht's halt nicht, dachte Mannhardt, voll klammheimlicher Freude, war aber sofort zu jeder Hilfe bereit, als sein alter Freund ihn bat, von nebenan per Telefon die Kollegenschar in Marsch zu setzen, Großeinsatz, lief mit seinem Koffer los, ins *Berliner Gasthaus* hinein, tat das Seine, die Maschinerie auf Touren zu bringen.

Hundt bewachte hinten den Hof, Koch die Vorderfront, und sie wußten, daß nun lange Verhandlungen anstanden.

«...das ist 'n ganz hochkarätiger Bursche», sagte Koch, als Mannhardt wieder bei ihm war, «und zu verlieren hat er auch nichts mehr. Daß er Grobi umgebracht hat, steht völlig außer Frage. Wir haben Beweise, wir haben die Aussage eines seiner Mittäter, wie sie ihn allegemacht und dann zu dieser Edelnutte in den Sarg reingelegt haben...»

Mannhardt erfuhr dann auf die schnelle noch, daß dieser «Torro» keineswegs ein Spanier war, sondern urdeutschen Geblüts und Dieter Tornow hieß, anläßlich einer Razzia, total betrunken, bei der Frage nach dem Namen aber mal das n so nachdrücklich verschluckt hatte, daß die protokollführenden Kollegen Dieter Torro aufgeschrieben hatten. «...natürlich Riesengebrüll in der Szene, und seitdem heißt er auch so. Ist aber sicherlich das Beste, was wir hier an Nachwuchs haben. War schon echt professionell, das mit dem Sarg.»

Mannhardt fand das weniger. «Vielleicht hat er doch 'n bißchen zu viele amerikanische Serien gesehen: alles auf den großen Gag zugeschnitten...»

Koch stöhnte auf. «Na, hoffentlich kommt jetzt keiner mehr!»

«Wie meinsten das?»

«Weil er alles in die Luft sprengen will, wenn wir ihm keinen freien Abzug gewähren. Ich frag mich bloß, woher er da 'ne Bombe...? Er ist doch ohne was in der Hand hier reingelaufen...» Kochs Blick blieb an Mannhardts Aktenkoffer hängen.

«Hier, ich trag sie ihm doch hinterher...!» Mannhardt, Lob seiner Routine, schaffte es, kurz-sarkastisch aufzulachen.

Koch ging wieder auf das *Matscho* zu, preßte das Gesicht, die Augen mit den Händen abschirmend, gegen eine der golden bedampften, reklameverhangenen Scheiben und suchte zu erraten, was drinnen geschah.

Mannhardts Blick ging zum Kudamm zurück, und er fand Jessica, Corzelius und Wuthenow nur noch knappe hundertfünfzig Meter entfernt, schon an der Ampel Mommsenstraße.

Er konnte sich zu nichts entschließen: Den Kollegen helfen und den Kinderwagen-Mann zunächst einmal vergessen? Weitergehen, ihm entgegen? Hier an dieser Stelle auf ihn warten?

Was du auch machst, falsch ist es immer.

In wenigen Minuten würde hier alles abgesperrt sein.

Mein Gott, was soll ich'n machen...!?

«Einen Wagen will ich!» schrie Torro durch ein leicht angekipptes Fenster auf die Schlüterstraße hinaus. «Und eine Viertelstunde Vorsprung haben.»

«Aus West-Berlin kommt doch keiner ohne Kontrollen heraus!» rief Koch zurück. «Gib auf, dann biste nach zwölf Jahren wieder raus aus'm Knast...! Mitte Dreißig biste dann, Torro, Mensch, haste das Leben noch vor dir. Wenn de aber die beiden bei dir drin auch noch auf'm Gewissen hast, dann kriegste mehrfach lebenslänglich, und dann is alles aus und vorbei, dann kommste erst im Zinksarg wieder raus! Also...!»

«Halt's Maul, *ich* hab die Trümpfe in der Hand!»

Mannhardt wußte, daß dies hier Stunden dauern konnte, und sowohl vom Kudamm wie vom Norden her waren nun die Martinshörner zu hören.

Tatort-Stimmung erfaßte die Leute.

Zuerst aber hielt eine Taxe ganz in der Nähe, und heraus sprang eine junge Frau, der, verzerrt das Gesicht, epileptisch-zuckend, abgehackt ihr Gang und jede Bewegung, deutlich anzumerken war, wie sehr sie sich in Wahn und Rausch verloren hatte, unter Einfluß fremder Stimmen stand.

Vera.

Mannhardt wußte Bescheid:

Die Hochbahn am Kottbusser Tor...

Der grüne Fleck...

Ich habe mir schon immer ein Kind gewünscht, ein kleines Wesen zum Streicheln und Knuddeln...

Nimm doch Jessicas Kind!

...weil Jessica doch hiergewesen ist und Yemayá mitgenommen hat. Das hatte Mannhardt bei Veras Anblick im Ohr, doch verstand er nicht, wie denn auch, was sie an dieser Stelle wollte, wieso sie derart hektisch, überdreht und pathologisch wirkte; doch er erfuhr es bald.

«Tatjana, ich will mein Kind zurück!» schrie sie und stürzte schon zur *Matscho*-Eingangstür, sie aufzureißen, fand sie verschlossen, rüttelte und riß daran mit Leibeskräften.

Mein Kind...

Tatjana!

Jetzt gelang es Mannhardt, die vorliegenden Fakten auf die Reihe zu bringen: Tatjana also hatte, mit ihrer Intelligenz alles durchschauend, Jessicas Baby bei Vera gefunden, es mitgenommen und einen ihrer Partner oder Stenze das Lösegeld einfordern lassen. Richtig, ja, jetzt konnte er sich auch wieder dunkel an den Namen *Matscho* erinnern, war irgendwie in einem Nebensatz gefallen, als Corzelius, bevor er mit Tatjana, die Schüsse, die Brücke, der Sturz ins Wasser hinunter.

Und Yemayá nun mit Tatjana zusammen in Tornows Gewalt... Als dritte Geisel sicherlich der Mann, der ihm mit dem Kinderwagen, *Cuba libre*, klar, daß er nicht gekommen war.

Dies alles zu begreifen, präzise auf den Punkt zu bringen, brauchte nur Zehntelsekunden, wurde ihm klar, als er Vera folgte und verhindern wollte, daß sie Tornow in die Arme lief, seine vierte Geisel wurde, denn als es ihr mißlungen war, von vorn ins *Matscho* einzudringen, hatte sie in ihrem Wahn Koch zur Seite gestoßen und war in jener breiten Haustür verschwunden, die das Parterre des Gründerzeitgebäudes in zwei Hälften teilte: das *Matscho* links und rechts ein Möbelladen.

«Halt, Sie können da nicht..., da ist...» *Ein Killer*, wollte er schreien, doch das war ihm peinlich, klang nach Kinderspiel, idiotisch, Mensch, *Torro* ebenso, auch *Grobis Mörder*, war blockiert, schaffte es endlich zu rufen: «...ein Geiselnehmer!»

Doch zu spät.

Vera war schon an der Wohnungstür, links hinter einer Mauerecke, die zum Privatbereich des *Matschos* führte, Kellnern,

Köchen, Lieferanten diente, fand, Carlos ganzer Stolz, statt eines simplen Klingelknopfes einen Colt, dessen dunkler Lauf tief im Holz des Rahmens steckte, prallte einen guten Meter zurück.

Mannhardt war schon fast heran.

Da hatte Vera begriffen, daß man nur am Abzug ziehen, also quasi schießen mußte, um es drinnen läuten zu lassen, tat es auch.

Was folgte, waren Explosion und Wahnsinnsknall, ringsum zerberstende Scheiben, wie Schrotkugeln zerstiebende Splitter aus Holz und aus Glas, in dicken Flatschen herabfallender Putz, teils schon zu Staubschwaden zermahlen; dann Feuer, Rauch und Qualm.

Die herausgesprengte Tür hatte Vera voll an die andere Wand geschleudert, Mannhardt sah sie noch, bevor ätzende Dreckwolken alles verhüllten, regungslos-gekrümmt am Boden liegen, war selber der immensen Druckwelle glücklich entgangen, hatte hinter einem Vorsprung in der Wand, einem Schornstein wohl, im toten Winkel gestanden, kaum mehr gespürt als bei einer heftigen Bö, hörte nur nichts mehr, die Trommelfelle, ahnte auch sofort, was da geschehen war: Tornow mußte, um nachher besser drohen zu können, in der Küche das Gas aufgedreht haben, und Vera dann mit ihrem Klingeln...

Kein langes Denken war das, nur ein kurzes Zucken, fiel schon in die Phase, als er über Vera lang hinweggesprungen war und in das *Matscho* stürzte, hustend, keuchend, stolpernd, tastend, den Aktenkoffer fallen ließ; was nützte denn das Lösegeld, wenn...

Yemayá!

Rette das Kind!

Sonst wird Jessica...

Soll sie doch, ihre Sache.

Nein!

Tu's!

Tu's nicht, sterben wirst du hier!

Du mußt!

Fünf Minuten dauert es, bis die Feuerwehr. Viel zu lange.

Du bist der einzige, der.

Kalkstaub, die Nase zu, der Mund verklebt.

Keine Luft mehr.

Gardinen brannten, Tischdecken, Sofabezüge.

Ein Windstoß; für Sekunden sah er etwas. Wie im Flugzeug, wenn es durch die Wolkenbänke raste, durch Sonnenschneisen stieß.

Tatjana blutüberströmt am Boden, zwei Männer im Flur. Auch sie bewegten sich nicht.

Wo war das Kind?

Luft! Er konnte kaum noch atmen, preßte Taschentuch und Jakkenschöße vor den Mund.

Allein, so allein. Allein in den Jupiterwirbeln, allein oben in den Venusgiften. Wo blieben nur die anderen?

Wahnsinnsangst erfüllte ihn.

Wo bin ich hier!?

Er wußte nicht mehr, wo er sich befand, sein Hirn war ohne Sauerstoff.

Im Luftschutzkeller, ja; da war er elf. Volltreffer oben ins Haus. Drei Stunden lang eingeklemmt, verschüttet gewesen.

War er.

Bin ich noch immer...?

So wie damals roch es auch hier. Er vermochte sich nicht mehr zu rühren. Wann kamen sie und retteten ihn?

Der Organismus wollte überleben, siegte auch über diesen *blackout*: Raus hier! Du bist nicht mehr im Luftschutzkeller; *Matscho*, Schlüterstraße.

Aufflackern der Sinne.

Yemayá! Wo ist das Kind!?

Wenn es noch lebt, dann wird es auch schreien!

Ich höre doch nichts mehr!

Er riß sich die Hände von Nase und Mund, um sich die Ohren mit einem starken Schlag dagegen von den Pfropfen freizupressen.

In höchster Not wieder Kind: Lieber Gott, laß mich...!

Das Flugzeug stürzt ab, du kommst nicht mehr raus!

Die Challenger-Kapsel oben am Himmel, und du sitzt selber drin in ihr.

John Maynard, das Omen!

Sie lassen den Sarg in Blumen hinab...

In Qualm und Brand...

Er starb für UNS...

Sein Fontane.

Nein! Weiter!

Wirr wie ein Falter vor der alles versengenden Flamme taumelte, irrte, schoß er umher, wußte nicht mehr, wo Eingang und Ausgang, links und rechts, fast auch oben war und unten, gesteuert längst nur noch von archetypischen Instinkten; Urmensch in der Steppe, die ringsum brannte.

Da, da schrie doch das Kind!

Seine Ohren, ein wenig.

Im Bad.

In der Badewanne.

Von Tatjana wohl, als Tornow eingedrungen war, für das sicherste Plätzchen gehalten, und Yemayá hatte dort alles ohne einen Kratzer überstanden.

Mannhardt riß sie hoch, preßte sie an seinen Körper, fand die Orientierung wieder: da geradeaus mußte es durch Bar und Gästeraum hindurch zur Straße gehen, zehn Meter über aufflammende Teppichböden hinweg.

Die Dusche! Sie ging, und er sprühte, so schlimm wie draußen waren, Gott sei Dank, Rauch und Qualm hier drinnen nicht, das Kind und sich so naß wie eben möglich.

Das Fenster...!? Ein Blick. Viel zu klein und überdies vergittert.

Also: doch durchs Feuer durch!

...Burn, burn... A ring of fire...

Und wenn er sich geirrt hatte, statt auf die Straße in irgendeine Nische lief und dort verbrannte, mit Yemayá im Arm?

Hier bleiben? Nein. In ein, zwei Minuten waren sie beide erstickt.

Ein Husten, der den Brustkorb aufzureißen schien. Die Kleine an ihm bäumte sich vor Schrecken und Entsetzen, litt selber unter Atemnot, das sah er deutlich, wie ein Kind mit schlimmstem Pseudo-Krupp.

Er hatte keine andere Wahl.

...hilf!

Noch einmal alles, was an Sauerstoff zu haben war, in die ausgedörrten Lungen gerissen, von einem kaputten Pfeifen begleitet, Tbc, dann...

...los!

Höllenhitze, freier Fall in die Sonne hinein.

Ein Rauschen, ein Dröhnen, das Blut: siedend und ein zerplatzender Kopf.

Verbrannte Haare, stinkendes Fleisch: eine Feuergirlande aus klebrig-heißer Plastik hatte ihn am Kopf gestreift, ein glühendes Eisen war ihm in den rechten Fuß gefahren, Stück eines umgestürzten Tisches.

Ein Stuhl im Weg, er stolperte.

Aus, alles aus.

Das ist der Tod, so also.

Fiel und kam noch einmal hoch, brach durch eine Wand aus Ruß und Flammen, mechanisch-unbewußt nur noch, hatte sich schon aufgegeben, und stand dann doch im Freien, auf der sommerhellen Schlüterstraße draußen, hatte Ewigkeiten gebraucht, viele Sonnen in Weltraumfernen besucht; und dennoch war, seit Vera das alles ausgelöst hatte, die große Explosion, kaum eine halbe Minute vergangen.

Er konnte nicht fassen, daß es dieses Außen, dieses Draußen, diese Welt noch gab, daß sie noch immer so wie damals war, Urzeiten zuvor, als er sie verlassen hatte, staunte, kannte aber auch wieder dieses Gefühl seit langen Kindheitstagen: War eben noch Held eines phantastisch-wilden Films gewesen, kam nun durch einen Nebenausgang wieder aus dem Kino heraus, sah völlig fremde Wesen an der Kasse stehen.

Was war real und was Fiktion?

Wieso hielt er eigentlich ein Baby im Arm? Seine eigenen Kinder waren doch schon längst...? Neues aufblitzendes Erstaunen.

Ein Bild, hineingeblendet: Er, zehn Jahre alt, in einem halb zerbombten Klassenzimmer, brav aus der Bank herausgetreten, sehr bemüht, aber dennoch leiernd:

Erreicht den Hof mit Müh' und Not; / In seinen Armen das Kind war tot.

Er taumelte und fing sich wieder, beugte sich zu dem kleinen Gesichtchen hinunter... Dunkle Indio-Augen... Yemayá, kein Knabe, kein Erlkönig-Ritt. Sie schien ihn anzulächeln, dann schrie sie, schrie aus voller Leibeskraft.

Alles eine Sache von nur Herzschlaglänge, doch in seiner Wahrnehmung zu Stunden gedehnt.

Menschen sah er, eine Menschenmenge, kam sich vor, als stünde er mittendrin in einem großen Stadion, nahm mit seinen tränenden, furchtbar schmerzenden Augen alles nur halbblind-verschwommen wahr.

Viele liefen auf ihn zu, und das erste Gesicht, das er erkennen, deuten, zuordnen konnte, gehörte Wuthenow.

Noch ein anderes, doch Jessica nicht; zusammengebrochen war sie wahrscheinlich.

Wuthenow, du hast mir alles eingebrockt, deinetwegen bin ich fast gestorben!

Die Aggression.

Wuthenow, ich hab nichts, und du hast alles: Jessica, den Ruhm, das Kind!

Der Neid.

Wuthenow, sieh her: Jetzt bin ich der Größte und nicht du; *ich* bin der Held!

Sein Minderwertigkeitsgefühl.

Oder war es nur Erschöpfung, nichts anderes, das Wissen, im nächsten Augenblick mit einem Kreislaufkollaps umzusinken?

Jedenfalls lief er auf Wuthenow zu und reichte ihm das Baby hin.

«Hier haben Sie...» Und nun ganz laut, geschrien: «Ihre Tochter, Wuthenow!»

Tat das, obwohl er John F. dicht hinter Wuthenow gesehen hatte.

Du bist ein Schwein!

Nein, du bist ein wunderbarer Mensch: Du hast dein Leben opfern wollen, du hast das Kind gerettet!

Ich kann nicht mehr!

Mannhardt ließ sich auf das Pflaster fallen.

–ky

«Die besten Krimis von **–ky** schildern unsere Gegenwart mit Scharfsinn, Witz und Hintergründigkeit.»
FAZ

Eine Auswahl der thriller von –ky, alias Horst Bosetzy:

Da hilft nur noch Beten
(thriller 2883)

Es reicht doch, wenn nur einer stirbt
(thriller 2344)

Feuer für den Großen Drachen
(thriller 2672)
Kreuzberger Nächte: Liebe, Ku-Klux-Klan und Graue Wölfe...

Friedrich der Große rettet Oberkommissar Mannhardt
(thriller 2725)

Catzoa—Stories um einen kriminellen Kriminalbeamten
(thriller 2919)
Die unaufhaltsame Karriere eines Mannes, der Ordnung schaffen will.

Ich wollte, es wäre Nacht
(thriller 2951)

Kein Reihenhaus für Robin Hood
(thriller 2575)
Für das Kino erfolgreich verfilmt.

Zu einem Mord gehören zwei
(thriller 2770)

Ein Deal zuviel
(thriller 3065)

Ich lege Rosen auf mein Grab
(thriller 2841)

rororo thriller

Mitunter mörderisch
Kriminalstories
(thriller 2382)

Einer von uns beiden
(thriller 2244)

Ein Toter führt Regie
(thriller 2312)
Ein Selbstmörder rächt sich an den Lebenden, die ihn gequält haben...

Einer will's gewesen sein
(thriller 2441)

Nieswand kennt Tag und Stunde
(thriller 2979)

Von Beileidsbesuchen bitten wir abzusehen
(thriller 2250)

Ein Gesamtverzeichnis der Reihe *rororo thriller* finden Sie in der *Rowohlt Revue*. Jedes Vierteljahr neu. Kostenlos in Ihrer Buchhandlung.

3013/4